“十二五”国家重点出版物出版规划项目

走向世界丛书

主编 钟叔河 曾德明 杨云辉

金绍城 十八国游记

鄢琨 校点

岳麓書社·长沙

金绍城

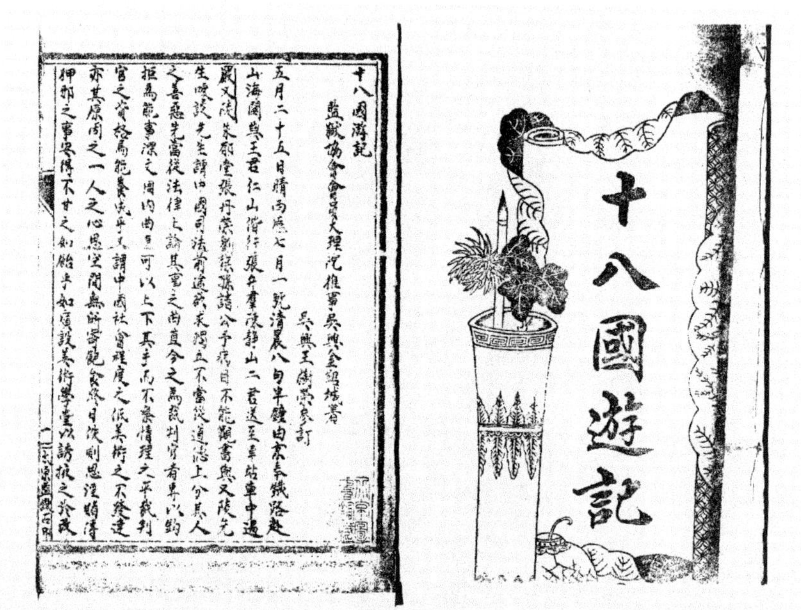
十八國遊記

十八國游記

監獄協會會員大理院推事吳興金紹城著

吳興王樹榮參訂

五月二十五日晴西歷七月一號清晨八句半鐘由京奉鐵路赴山海關與王君仁山偕行張君秉陳靜山二君送至車站車中遇嚴又陵茶話堂張丹崇劉瑞蓀諸公予病目不能觀書與又陵先生暢談先生謂中國司法前途欲求獨立不當從道德上分其人之善惡先當從法律上論其當之尚直今之爲裁判官者專以夠拒爲能事深之惆悵由是可以上下其手而不衷情理之平裁判官之資格爲能養成乎又謂中國社會程度之低美術之不發達亦其原因之一人之心思空閒無所寄託貪慾日熾則思淫賄請押邪之事必得不甘之如飴乎如廣設美術學堂以誘掖之於啟

书影

本册总目□

丛书新序

钟叔河

二〇一三年十月

“走向世界丛书”一百种，只收晚清时期 from east to west（从东方到西方）的记述，这并不等于说，只有十九世纪末二十世纪初的中国人，才需要面对走向世界的问题。

纵观人类历史，走向世界决不是什么地区性和阶段性的活动，而是不断出现在全人类发展进步过程中并与之同步的历史现象。一百万年前，人类开始从非洲进入亚洲和欧洲，一万年前，又从亚洲进入北美洲和大洋洲，就是在不断地走向世界。

从有史以来的文献、文物看，三千多年前的《奥德赛》和《出埃及记》，说的是古希腊人和以色列人走向世界——走向地中海和巴勒斯坦。两千多年前的《史记》和《汉书》，写了张骞和后来汉朝“益发使”走向世界——曾走到罗马在西亚的边陲。一千三百年前的《大秦景教流行中国碑》、七百年前的《马可·波罗游记》和四百年前的《利玛窦中国札记》，记下了阿罗本、马可·波罗、利玛窦的 from west to east，这和 from east to west 一样，都是在走向世界。

人类曾因地理、种族、制度、意识形态等原因而互相分离，甚至隔绝。夜郎国的君长初见汉使时问：“汉孰与我大?”当是时，夜郎的世界僻处黔西，其“大”可知；连夜郎都未入版图，则汉之“大”亦远不如今之中国。但人为万物之灵，为了求生存谋发展，总不能老守着自己的一亩三分地，总会要想方设法走向世界——走向更广阔的外部世界。于是，汉要“通西南夷”，要前往原来“道险终不能有”的夜郎；夜郎要问“汉孰与我大”，要想改变原来“不知汉广大”的状况。由互相隔绝变而互相接近，互求了解，这就是走向世界。

走向世界，无论是自己走出去还是让别人走进来（总比让别人杀进来好），无论是主动的还是被动的，从总的历史进程看，用大的历史眼光看，都有利于发展，都是一种进步。对汉朝来说是如此，对夜郎来说亦是如此。两千年前是如此，两千年后亦是如此。上世纪七十年代末开始编辑出版“走向世界丛书”时是如此，如今来继续编辑出版这部丛书时亦是如此。

今天的中国已不再是七十年代的中国，虽然仍称发展中国家，经济总量却早已“超英”，正在“赶美”，但走向世界的路还“漫漫其修远”。时至现代，走向世界当然是要走向现代化的世界，也就是要高度现代化，全盘现代化。“四个现代化”的“四个”——工业、农业、科技和国防，已经“化”出了很大的成绩，而我们的管理现代化，我们的服务现代化，我们的制度现代化……要走的路的确还很长。

现代人走向世界，首先要使自己成为能接受全球文明，有世界知识，有世界眼光，有世界理想的人。“走向世界丛书”杰出的作者，如郭嵩焘、黄遵宪……又如邹代钧、金绍城……他们看到的新技术还是德律风（送话器和最早的手摇电话机)、火轮车（蒸汽机车）……我们如今却已经用上了智能手机、坐上了波音飞机……但在思想层面上，我（不敢称我们）反省自己的世界眼光和世界理想，甚至在世界知识的某些方面，比起一个多世纪以前的郭、黄他们来，差距实在还不小。在这方面，也就是人的现代化这方面，要走的路就更“漫漫其修远”了。

五年前北京奥运会的成功举世公认，它已经成为中国走向世界的一大标志。它的口号：

ONE WORLD，ONE DREAM

“同一个世界，同一个梦想”，这也应该是现代人走向世界的志向和目的，是我们继续编辑出版“走向世界丛书”的志向和目的。

丛书原序□

钟叔河

一九八〇年七月

人们常说，今日之世界，乃是一个“迅速缩小的世界”（rapidly shrinking world）。在电视卫星、激光通信和喷气式客机的时代，地球之上各地之间的距离，确实好像越来越短，人们相互间的接触和交流，也越来越方便和密切了。

可是，仅仅在几代人以前，异国还显得那样的离奇和遥远。古代欧洲人说，中国人用小米和青芦喂一种类似蜘蛛的昆虫，喂到第五年虫肚子胀裂开，就从里面取出丝来（Pausanias《希腊纪事》）。古代中国人则曾经相信，西方有种羊羔是从泥土里生长出来的，脐带还连着大地（《旧唐书·西戎传》、《渊鉴类函·边塞部九》）。这类海外奇谈，今天听起来简直不可思议，而在过去上千年中，却一直被当作可信的资料，记载在欧洲和中国的史书上。由此可见，人类文明的发展，经历了一条何等漫长曲折的道路。

为了探索和开辟外部世界，丰富自己的物质和精神生活，各国人民都作过许多贡献。人类文明史像叙说伟大的发明家和著作家一样，将永远铭记着张骞、玄奘、马可·波罗、哥伦布等不朽的名字。我们甚至可以这样说：一个民族从中世纪到现代的历史，也就是它打开眼界和走向世界的历史。

历史的发展从来是不平衡的。当黄河、长江已经哺育出精美辉煌的古代文化时，泰晤士、莱茵和密西西比河上的居民，还在阴暗的原始森林里徘徊。而自从地理大发现和产业革命以来，中国却相对地落后了。在西方实现资本主义的现代化以后，中国还是一个基本上同外界隔绝的古老国家。是鸦片战争打开了中国的大门，也打开了中国人的眼睛。人们称林则徐和魏源为清代最早“开眼看世界”的人，因为西方的坚船利炮打到中国来时，他们首当其冲，亲身感到这个世界在缩小，距离和壁垒再也不能将异国隔离开了。

过去时代的中国读书人，在“严夷夏之大防”的社会里度过了上千年。封闭的外壳被打破后怎么办？守旧派的办法是把脑袋钻进沙子里学鸵鸟，像慈禧太后的大学士徐桐，见到洋人就以扇遮面。就是这个徐桐，在庚子年间焚香叩请骊山老母下凡来“杀尽洋人”，结果骊山老母没有下凡，他自己的老命却白白送掉了。而林则徐和魏源则不同，提出要“师夷长技以制夷”，主张学习外国的长处，以对付外国的侵略。要学习，先得了解，于是林则徐编了《四洲志》，魏源编了《海国图志》。虽然他们未能亲身出国去考察，书的材料靠间接采辑而来，难免有许多谬误，但无论如何，地里长羊羔之类的神话毕竟不得不逐步让位给常识了。

林、魏之后，中国才开始有读书人走出国门，到欧美日本去学习、访问和工作。容闳、王韬、郭嵩焘、黄遵宪和严复等人，要算是最早的。接着出国的人渐渐多了起来，尽管其中不少是奉派而去的政府官员，但既然去了，就不会不接触近代—现代的科学文化和政治思想，也就不可能不在中国发生影响。

“走向世界丛书”专收一九一一年前国人亲历

欧美和日本的记述。自从一八四〇年鸦片战争失败那时起，先进的中国人，经过千辛万苦，向西方国家寻找真理。应该说康有为和在他之前的郭嵩焘、王韬、容闳等人，的确代表了近代中国向西方寻找真理的一派人物。当然，丛书所收的，也并不全属先进的人物的作品；但总而言之这些都是中国人从东方走向西方的实录，自有其文化的意义和历史的价值。

必须指出的是：从鸦片战争到五四运动这一历史时期中，西方国家虽在许多方面比中国先进，值得中国人学习，但国家利己主义的本质，却总是要压迫剥削比他们落后的民族的。中国人走向世界、接触西方，既有一个学习外国长处的问题，又有一个抵抗外国侵略的问题，盲目排外和盲目崇外都是错误的。对于某些作品中不免流露的这类观点，我们将在为各书撰写的叙论中，适当地作些分析，供读者参考。

“洋为中用”是我们今天的主张，也是十九世纪先进的中国人的主张。“师夷长技以制夷”，不就是“洋为中用”吗？当然，随着接触和认识的逐步深入，人们慢慢地看出：仅仅学一点“长技”，搞一点坚船利炮，还是不行的；要救国，只有维新，维新行不通，就只有革命。伟大的革命先行者孙中山，用他自己的话来说，也是在一八七八年出国以后，“始见轮舟之奇、沧海之阔，自是有慕西学之心，穷天地之想”，才树立了推翻清朝建立民国的大志和信心。历史无情亦有情，后人的思想和事业肯定要超越前人，但前人的足迹总可以留作后人借鉴，先行者总是值得纪念的。

今天的世界已不是十九世纪的世界，今天的中国更不是清朝末年的中国。今日之中国，已经逐渐以现代的面貌，出现在世界的东方。但是，世界的进步越来越快，中国的经济和文化等许多方面还需要不断地发展和提高；这就必需继续打开眼界、走向世界。打开眼界以后，还要学会分析，分清好的和坏的。一切好的东西，要拿来为我所用；一切有害的东西，要实行抵制和预防。在这方面，前人的经验和教训，有一些也仍然值得我们注意。

谨将这套丛书奉献给爱好历史和文化、关心中国和世界的读者，希望它能在中国现代化的过程中，起到一点微薄的作用，是为序。

丛书凡例□

一、“走向世界丛书”一九八六年前已刊三十五种，二〇一五年起仍按原定一百种的计划继续刊行，仍然专收现代以前用文言写作的国人考察西方（含开国后的日本）的记述，仍以亲身经历、直接闻见者为限。

二、丛书按作者出国年月排列次序，尽量单行，即以一种为一册；字数过少无法单行者，才以两种或数种合订成册。合订本尽可能以类相从，按第一种出国年月排序；其各种均在封面列出书名，书脊则只列出第一种书名，并在其下注明“等几种”（另有附录者则注明“附几种”）。

三、每种（册）书前，均由编校者撰写导言（叙论），介绍作者有关背景和书中重要内容，酌加评论分析，以供读者参考。

四、丛书均经编校者校订，标点分段，并加边批。边批的内容主要包括三个方面，兹以《随使德国记》为例，举示如下：

1. 标题、提要和说明，如“星使由苏州来”、“普鲁士分一十二省”、“演八十日环游地球的故事”、“如夫人即赛金花”、“‘人工’今皆称工人”。

2. 书中较重要的译名（加括弧注出原文或今译），如“德璀琳（Detring）”、“毕驷马（俾斯麦）”、“布莱门（不来梅）”、“德利风（电话）”。

3. 原文的订正和存疑，如“‘公司船’原无船字”、“‘骁勇’原作‘骑勇’”、“‘薛福成’成字原作辰”、“奥京立斯本应是维也纳”。

五、每种书后，均附人名索引，人名依首字笔画和一丨丿丶乚排列，按年、月、日三节数字查检（正文单页码下均有年、月、日三节数字备查）。如德璀琳之“德”字为十五画，于索引“十五画”内检得其名下首列“13，8，17”，查正文“13，8，17”在P.3下，即可在P.3上找到

（光绪十三年八月）十七日“乘肩舆往拜税务司德璀琳”的记载。

六、每种书后，一般附有译名简释（今昔译名对照，必要时并加说明），亦依首字笔画和一丨丿丶乚排列。如“卜兰墩浦 Brandenburg，勃兰登堡”，又如“勺勾腊 chocolate，巧克力”。

七、人名索引和译名简释的条目，并不限于边批中所举者；边批中所举者，则必皆收入索引和简释。

八、人名索引按年、月、日三节数字查检，其原书不著年、月、日者，则按篇章序号或页码查检。

九、原文因排印（抄写）而出现的明显的文字错误径予改正，不在边批中注出。

十、原文中同一外国地名而译文不一，如缪祐孙《俄游汇编》中“彼得堡”就有“比得堡”“彼德堡”等异文，因其无碍阅读，故一仍其旧，不予统一。

十一、原文中之统计数字亦一仍其旧。有的表格中之中文或汉码数字，为方便阅读，改为阿拉伯数字。个别已经失去时效、并无参考价值的统计表格，则在说明情况后删去。

十二、丛书以简体汉字印行。除总序、凡例外，编校者所作导言（叙论）、边批、索引中涉及的数字均按现行规定采用阿拉伯数字。

叙论：司法改良先行者的西游记□

鄢　琨

1910年10月，在美国华盛顿召开了第八届万国刑律监狱改良会。清政府首次应邀组团参加会议。由大理院奏派金绍城、李芳为专员，王树荣为随员，法部奏派许世英、徐谦为专员，沈其昌为随员，分途赴会，并沿途考察欧美各国监狱及审判制度。金绍城将期间（1910年7月1日—1911年5月21日）日记整理成书，即是这部《十八国游记》，有太原监狱石印本。

万国刑律监狱会议五年一届。清廷自1898年因驻英大使郭嵩焘的奏请，派员参加瑞典斯德哥尔摩举行的第二次会议始，曾断续派员与会，但均是就近派驻在地使领人员参加。这一次选专门人员组团与会，显示出高度的重视。

1901年，风雨飘摇中的清廷为自救，开始推行“新政”，监狱制度改良即是其中一项重要内容。西方列强正是借口中国司法缺失、监狱不良，而强索领事裁判权。“海牙和平会抑中国为三等，虽以海陆军不能振兴，亦以法律不能齐一。”治外法权及三等国的待遇辱国辱民，让越来越多的有识之士忍垢蒙羞、痛心疾首。1901年湖广总督张之洞和两江总督刘坤一的《江楚会奏变法三折》第二折就专门提出了“恤刑狱”，改良监狱制度。此后，许多清朝大员都积极参与监狱改良。修律大臣沈家本更是以外国情形为例证，提出改建新式监狱、培养监狱官吏、颁布监狱规则、编辑监狱统计的明晰思路。后来的《大清监狱律草案》，即是以西方和日本的监狱法为蓝本而制定。同时，从1905年起，先在省会及通商大埠设立模范监狱，然后再推广到各州县。模范监狱基本上采用了近代西方监狱的管理模式，初步建立了近代监狱的雏形。在清末“新政”中有显著成效的监狱改良，一起步就进入了高潮。在此背景下，清廷这次对派员参会，自是格外郑重其事。

大理院为派员赴会的奏折称：“中国现正更定刑律、改良监狱，为环球各国所瞩目。派员入会，足以发抒己见，考证列邦，即为司法独立之取资，亦验法律完全之进步，关系至重，未敢视为缓图。惟遴派人员颇难其选，非熟谙中外法律兼精西国语文者未能胜任。”时任大理院刑科推事的金绍城，就正是一位“熟谙中外法律兼精西国语文”的人才，因而获此重任。

金绍城（1878—1926），又名金城，字巩北、拱北、北楼，号藕湖，吴兴（今湖州）南浔人。曾赴伦敦英王书院（今译伦敦国王学院）游学研习法政。1905年任上海中西会审公堂会审官，在审理英巡捕诬指黎黄氏贩卖人口冤案时，对英国领事据理力争，轰动全市，华人纷纷罢市响应，终令冤案得雪。金绍城却因此被罢官。说起刑律、监狱改良与领事裁判权，金氏有着切肤之痛，因此，对于这次赴会，应是抱有几分期待的。

为此，他们在行前作了认真的准备。金绍城与李芳分别先到沈阳与天津——当时国内刑法、监狱改良先行一步的两地——对那里的审判厅、习艺所、模范监狱作实地调查。天津审判厅“皆有旁听座”，“规画极完备”。天津监狱办有习艺所，有各种工厂，“各犯工作略给工资”，“有幼年犯罪小学堂，教之书算等事”，“有运动场，以习体操。有教诲堂，以资劝导。澡浴有室，剃头有室，洒扫清洁”。与“旧时监狱野蛮情状”已判然不同。在天津定制了“形容酷肖”的“新旧监狱比较塑像”一套，“并购取绣货及织绒垫数种，以备带至美洲为监狱会赠品”。他们的初衷，是要到会上说明中国刑律、监狱改良的成绩，借以呼吁西方列强取消领事裁判权。

在海上颠簸了两个多月，他们终于如愿登上万国大会的讲坛，向各国代表慷慨陈词，宣传清廷监狱改良的成绩。金绍城在演说中呼吁：“监狱之事与司法相关联，司法不能独立，即监狱之改良不能期于完善。我国之有领事裁判，实为司法独立之阻力。”希望“有条约各国，无不重邦交、敦睦谊”，“一俟我国新律实行、监狱改良之后，概将领事裁判撤去”。①

李芳更是疾呼：“我国自庚子以来，事事逐渐改良，今已遽然大觉。狱中罪犯呼吁之声，既已闻之矣。且不但闻之，行将出其救援之手，拔之水火而登诸衽席矣。……如置巨石于高山之巅，不动则已，亦既转之，则悬崖陡削无中止之理，其势不直达于平地不止。愿诸君子少安无躁，拭目以观其后何如?”

弱国无外交。他们的慷慨陈词，虽然“闻者皆鼓掌赞成”，实则如泥牛入海，再无消息。美国记者会前采访，“不曰‘中国于监狱及一切政治，何以至今不见动

① 领事裁判权的废除：第一次世界大战后，十月革命胜利后的苏联，战败国德、奥、匈，以及1928年比利时和1929年墨西哥，先后放弃了在华领事裁判权。1929年中国政府曾宣布从1930年起废除所有国家在中国的领事裁判权，但因帝国主义国家的抵制，未能实现。第二次世界大战期间及战后，通过一系列条约，中国恢复了对在中国境内的美（1943）、英（1943）、挪威（1943）、巴西（1943）、加拿大（1944）、瑞典（1945）、荷兰（1945）、瑞士（1946）、法国（1946）、丹麦（1946）、意大利（1947）、葡萄牙（1947）等国国民的司法管辖权。中华人民共和国建立，中国人民终于彻底摆脱了包括领事裁判权在内的帝国主义的一切特权的羁绊。

机'，则曰'中国何至今睡犹未醒'"。会后媒体上则连水花也不见一个，倒是有一则中国维新党人生长于美洲者，欲行刺来金山访问的清廷大员载洵，为侦探所获的消息。

金绍城在归国的船上，遇见一英国人，为暹罗（今译泰国）政府之法律顾问官，得知英国政府关于领事裁判权的又一花招。列强在暹罗亦有领事裁判权。暹罗实行新律后，英国与暹罗订立新约，英人涉讼均归暹政府裁判，但必须用英国顾问官二人同审，认可画押后方能有效。这种换汤不换药的做法，"闻中国亦有仿办之意"。这更令金绍城忧心忡忡，"期期窃以为不可矣"！

平心而论，以金绍城之智，当早应明白，他们关于废除领事裁判权的呼吁，是何等苍白无力！但他这次出行，还有另一任务，则是考察各国的审判、监狱制度，为国内的刑律、监狱改良提供可借鉴之资。会议结束后，金绍城一行对美、英、德、法、意、丹麦、日等美欧亚等十八个国家进行了历时十个月的访问，重点考察了上述国家的审判厅、监狱、看守所和教养院等，内容涉及历史、机构、制度、经费和人员等，留下了大量的珍贵的第一手资料，整理成《十八国游记》、《十五国审判监狱调查记》两部书稿。此外，他还和李芳、王树荣完成了《第八次万国监狱协会报告书提要》、《第八次万国监狱协会报告书原本》、《考察各国监狱制度报告书提要》、《各国监狱制度译略》，与《十五国审判监狱调查记》一起作为大理院的报告书呈上朝廷。从这一角度来说，他此行还是收获颇丰的。

系统接受过中国传统教育和西方现代教育的金绍城，对中西两种文化有着独到的体悟。他既肯定中国的变革须从向西方学习入手，又对西方的社会、制度有所批评。他的一些思考，实已超出了他官员的身份。因此，比起作为官方文件的报告书来，金绍城这本《十八国游记》无论记事或议论，均较少顾忌，更能反映个人的眼光、兴趣与思考，从而更具思想上的价值。

在巴黎，金绍城参观“康巢海古监狱”。“入门为看守所，当革命时代，此监楼上即裁判所，路易十六世皇后亦在此受裁判。观路易十六世皇后监禁室，凡禁于此室七十六日而弑之。今左右二窗嵌以五色玻璃，当时盖暗室也。捕路易十六世皇后者，为山岳党马利他安乃脱。越二月，其人亦监禁此室，仅十三小时而被杀，亦可云‘天网恢恢，疏而不漏’矣！当一千七百九十一年七月十号之九日大杀，即在此狱之院中。有一日死者八百八十四人，流血成河。当时以杀人不迭，有一屠伯始创断头机器，即法国今日所沿用者也。法之革命，其始不过欲倾覆政府，以行立宪耳。乃始则覆王政，既则覆君主立宪，其后则革命党中互相屠戮。中如及伦的党、平野党，皆为穷凶极恶之山岳党所屠。而山岳党人亦复自相残杀，无一免者。涓涓不塞，遂成江河。计法兰西之大革命死者一百二十九万馀人。呜呼惨矣！路易十六世皇后貌极娟好，路易十六世亲开议院，亦无大失德，徒以优柔寡断，身遭大戮，为天下笑。推原祸始，则路易十四世之穷泰极侈，实有以隐伏祸根。栾黡汰虐，祸及于盈，天之报施昭昭不爽，洵可为专制之殷鉴。而福禄特尔、卢梭之徒，持论偏激，虽出于痛恶君主教士专制之热忱，当其立言之始，亦岂料他日燎原之祸，至于不可收拾若此哉！罗兰夫人之死也，指自由神而言曰：‘自由神，自由神，世间几多罪恶皆借汝以行。’痛哉此言。今世借‘自由’二字以行其罪恶者，抑何多欤！”

金绍城又由此想到中国的酷吏：“法国刑法之残酷，亦为酿成革命之一大原因，故乱党之起也，首先击破巴黎大狱。所愿我国反对改良监狱、刑法之酷吏其三思之！”

金绍城在君士坦丁堡碰上土耳其革命，国王被废黜。当地“万国监狱协会”会员萨丁培告诉他：前国王的意志就是法律，国王“以背驼故讳‘驼’字，鼻大故讳‘鼻’字，年老故讳‘老’字。其他‘自由’‘平等’字样，皆于字典中削去之”。全国有侦探五万人，“侦探有告密，辄捕其人而杀之，或缚以巨石而沉之海中。有子告讦其父者，则杀其父而赏其子，民间致父子不敢相亲，朋友不敢相信。……民间重足而立，道路以目”。此次新党革命，全民普遍赞同："新党之首领掌陆军，谋为改革。王侦知之，以重赏招之，不至，使警察往则警察降，派亲兵往则亲兵又降。遂率兵逐王，而立今主。新君改革时，民间并不惊扰，盖民之积怨含愤者固已久矣！"

游英国时，金绍城在伦敦法院连续旁听了"女子争选举权肇衅"一案。警厅拘押了"投石击下议院，并聚众殴辱巡警"的妇女一百五十人，法院"以人数太多，凡阻隔行路者一概释放"。其他在场掷石殴打者甚夥：有一人击巡警落帽，"检察官谓'击帽罪甚小，此女年幼，可谕令自行改悔'，裁判官亦申饬而释之"。有二人掷石击碎下院玻璃窗，"其一人声称'下议院将我辈所递之禀掷出，我等求保全女子之权利，而政府深闭固拒，故不得不出蛮力以争之'"。结果将承认毁窗之一人判处监禁两月，另一人释放。最终，被拘禁者仅十馀人，馀均释放，"盖因争选举选权乃政治上之犯罪，且多系大族女子之有学问者，……特别从宽发落云"。

游美国时，金绍城记下一则"三权分立"的启蒙教育的趣事："令幼童投票选举某为议员，再公选一人为总统，并选出二人订定法律，一人专司裁判，若干人为巡警，若干人为律师。越数日，幼童自议律三条，一曰不得窃取粉笔到处涂抹，二曰不得将废物到处乱掷，三曰听讲时不得顾他人耳语。议既定，经议员认可，总统裁定，然后通过。告之曰：此为尔等公同议定之法，有不遵者，必互相纠察。于是幼童无一人犯此者，行之大有实效，且暗寓立法、司法、行政三权之意义于其间。”

除了有关司法的调查外，金绍城还记下了沿途的其他见闻，可见他事事留心的态度。

他在比利时参观煤矿，不辞辛苦：“初入洞时甚宽，惟有时须略俯首渐进，而洞浸低则伛偻而行，又进则俯首几至地，再进则兽行，更进则蛇行。脚底煤块磊磊不平，地势亦斜上，每进一层则喘息不定。洞外有休息处，少宽，可箕踞而小憩。最后至极难处，则蛇行亦不能进，仰卧，以足先入，以手据地支撑而行，又须顾手中之灯不使熄灭。见洞旁凿煤工人，持一灯一凿，面漆黑似奇鬼，几疑入黑暗地狱，非复人间世矣。绕行一周，由东至西而出于原路。此洞犹为最易行者，嘻，已惫甚矣。出洞后，同人面黑如铁，大有‘鼻似烟囱耳似铛’之态。……比国之例，煤矿工人作工，每日不得过八小时，然星期日尚不得休息，已觉甚苦。”由此又想到海外华工所受的非人待遇：“闻荷兰人狃于南洋群岛之习，苛待华工，竟有课工作至每日十二小时至十四小时不等者，斯诚反乎人道之虐政矣！有保护侨民之责者，宜亟思有以挽回之也。”

在巴黎，金绍城参观了李煜瀛创办的中国豆腐公司：“李君精研化学，讲求卫生。据医学之考验，知人之食品，动物远不如植物之有益，而植物之中尤以大豆为最良。其中含有四类养料，一曰蛋白质，二曰油质，三曰糖粉质，四曰金石质。大豆有益卫生不下于牛乳，……中国自神农氏尝百草，定五谷为常食品，又著《本草》以明药性。神农氏为农家之祖，又为医家之祖。西人经百年来之研究，始知食动物不如植物之善，中国五千年前之神圣已发明此理矣！”李煜瀛即李石曾，后来的国民党四大元老之一，1909 年在巴黎西郊创办豆腐公司，以机器新法制豆腐，获得豆腐博士的雅号。1915 年，李石曾援引豆腐公司的成例，和蔡元培等一起组织勤工俭学会，号召留学生勤工俭学。

金绍城观豆饼厂：“饼用机器制成。大豆皆由中国牛庄、营口运来。其机器有五百匹马力，每豆百斤可得油十二斤、豆饼八十斤。中国用人力制饼，止能压得油八斤也。……机器之压力亦止能取出十二斤也。大豆每吨合英金七镑，油每吨可售三十镑，饼每吨可售六镑，计每吨可赢英金一镑八仙令。豆油可供食料、抹机器之用，并可制洋皂。及密问中国之豆饼何以不能行销外洋，答以中含油质太多，故易坏不能久储。中国若改用机器，得油既多，兼可行销外洋，亦商界中亟应改良之事也。”

金绍城所到之处，除参观监狱、法厅外，参观最多的，则是博物馆。

在巴黎，他看到被掠夺到海外的中国珍宝，雪涕咨嗟，不忍再观。“至歌规味博物院。见埃及古尸，以布包裹而立，布面画像者四人，趺坐者一人，则面目可见，日本人所谓木乃伊者是也。此博物院为一千七百年路易十四世所开，中藏我国内府图器珍物无算，玉玺尤夥，皆庚申、庚子两役之祸流落海外者也。请于主人出而遍观之，……大内诸印玉色莹洁，篆刻精工，非极盛时不能集此瑰宝。天上奇珍，飘零海外，摩挲把玩，雪涕咨嗟，不觉日已亭午。守院者将午膳，因辞出，他处不及观，亦不忍再观矣！”

金绍城自幼喜爱绘画，修养极深。他看19世纪兴起的现代派油画：“午后往观油画院。一为赛画处，一为新油画院，计油画四百张，水画五十张，皆十九世纪名手所绘。新画日趋淡远一路，与从前油画之缜密者不同，转与中国之画相近。中国画学南宋以前多工笔，宣和以后渐尚写意，遗貌取神，实为绘事中之超诣。不但作画为然，凡诗文皆有此境界，至造极处，可意会而不可言传。今人见西人油画之工，动诋中国之画法者，犹偏执之见耳。”“大抵西人之画，以兼收并蓄见长。如轮舟在海中遭风遇火，皆能绘其情状。驯至顽童踞地而吸雪茄，老媪凭几而挦鸡毛，以及死尸枯骸之属，一经摹绘，便入妙境。中国诗画家长于别择，西人诗画家长于包容。惟别择严，故出笔简洁，而意象或失诸狭小；惟包容广，故取径宽博，而蕴蓄反觉宏深。欧洲大诗家之诗，往往有长至数万言者，亦以其所包孕者广也。”金氏是画坛高手，所论自非泛泛。只是在他优游艺苑的好整以暇背后，是否已隐隐预感政事的日不可为？

金绍城是清末“新政”司法改良的积极参与者，希望以改良来避免革命。和萨丁培谈话后，他感叹道：“专制之祸，可为殷鉴也。”可是，殷鉴虽然不远，救亡已来不及。他们还在欧洲，清廷已是将覆之舟，自顾不暇，断绝了他们的经费供给。他们只好四处借钱，筹措路费，匆匆归国。归国后五个月，辛亥革命爆发。清廷“新政”终于挽救不了清王朝覆亡的命运！

金绍城所积极参与的司法改良亦“未竟其功”，但毕竟开启了中国传统司法制度向现代司法制度的转型，司法改良的许多成果也被后来的民国所继承和发展。金绍城留下的《十八国游记》、《十五国审判监狱调查记》则填补了中西法律文化交流史上的空白，成了中国传统司法制度向现代司法制度转型时期的重要文献。

辛亥革命后，金绍城又开始涉足政界，积极参与新生民国的政治、法制建设，先后担任过国民政府内务部佥事、众议院议员、国务院秘书、蒙藏院参事等职务。袁世凯称帝复辟，金绍城深感国家政治动荡、政体弊端积重难返，萌生去意，于是递上辞呈。离开政坛，创办“中国画学研究会”，成为民初北京画坛领袖。这已是后话了。

金绍城十八国游记□

宣统二年七月二十日	上海启程
宣统二年七月二十五日	至东京
宣统二年八月十六日	抵旧金山
宣统二年十月六日	至伦敦
宣统二年十月三十日	抵巴黎
宣统二年十一月十七日	至比利时
宣统二年十一月三十日	至丹麦
宣统二年十二月十一日	至挪威
宣统二年十二月十九日	抵柏林
宣统二年十二月二十九日	至奥地利
宣统三年一月十四日	至土耳其
宣统三年一月二十六日	至意大利
宣统三年四月十九日	抵香港回国

□ 据1914年太原监狱石印本

□ 鄢琨校点

金绍城十八国游记目录

2,5,25

十八国游记

宣统二年五月二十五日，晴（西历七月一号） 清晨八句半钟，由京奉铁路赴山海关，与王君仁山偕行。张弁群、陈静山二君送至车站。车中遇严又陵、朱郁堂、张丹荣、刘葆孙诸公。予病目，不能观书，与又陵先生噱谈。先生谓中国司法前途欲求独立，不当从道德上分其人之善恶，先当从法律上论其事之曲直。今之为裁判官者，专以钩拒为能事，深文周内，曲直可以上下其手，而不察情理之平。裁判员之资格，焉能养成乎？又谓中国社会程度之低，美术之不发达，亦其原因之一。人之心思空闲无所寄，饱食终日，佚则思淫赌博狎邪之事，安得不甘之如饴乎？如广设美术学堂以诱掖之，于改良社会实有裨益，而知者盖鲜。予深服膺斯言。下午六句二十分钟，抵山海关，寓外国客店。时尚早，与王仁山散步至东城，观“天下第一关”五大字横额，而城楼已破败。英人方驻兵

车站遇严复

中国司法独立之途

抵山海关

日人营业者甚多

关内，不禁有莒城已恶之感。城中市面甚萧索，而日人营业者甚多，甚至肩挑贸易遍地皆是，于我国商务前途亦大有影响也。

二十六日，晴（西历七月二号） 八钟上火车，下午六钟二十分至沈阳站。旁遇甬友吴大溶，为同学吴大桢之兄也。数年未晤，匆匆细谈数语。余因为火车茶房所误，谓至东洋车站下车为便，因复买票。及票已买，而蒙务局黄君堉焱仕福已在车站相候，谓不如由沈阳站下车，离局较近。然业已上车，瞬即开行，遂同至日本车站，复雇东洋车折回，入自外攘门。至东关蒙务局，黄君留予等局中下榻。黄君善书画，精赏鉴，谈画及古玩瓷器，语极相得。关外日人杂居，营业者较山海关尤多。据黄君言，主册者共五千人，而往来无常者三倍之。由此间至长春八百馀里，日本之屯耕者，处处是民，即处处是兵，不可究诘。沈阳为陪都重地，而强邻实逼处此，令人触目惊心。夜祁听轩来谈。

关外日人杂居

二十七日，晴（西历七月三号） 七钟至造黄君堉焱寓，并往候祁听轩、熊秉三希龄。秉三因病未见。午后闻昭陵方修缮，暂弛门禁，得纵游人入观。由堉翁为介绍，与王仁山三人偕往。碧瓦朱甍，臒丹垩白，崇楼杰阁，灿然一新。惟门外照壁及城楼数处尚未竣工，但规模视明陵、西陵均较小。入门万松夹道，涛声扑地，翠色参天。中有一树为大风所仆，偃蹇卧地，形如苍虬。石兽夹驰道，有六狮、二象，驼马各二。华表二，上刻盘龙，高

昭陵得纵游人入观

与松齐，苍鳞掩映，夭矫拏空。寝门外有翡翠石，宽尺有咫，长六尺许，碧色莹然，温润而泽。墓顶生冬青一株，大数十围。守者云，严寒经霜，百卉俱腓，而此独苍翠欲滴，尤为可观。盖天然生长，计已二百年物矣。旋至松林中，设小几闲坐，饮汽水、啤酒。翠霭排空，人语具绿，清风吹襟，凉沁心骨。坐久忘机，不觉夕阳挂树，亟命驾回寓。夜听轩来谈。

二十八日，晴（西历七月四号）　往谒锡清帅，面投大理院咨文。拜吴提法使，未见。金戢经来谈，系提法使派陪往调查审判监狱者。午后，约堉翁及仁山偕往。先至高等审判厅，与地方审判厅合在一处，而分庭办事，界限仍各判然。高等审判厅刑科二庭、民科一庭用合议制，每庭设推事三。地方审判厅刑科二庭、民科一庭用折衷制，设推事三。晤管洛声厅丞、廖星石、汪琴坡检察长，谈甚畅。审判厅规模甚完备，惟待质所太逼仄，限于地也。旋至习艺所，分四翼，十字形。一皮工科，二木工科，三旋木科，四织布科，五裁绒织袋及卫生衣科，六缝纫科，七铅印及雕刻木印科，八染科，九冶铁科。专收教犯罪者，皆有定役。作成之物，以十之四给犯人。其有功者，则奖以功牌，饮食起居等，皆予以自由，以奖励之。办理颇称得法。习艺所房屋材料取诸公中，而作工皆用犯人，故计费仅三万馀金云。下午观模范监狱，亦由犯人工作而成，计费四万馀金。规制颇宏敞，但参用折衷制，而不能一律分房，女犯虽别有监，而幼童犯罪者仍与成年者

沈阳审判厅制度

习艺所办理颇称得法

杂处，皆不免欠点。盖亦为经费、地势所限也。

购得习艺所所织绒橙垫一对，模范监狱织布四端，工作皆精微，将携至美洲作监狱协会之赠品也。夜听轩邀饮于番菜馆。归写篆书对赠堉炎云：得天绝技诗书画，绕地游踪澳欧美。又赠听轩一联云：和神永驻长春国，朗抱常开不夜城。盖堉炎曾遍游各洲，通俄文，又擅郑虔三绝。而听轩则豪爽善饮，方创办电灯公司，乃记实也。

二十九日，小雨（西历七月五号） 廖星石、祁听轩来谈。往拜熊秉三。午后偕育翁往游行宫。宫之两旁左为翔凤阁，右为飞龙阁。飞龙阁藏纯皇帝御用盔二顶，以东珠、宝石、金钢钻镶嵌而成，盔顶一珠大如栗。锁子甲一，战裙一，皆珠绣盘龙。东珠朝珠一串，颗粒如樱桃。西洋贡刀二，其柄长四寸许，全用钻石嵌成。历代御用弓箭悉藏楼中，想见先朝不忘整军经武之意。翔凤阁收藏古画、钟鼎、瓷器甚夥，五光十色，如入山阴道上，令人目不暇给。见郭熙《寻碑图》、冷枚《东升图》、王蒙仿董北苑《太乙观泉图》、唐寅《斗茗图》、仇十洲《画锦堂图》。铜器凡八百件，周鼎商彝，琳琅满目。见西清古鉴十馀面，古钱摹本数册。但铜器皆乱堆箱内，并不列架陈设，既易损外，尤不便观览。谓宜仿泰西博物院之式，作玻璃橱分件罗列之，亦足为我国国粹增光也。瓷器如豇豆红、苹果青之类，不可胜数。青花瓷天地交泰瓶一，中藏一红花小瓶。外瓶之腰有活笋，如方胜形，犬牙相错，挈瓶口则下半截离活笋。中有小瓶为之胆，故离而不脱，亦

行宫古玩收藏甚多

2,6,5

异制也。旋登凤凰楼，弥望数百里皆在眼底。天风飘飘，大有“琼楼玉宇，高处不胜寒”之概。复至西宫，有保极殿、迪光宫、继思斋、崇政楼。最后为寝宫，制度朴质，窗以纸糊，仅如中人之家。守者云，国初本系如此，但窗槅糊以白绫耳。两阁藏庋珍品，穷极瑰丽，而御在所独简质若此，先朝崇俭之意，尤不可及。正殿有集《尚书》联云：“受此丕基，用肇造我区夏；慎及俭德，式弗替有历年。”圣训昭垂，洵非虚语。归途遇古玩铺，见霁红太白樽一，索值十金，然较诸大内所藏不逮远甚，疑为赝物。夜堉翁出示墨珠一，钻石、子母绿戒指各一，亦珍品也。

寝宫制度朴质

录李君楠芳调察天津监狱审判笔记。

六月初五日，晴（西历七月十一号）　下午四句钟，偕王仁山同乘快车至天津，夜十一句钟到。王君至其令兄骈斋处，予寓裕中饭店。

初六日，晴（西历七月十二号）　王仁山来寓，同至洋务局。由总办温莀臣为介绍，先以电话通知审判厅，与王君偕往，见厅丞俞仲韩纪琦、厅长李君绳绍勋、地方检察长方立三大年、高等检察厅典簿金复生叔寅、高等检察长刘子衡诸君。天津审判厅于光绪三十二年开办，三十三年成立，计民事二庭、刑事一庭，皆有旁听座，民、刑推事各三，地方审判厅民、刑推事各四。初级审判厅用单独制，地方审判厅用折衷制，高等审判厅用合议制。另有大公堂一，专为重要案件而设，又有预审公堂，规画极完备。监狱采折衷制，重犯分房，轻罪杂居，不能纯用分房

天津审判厅规画完备

制。而未决监亦殊湫溢，未免稍为欠点，此亦限于地势使然也。养病室方改建，尚未竣工。

午后至习艺所，内分罪犯习艺所、游民习艺所，为二院，而同在一区。见总办何甲三，谈旧时监狱野蛮情状甚悉，闻之不寒而栗。盖何君幼时曾亲至狱中目睹情形，故能言之痛切若此。旋由典狱官范小园、看守官蔡幼舫导往各处参观。门口为男女犯接见室，家属探问者随时可以接见。入门为陈列室，悬有工艺局“考工劝商”、“劝工牖商”等奖励匾额。出品以绣货、绒毯、漆器为尤佳。再进为典狱官办事室，又进为讯问室。第一监分“知过必改”四字，第二监分“得能莫忘”四字，均两面对列，用折衷制，轻罪杂居，重罪分房。工作时全用杂居制。工厂分织毯厂、铜铁器厂、染工厂、木厂、布厂、皮厂、缝纫厂、印刷厂等。织毯能自画标本，故花样能翻新而极鲜丽。铁工制警察佩刀，亦甚有用。缝纫厂方制女犯衣，盖将开办女犯习艺所也。各犯工作略给工资，每月多至一圆，少则三角。以作工勤惰为率，有赏誉饭，以励其勤；有暗室、屏禁室，以警其怠。有幼年犯罪小学堂，教之书算等事。有种植场，凡犯人不能习艺者，令之种植。有运动场，以习体操。有教诲堂，以资劝导。澡浴有室，剃头有室，洒扫清洁，故全监七百馀人，病者不过三十馀人耳。又有携带品室，凡犯人入监时携带之物，概为挂号收藏，出监时仍给还之。内有一人所携书籍甚多，地理、历史、算术等书，已及中学程度。噫，学问如此，而犹罹法

各犯工作略给工资

2,6,29

网，亦可哀矣！内有一犯，能为捏像。何君令作新旧监狱比较塑像，形容酷肖。因定塑一份，并购取绣货及织绒垫数种，以备带至美洲为监狱会赠品。 新旧监狱比较塑像

参观毕后，至游民习艺所，见提调林少轩。入门为职员办事所，又进为会议处。第一工场为攻木科、缝纫科、油漆科、藤竹科、刺绣科、图画科，第二工场为织机科。陈列室有洋漆桌椅及湖色库绫、绣花围屏，皆极工巧。人收幼童数人，令习纺纱。幼童卧室分上下床，如轮船之制。另有小学堂、游戏体操场，亦专为幼童而设。其普通教诲堂、运动场、浴室、剃头室，均与犯罪习艺所同，惟饭厅为罪犯习艺所之无耳。犯人推记功者，有赏誉饭，方另设一桌，寻常皆沿墙设小桌，不另设饭厅也。附设烟犯惩戒所一区。游民习艺所朔望放假，罪犯惟年节有假，平时无假也。据何君言，全所常年经费六万馀金，所中一切薪水均在其内，而办理如此精到，可谓实事求是矣。 游民习艺所办理精到

二十九日，晴（西历八月四号）　下午四句钟，偕王仁山由京起程赴天津。同寅、同乡诸亲友及仁山诸同学在车站送者三十馀人。汽笛一声，挥手相别。一路车行箭激，绿柳如烟，夕阳在林，飞蝉声碎。傍晚抵津，徐幼香及施述之、处纪纲雇马车相迎。即下新铭轮船，行李安置妥帖。与王仁山、费振甫同至德义楼晚餐。致何甲三观察一函，托费振甫代领楠芳所定新旧监狱比较塑像。十一钟回船，同舟有邵伯絅、蒋抑卮、施荫生、徐幼香、周子缄、严约冲、王彦芸诸君，相与谈笑，颇不岑寂。

七月朔日，晴（西历八月五号）　清晨四句钟开船，九钟抵塘沽上煤，停三小时开行。微风凉扇，海波如睡，琉璃万顷，一碧镜平。宋人诗所谓“水真净绿不可唾，鱼若游空无所依”者，不意于海天空阔处遇之。夜渡黑水洋，舟行甚平。

新铭轮船启航

初二日，晴（西历八月六号）　八句钟抵烟台，偕王仁山、徐幼香雇小舟往游。一路楼阁参差。循坡坨而斜上，穿小径，出山背，坐磐石上观海。弥望空蒙无际，时有白鸥，三两出没于苍烟碧浪间。泅人浴于海滨，或远或近，时见草笠，浮沉水际。环海诸山，罗列眼底。最远一峰，岩顶有云气滃渤上腾。沿途熏风吹襟，蝉声聒耳。归渡中流，微雨东来，沾衣欲湿，须臾即放霁。登舟后，五钟开行。夜过威海卫，英兵轮电灯照耀海滨，闪烁明灭。卧榻之傍，竟容他人鼾睡，谓之何哉！

威海卫英兵轮船

初三日，晴（西历八月七号）　有风，舟甚颠簸。同人多卧，有呕者。予与仁山尚能强饮食。夜雨，甚无聊，坐吸纸烟。因以“纸烟”二字课诗钟凫胫格。予云：“帖写来禽蕉纸滑，香消睡鸭篆烟轻。”仁山云：“春梦梅花销纸帐，秋情莼菜忆烟波。”一钟时机器坏，停修三小时，四句钟开行。

初四日，晴（西历八月八号）　九钟过佘山。下午四句钟抵申江。

初五日，晴（西历八月九号）　李楠芳来电，初十日由京起程，嘱买十六日开日本邮船票。

2,7,6

初六日，晴（西历八月十号）　午刻乘小轮回南浔。仁山在轮舟中，过船来谈甚久。夜过平望。

初七日，晴（西历八月十一号）　侵晨抵家中，料理琐务。

初八日，晴（西历八月十二号）　往省诸亲友。夜邱宅饯行。

初九日，晴（西历八月十三号）　邢颂声、张石铭饯行，在张氏适园。

初十日，晴（西历八月十四号）　外祖母神回，往应酬一天。

十一日，晴（西历八月十五号）　张棣华妹丈处外甥弥月，循俗例往抱剃头。下午乘招商轮船赴申。仁山自湖城来，在前船中，过舟来谈。夜多蚊而热，不能安睡。 乘招商轮船赴申

十二日，晴（西历八月十六号）　早抵上海。南洋劝业会因乏美术审查员，杨杏城侍郎嘱赵仲宣以徽章见寄。敦促至再，不得已，即乘火车一行。傍晚抵金陵，袁仲龙、钱泽农、施仁伯及仲弟、怡妹，在车站相迎。是晚下榻于三元巷袁宅。

十三日，晴（西历八月十七号）　至杨杏城侍郎处。又至狮子桥访旧友赵仲宣、荣蔚华、于受百、屈钧侯、张星五、廖绶青、王彦芸诸君。旋偕二弟、钱泽农至会场审查。

十四日，晴（西历八月十八号）　晨起，至会场审查。午刻，与二弟借袁宅请赵仲宣等诸旧友。午后，再至

会场审查。夜游秦淮，画船灯火，熏风送凉。名胜之区，自别有一番风致也。

十五日，晴（西历八月十九号） 至会场审查，归草美术审查表。行色匆匆，疏略知所不免也。

自金陵回沪

十六日，晴（西历八月二十号） 自金陵回沪。三弟、二妹、徐超侯夫妇饯行。夜，曹云清来议公司事，谈甚久。

十七日，晴（西历八月二十一号） 兑换金镑，购买船票，添置出洋衣服、器具。狄楚青、李伯琴、严子均、蒋抑卮诸君来。夜，庞莱臣姻伯饯行。

十八日，晴（西历八月二十二号） 致大理院各推事函，报告动身日期，请转达堂官。夜，谢子楠表伯饯行。

十九日，晴（西历八月二十三号） 复杨杏城侍郎函，寄美术审查表及铜板相片。作留别京沪诸友诗一章云：

留别京沪诸友诗

“横截重洋渡太平，短衣断发此登程。七年始雪华工辱（余七年前留学英伦，归途游美洲，至抱丝墩口岸，误以余为华工，被禁半日），万里乘风海客行。北美莅盟期恤狱，东门祖道感深情。桑蓬差慰平生志，两渡周游遍大瀛。”

二十日，晴（西历八月二十四号） 发行李。下午上满洲船。二弟、三弟、二妹、二弟妇、袁仲龙妹丈、仁山令弟亦梅及诸亲友送行者二十二人。解维后，彼此挥巾脱帽作别。夜四钟开行。船属美国公司，全船人二百七十

载洵赴美考察海军

有八。头等舱客六十五人。洵邸至美洲考察海军，亦同乘

2,7,21

此舟。随员如周子赓、冯公度、赵孟云、曹灿三、李孟鲁、郑聪传、郑子敬、徐季程、林仲怡、张公善诸君。时相叙谈，颇不寂寞。

二十一日，晴（西历八月二十五号） 舟行经线一百二十四度〇五十九，纬线三十一度〇三十三。自昨晚至今午，行一百八十三海里。海水镜平，蔚蓝无际，云光映日，作绀碧色。遥望数十里外，浪花高溅丈许者，鲸鱼也。少陵诗云"鲸鱼拔浪沧溟开"，又云"鲸力破沧溟"，今目睹之矣。舟中无事，洵邸出诗牌二盘，计百二十字，限于每盘字内作集锦律诗一首。与王仁山各作一律。钩心斗角，夙非所长，勉强报命，仅免曳白而已。随员诸君各出心裁以斗捷，至夜分始散。

二十二日，晴（西历八月二十六号） 六句钟到长崎。日人欢迎洵邸，预备周至。九句钟，偕楠芳、仁山上岸游览。不通日语，幸遇侯君雪舫为之引导。到诹访神社，一名镇西神社，拟摄影，为车夫所阻。盖日人以其地依山面海，故防之甚密。然予不过流连光景而已，因止不复照。循山行至公园，三面环山，一面临海。林间茶肆数家，执役者皆女郎，招客甚殷，日俗然也。憩松树下品茶，颇凉爽，布置亦精雅。余七年前曾由美洲归国过此，尚无此经营也。旋至一料理店便饭。布席于地，脱履户外而入，盖犹有中国古代之遗风矣。下午至领使馆，见新署理领事王君及旧领事王松臣。松臣方病足，出谈良久。因托电致张燕南，拟至横滨一观监狱。因舟到彼处，恐匆促

日车夫阻止摄影

不及，故托先为预备也。六句钟回船。舟泊海岸，两面皆山，万家灯火倒悬海角，星火摇红，电气凝碧，微波荡漾，缕缕如金碧珠帘，摇曳于水晶屏里，亦奇观也。夜十二句钟开行。

二十三日，晴（西历八月二十七号） 舟行经线一百三十一度一分一，纬线三十三度四分九。午刻行一百〇二海里。午后，为洵邸绘团扇一柄。沿途海山衔接，如相送迎。薄暮烟霭苍茫，帆船平远，惜无摩诘妙笔，将水色山光尽收拾画稿中耳。

布引雌泷瀑布

二十四日，雨（西历八月二十八号） 七钟到神户，寓同和客栈，侯君雪舫别去。冒雨往观布引雌泷，此为神户瀑布之一，盖尚有布引雄泷也。循山而上，夹道松林茂密，泥滑道颇难行。至其地，但见悬崖壁立，山顶一穴洼然而深。瀑布飞流，直悬数十丈。下则因山石筑池而承其流焉。岩架屋低欲碍眉，万木苁茏，绿压屋脊。小坐品茶，觉葱茜之色与目谋，清泠之声与耳谋，尘襟为之一涤。购取影片数纸而出。乘人力车往观又吉温泉，为前田又吉所布置，因以其名名之。山前有石碑，称浴此温泉者可已宿疴。因与楠芳、仁山皆就浴焉。我国京师西山有汤泉，较此尤大。国初时圣祖曾建行宫于此，道光以后浸失修理，御用器具堆存破屋之中。西人之浴于此者，往往占行宫傍屋而居之。中国人往游者，须纳小费。有时西人方浴，或竟反客为主，禁不得入。倘能及时修葺而整理之，不特可为游观之胜地，亦与民同乐之盛事欤。六句钟回

“泠”原作“冷”

应修京师汤泉与民同乐

2,7,25

栈，即上火车赴东京。夜宿车中。

二十五日，晴（西历八月二十九号）　在车中早餐。沿途因大水损坏处甚多，故车行较迟。经过山洞数处。十句半钟到东京，至公使馆。汪钦使往横滨接洵邸，见燕南及林铁铮，聚谈少顷，即至帝国客栈。铁铮、燕南与沈敬亭偕来。旋由黄迪卿导至司法省、大审院、控诉院考察。适值署假，午后署中均散，司法省已无从往观。因到大审院及控诉院、地方裁判所调查。适控诉院刑事第四庭方审案，由迪卿导往旁听。方讯一窃盗案，行窃八次，其兄为窝家。因不通日语，迪卿译述其案由如此。迪翁尚有公干，即退出。归寓后，与楠芳往游芝公园。途遇小河滋次郎，约至寓中便饭。因请作介绍书往观巢鸭监狱，并承代致书于横滨典狱官，以便明日前往考察。夜，燕南及施治亚来谈。今日系日韩合并下诏宣布之期，日人沿街悬灯庆祝，呼万岁之声不绝于耳。箕子明德，不祀忽诸，念辅车唇齿之义，能无悚然？

遇小河滋次郎

二十六日，晴（西历八月三十号）　七句钟，与楠芳、仁山同雇马车，至小河滋次郎家取介绍信，往观巢鸭监狱。先由藤野亮道出见，次见监狱长，导观各处，颇极周至。午后三句钟，乘火车至横滨，到领事馆见吴君纬卿。前托燕南代取司法省考察横滨监狱凭券，司法省竟未送来，不克往观。

巢鸭监狱

二十七日，晴（西历八月三十一号）　满洲船停泊横滨口外。三等舱内病故一人，因验疫故须扣停一星期方

汪凤藻

开，甚为焦灼。夜，汪钦使招饮于正金银行俱乐部。座有日本神奈川县知事周布公平、正金银行总理高桥是清、外务部参事官阿部守太郎、正金银行小田切万寿之助，馀均中国人。用中国菜，而每人一份。凡宴饮座有外人者，此法甚合宜也。

二十八日，晴（西历九月一号）　船仍未开。发宝瑞臣侍郎、沈子惇姻伯及施述之函。晚与楠芳、仁山至海滨散步。

二十九日，晴（西历九月二号）　船仍未进口。发沪江及南浔家书二函。

三十日，晴（西历九月三号）　与楠芳、仁山乘火车至镰仓游八幡宫，观宝物陈列处，皆刀剑、兜鍪、甲矢之属，或前代名人所用，或战胜他国所得，献纳神社，以为纪念。日人尚武之精神，于兹可见。中有甲午之役与我国战时所获龙旗、枪弹及在威海所得炮弹，见之不胜枨触！复游大异山，见大佛，高五丈，周围十三丈二尺。佛腹中空如层楼，可梯而升，于佛背出。玻璃窗八扇，以通光线。像系铜制，而眉目皆以银熔成。自铸就迄今，凡六百五十九年。从前系一大寺，为山水冲去，惟此佛大而且重，故巍然独存，今犹露山脚也。昔人谓渡江不见刘元城，过泗州不见大菩萨，为人生憾事。今于海外见大菩萨，得不谓一大快事乎！下午乘火车回横滨。

日人陈列甲午所获龙旗

八月朔日，晴（西历九月四号）　因洵邸即欲赴美洲，日人格外通融，准满洲船今日开行，惟不得驶入口内，须另雇小舟下船。船中止能搭载来时舱客，不得另卖新票。九钟下船，候医生验病讫，十二钟开行。

初二日，晴（西历九月五号） 舟行经线一百四十九度，纬线三十五度四分七。昨日开行，至今午行三百四十三海里。下午洵邸出诗牌，与仁山各作集锦律诗一首。但为字数所限，终不能全体自然耳。

初三日，晴（西历九月六号） 舟行一百五十三度三分四，纬线三十四度四分。午刻计行三百七十二里。下午洵邸发无线电至日本，请帝阳丸迟开四日。因在横滨动身稍迟，至美洲后拟乘帝阳丸回国也。

初四日，晴（西历九月七号） 舟行经线一百六十度五分，纬线三十三度五分七。午刻计行三百六十一里。与楠芳、仁山同草监狱会问题答案。

起草监狱会问题答案

初五日，晴（西历九月八号） 舟行经线一百六十八度〇三，纬线三十三度〇二。午刻计行三百六十四海里。与楠芳、仁山同草监狱会问题答案。下午微雨。夜，月色微茫，凉风轻扇。今日为白露节，诵老杜“露从今夜白，月自故乡明”之句，不禁怃然。

初六日，雨（西历九月九号） 舟行经线一百七十五度〇二，纬线三十一度二分七。午刻行三百六十七海里。秋气袭人，凉风送爽。洵邸与诸随员课碎锦诗对，乃任取一成语，颠倒次序，随出一字属对。对毕而能成语者颇鲜。如“荷叶当门水浸阶”，洵邸对以“瑶琴隔院风传曲”；“白云破处洞门开”，李君孟鲁对以“明月来时庭院

与诸随员碎锦诗对

静”，均极浑成。“好竹连山觉笋香”，予对以“幽花绕涧生春色”；“石鼎烹茶诗句健”，予对以“金炉焚麝御香轻”。馀尚多，不能全记矣。

重日晴，仍系中历初六日，西历九月九号　舟行经线一百七十八度五分二，纬线二十九度三分八。午刻，行三百三十四海里。凡航行向东环地球一周者，辄多一日；向西环地球一周者，辄少一日，故须加一重日以补之。盖见日之迟早与舟行之迟速为之也。连日时表所差，每日约短三十分许，故积久而成一日云。或称此为闰日，然阳律每四年有一闰日，易于相混，不如改称重日较妥也。与楠芳、仁山同草监狱会问题答案。为洵邸画斗方一页。

闰日不如改称重日

初七日，阴，小雨（西历九月十号）　舟行经线一百七十二度三十五分，纬线二十七度三分四。午刻行三百〇九里。夜，课诗钟。予作“绣枕”及“蟹”联云：“春夜美人香有梦，秋风公子冷无肠。”仁山作“妾”及“风筝”联云：“流水双桡桃叶渡，春风一线杏花天。”

初八日，晴（西历九月十一号）　舟行经线一百六十六度二分六，纬线二十五度二分九。午刻，行三百五十六海里。是日波平如镜，冯夷不惊，真有“上下天光、一碧万顷”之致。洵邸绘《舟窗海色图》，随员诸君各有题咏，余亦献一律云：“秋色落乌篷，丹青夺化工。海波翻浪白，旭日射霞红。云水三山外，乾坤一镜中。披图骞壮采，雄挹大王风。”

载洵作画

初九日，晴（西历九月十二号）　舟行经线一百六

2,8,10

十度〇四八，纬线二十二度三十二。午刻行三百五十五海里。晨七句钟时，见一小岛突出海中，陡峭壁立，名曰辽岛。下午舟旁复见二岛，左一岛较小，曰依安山，右岛甚大，曰杜威山。遥望满山云气，而山脚沙滩日光所照，明莹如水晶。山上平畦数亩，众绿如滴。有居人，询知系种蔗熬糖为业者。顷之舟行至山前，凉雨飞来，西风送爽。海鸥翔集，绕船不去。盖去檀香山仅二百六十六里矣。洵邸以予能操西语，加派为海军调查员。

初十日，晴（西历九月十三号）　清晨抵檀香山。医生来船验病讫，八句钟到埠。港督派水师提督上船迎接洵邸。计水师兵二队，马、步兵各一队，乡团一队，音乐一队。出入皆鸣炮二十一响致敬。旋随洵邸登岸拜檀香山总督。所居之室，乃从前爪哇夷王之故宫，四壁所悬昔时王像，今犹存也。出至中央客栈，复往答拜水师提督而立司。萨军门与随员五人往阅军港。予随洵邸及馀人均至梁领事国英署中。回寓后，领事署书记官唐石顽、李叔腾及华商十馀人谒见洵邸。午后，往游水族院。鱼之颜色形状，怪怪奇奇，多有《山经》所未载、《尔雅》所未详者。据云，出于本地海滨者居多。又往观炮台，见十二寸口径大炮八尊，皆一千八百九十六年所造。每炮一分钟能出一响。炮台隐于山之阴，在海口望之不能见也。阅毕，回慕安捺客栈小憩。四句半钟，回船。军乐队作乐相送。檀香山一岛全赖华工之力开辟，从前华人居此岛者不下六七万人，现仅存一万七千有奇，而日本人之来者多至七万

海军仪仗队迎接载洵

游水族院

观炮台

檀香山华工之盛衰

馀人，盛衰之故致足感人矣！五钟开行，美政府派暗探康乃尔至舟中，沿途为洵邸护送也。

十一日，晴（西历九月十四号） 舟行经线一百五十四度〇二，纬线二十三度〇二。午刻计行二百六十一海里。午后，洵邸课碎锦诗对，题为“空中烟市蜃为楼”，洵邸对以“殿里玉阶龙绕陛”，公度对以“天外青峰螺拥黛”。又题为“日午当空塔影圆”，予对以“风凉听雨荷声碎”。盖逐字凑合而成，求其措词现成，已颇不易也。

十二日，晴（西历九月十五号） 舟行经线一百四十八度二分九，纬线二十七度〇七。午刻行三百六十五海里。与楠芳、仁山草监狱会问题答案毕。洵邸课诗钟，题为“竹夫人与虎”，予一联云：“一榻横陈怜碧玉，万山怒吼震班奴。”仁山云：“冯妇趋迎遭冷笑，汤婆争宠善温存。”“冯妇”、“汤婆”属对，颇巧。

十三日，晴（西历九月十六号） 舟行经线一百四十二度三分四，纬线二十三度〇一八。午刻行三百九十四海里。午后，与西伯利里船邂逅于海中，相距数十丈许。彼舟放舢板来取信件，且查有未购船票偷出境者三人，亦送至我舟带回旧金山也。余乘两舟对泊之顷，摄取一影。

舟中演习救火之法

下午，舟中演习救火之法。自申江开行后，每星期必演一回，此为第三次矣。安不忘危，正西人不可及处，治国之道亦犹是矣。

十四日，晴（西历九月十七号） 舟行经线一百三十六度十九分，纬线三十三度〇三。午刻行三百九十海

2,8,15

里。下午，洵邸课连珠体联句诗。连珠体者，每人出二字，循环缀续以成联也。

十五日，晴（西历九月十八号）　舟行经线一百二十九度二十九分，纬线三十五度三分四。午刻行三百七十海里。今日为阴历中秋节。夜，洵邸宴各随员及赴美留学生。予、楠芳、仁山亦在座。席间行飞花射覆令，尽欢而散。

抵旧金山

十六日，晴（西历九月十九号）　午刻抵旧金山。美国派总税务司偕府尹麦加地、将军布列顿及我国参赞容揆、领事黎荣耀及书记官等，驾士路金小轮至船，迎洵邸登岸。计海陆军兵各一队、马兵二十人为护卫。自火岑街码头起程，上马杰街，过乾宜街，至布律委街，转都板街，上普士街，至圣花兰士旅馆而止，绕行全市一周。中国街均悬灯欢迎。此地四年前因地震火灾焚烧一空，今已崇楼杰阁，焕然一新，足见美国财力之雄富矣。至客栈，楼高十三层，升降有机，无拾级之劳。此在欧美已成惯习，而我国则犹罕见也。夜，至领事黎藻泉处便饭。九钟在客栈开茶会，中国人到者五十馀人，西人到者四十有奇。

灾后重建见其财力

十七日，晴（西历九月二十号）　八句钟，上火车。此车系美国勃雪姆钢厂主人雪怀白所造，计费十二万五千美金，乃备迎接洵邸之专车也。遇奥国旧友斐士，沿途均承照拂。美政府兼派官兵盖利思及铁厂中施那、爱达、强升等人沿途招呼。十钟时，过海峡，以舟载火车而渡。舟

火车轮渡过海峡

形如筏，上设铁轨，可与沿岸轨道相衔接。火车上船后，即由船上运机开渡彼岸，真水陆兼程矣！午刻，过一城，车旁有音乐队，亦为欢迎洵邸而设也。沿途经过山坡，凭窗下望，深崖十仞，乔木千章，夕阳在林，苍烟扑地，风景甚佳。过木屋，长四十馀里，系为冬日避雪而筑，亦巨工也。夜宿车中。

十八日，晴（西历九月二十一号） 十钟过盐湖。从前须沿岸而行，现筑长堤三十七英里，得以直穿而过。此湖之水百分中含二十五分盐质，故不生鱼，人溺其中亦浮而不沉。云过此湖有一村，属幼塔省，其宗教曰摩门教，行一夫多妻之制，有一人娶十馀妻者。此在美洲乃自为风气，为全国之所无，亦可见宗教之势力，虽极无理之举，尚不易破除也。一钟时过一小镇，曰阿克登，停十五分钟。下车略一游览。夜宿车中。

盐湖城摩门教

十九日，晴（西历九月二十二号） 中途换火食车。车中菜单全是西文，不习英文者颇觉不便，迨换车已一律改用中西文合印。西人办事之灵敏，于兹可见。晚七钟过乌麦阿，停十分钟许。夜宿车中。

二十日，阴（西历九月二十三号） 晨八句钟，抵西家郭。留学生邹秉文、郭庆德在此下车。惟时小雨霡霂，烟霭空蒙，平野极天，远树若荠。汽笛时鸣，为防前途危险也。午后三钟，到克内兰。湖南留美学生连懿伯下车。夜至乃阿哥拉观瀑布。此天下第一大瀑布也。惜天阴月黑，望之不甚了了。但闻喧豗澎湃之声，如洪钟，如震

西家郭（芝加哥）

尼亚加拉大瀑布

2,8,21

霆，怒泷标注，馀沫喷洒，散珠如雨，沾衣尽湿。夹岸电灯明如列星。沿途西风瑟瑟，凉气袭人。已而至电机厂，即利用水力为之。所生之电力，可用之三百里外。因思我国川汉铁路成，若借川河湍水之力，虽以造电气车不难也。惜乎电学之程度尚极幼稚耳！ 水力发电

二十一日，晨（西历九月二十四号） 过勃雪姆钢厂。其最大之水力压机一万五千吨压力。十二寸口径之炮，长六百吋，炮子重八百五十磅，药重三百四十磅至三百六十磅。用尖头弹子可击十二英里，圆弹可击十英里。既复至造炮弹厂。弹子模型制成后，入火锻红，其钻来复线孔，用机器一压即成，甚为简捷。惜车停止三十分钟，匆匆一览，不及百分之一耳。午后至费城，寓白尔阜尔斯丹夫夺客栈。西友罗丙生来电。夜观剧，间杂小戏，如中国之幻术，令一女子立台上，以巾蒙其首，一人下台，取观者所佩之物而询之，任取何物辄应如响，百不失一。或疑此近催眠术，未知然否也。 过勃雪姆钢厂

二十二日，晴（西历九月二十五号） 随萨军门往观费城国家船厂纽约商家噶兰姆船厂。该厂极大，厂中铁篷计费七十五万金元。一千九百十年，计开办满十年之期，共造成商战舰一百〇九只。现在正造战舰四只，水雷艇三只，商船二只，尚未竣工。厂中作工者三万六千人。美国自造一铁甲船，名尤胡太，重二万二千五百吨。闻阿群丁国在此厂造战舰一只，计二万八千吨，又在抱丝墩定造一舰，亦重二万八千吨。阿群丁乃小国，在美国各船厂 阿根廷订造巨型战舰

定造战舰甚多，不知何以有如此之财力，且需如许之军备？或言美国自造战舰过多，恐他国亦因之增加兵力，故特借款与阿群丁，使之出名定造，实即美国所自造者，容或有之也。在厂中午膳，旋偕船厂总理噶陆夫、副理罕思特、旧友罗丙生，同至猎场及高尔夫球场游览。夜请罗丙生大餐。

二十三日，晴（西历九月二十六号）　午后上火车，晚八句钟到华盛顿，寓钮乌威拉客栈。钦使张憩伯昨晚先至费城，迎接洵邸同车来此。留学生监督荣赞虞、参赞伍性初、梁桂山、卢炳田、钟文邦及学生等均来栈，为谒见洵邸也。

观西人演操

二十四日，晴（西历九月二十七号）　观西人演操，先步队，次马队，参伍错综，变化百出，而步伐仍秩然不紊。其于搜讨军实，盖不遗馀力矣。下午，上海来电，系暗码，忘携底本，无从检查，甚觉闷人。

二十五日，晴（西历九月二十八号）　往谒许俊人，知徐季龙尚在纽约未到。午后，俊翁偕罗聃父来谈。夜邀至上海馆餐中国菜，并观剧。

华盛顿故居

二十六日，晴（西历九月二十九号）　洵邸往谒华盛顿墓，予亦随往。坟甚小，后及女祔葬于旁。洵邸留花圈为纪念。并览华盛顿故居，室甚卑，不及现在美洲中人之家。生前所用车服器物，一一陈列，均极俭朴。皇后所用织机，亦陈于室中。开创明主自奉简约，真不愧土阶茅茨之风矣！午后各国监狱会会员同觐见美总统，行握手

2,8,27

礼。总统有演说，另译。礼毕退出。下午上车赴纽约。

二十七日，晴（西历九月三十号）　随洵邸观纽约军港，为美国之最要者。计用工人二千有奇。除星期外，九点至四点钟平人皆得入观。其面积约计一百四十五哀克。其最要之船坞，能将坞内蓄水放干者凡三处。第一处深四百五十六尺，第二处深五百六十四尺，第三处深三百〇七尺。午刻，至帆船会，与西友凯痕偕往。五十年来帆船之变化，一一有陈迹可寻。其从前之帆船，概用平底，与中国同，逐渐改为今制。假如船身左右阔二十尺，则船约高七十尺，而船底吃水须深十尺。盖改平底为尖底，故吃水较深，而速度则加大矣。厂中房屋装饰全与船中相同，四壁所绘皆系船之模形，别有趣味。所藏书籍，亦以关系船只者为最多，可见西人用心之专一矣。

纽约军港

午后，复随洵邸往观纽约海军船坞。战斗舰名康乃克推脱，重一万六千吨，十二寸口径大炮四尊，八寸口径炮八尊，七寸者十二尊，三寸者二十尊。船上九百九十人。又见停泊一舰，名墨起根，亦一万六千吨，均造成四五年矣。又一舰名福禄来道尔，造未竣，大约明年可以完工，计重二万二千吨，炮用十二寸及五寸口径者二种。美国现有之战舰，以二万吨为最大，新造者以二万四千吨为最大。鱼雷艇之极速者，美国每一点钟行三十四海里。闻德国所造者每钟行三十六海里。云战斗舰之极速者，每钟行二十四至二十六海里也。

美国之战舰

出洋时，刘堂有家书及学费，嘱带交千里兄。因公度昨致千里兄一电，请到纽约一叙，意其必来，故将信及汇款带至纽约，久待不至，只得由邮局汇寄矣。予有衣箱一只，托郑君聪传带回上海，并有信致二弟。十一钟乘火车回华盛顿。宿车中。

二十八日，晴（西历十月一号） 随洵邸往拜费城府尹，请午餐，到者三十馀人。旋往观飞行机。因天有风，本拟停演。盖飞行机速率，必每句钟较风行速三十英里方能行驶，故大风时不能行也。因洵邸已至，内一人奋勇驾船飞出。初行一周，尚无恙。第二次则机坏而坠，幸人尚无伤。洵邸前与握手慰劳良久。因第一机失事，而第二船又复飞行，试演数巡而下，亦足见西人之冒险精神矣。旋至纽约墨的伯里保险行，有高塔五十层，升梯能上至四十四层。登高而望，一览无馀。归寓，待刘千里兄不至。

西人冒险精神可嘉

二十九日，晴（西历十月二号） 晨八句钟，自纽约回华盛顿。与千里兄及谢君吉士相遇，始知千里兄因见报知洵邸已来，特赴华盛顿见访，故前晚公度之电亦未接着，遂致彼此相左。幸昨日与楠芳、仁山相遇，询悉颠末，故迁至栈中相待也。午后一句半钟，与楠芳、仁山同往，莅监狱协会。副会长罕特生演说，略谓：人之犯罪，由于失教育所致，尽人皆知。夫既知其犯罪之由在于失教，则设法以教之，固其所矣。人但知幼年犯罪之宜教，不知幼年失教于先，致壮年而犯罪，尤宜于壮年补教之。鄙意欲将犯罪之人一一施以感化教育，不但对于幼年行

人之犯罪由于失教

2,9,1

之，必使将来社会中人，无一人入巡捕房而后已。监狱协会之宗旨，庶几毕达。从前正会长白乐司惜逝，鄙人忝承其乏，未克质证此言。然深念同志诸君，匡予不逮，相与共抵于成，不禁跂予望之矣。

九月朔日，晴（西历十月三号） 发定、刘二堂电报，告开会日期。十句钟，开会于议事厅，分四股。法部徐、许二公认第一、第二股，楠芳与仁山入第三股，予入第四股，各演说有差。楠芳起为演说，略谓：

李楠芳演说

某等奉政府奏派，得亲莅合众国，预此完全美备之盛会，并得与闻各国代表之绪论，不胜忻幸。改良监狱之方针，诸君陈说恺切周详，曷胜钦佩。惟敝国天津等处所办习艺所，于犯人入狱之初，除不能工艺者外，必先问其曾习某业，即分入某科。如是则前功不致废弃，教者不劳，而成功亦较易。此法似亦足备一得之采也。

闻者皆鼓掌赞成。下午在客栈茶叙，乃会长款待各国代表员也。

初二日，晴（西历十月四号） 九钟到会，第三股议决昨晚提议四事：（一）幼年犯罪不应公开讯问，以保全其体面。（二）幼年犯罪者，除有特别原因外，未经招承及证据不全者，不得入未决监。因未决监有时较诸监中尤为不善也。（三）幼年犯罪者，得交保证金暂行保释。（四）妇女犯罪非有特别原因，不得入监狱。议毕，同楠芳、仁山往拜张钦使及荣监督。夜，会中大宴于本栈楼上，计二十七席。会员之有演说者，另设长席于厅之中

妇幼犯罪应特殊对待

招行酒宴演说者众

间。酒半，用电光摄影，以为纪念。鲭美曲香，音乐迭奏。妇女妆饰有袒胸露肩，或长衣曳地数尺以为大礼者，西俗然也。饮毕，以次演说，间涉诙谐，则一堂绝倒。楠芳演说毕，西人鼓掌者尤多。一以示联络感情，一则中国人能用西语演说，外人初不料也。最后一人演说极长，听者皆有倦容，妇女之不耐烦者或以足蹴地作声，而言者犹津津不已。于此可见凡事以恰到好处为贵，至于烦数，则厌生矣。今日之叙，人多时促，故会长特预先声明，请演说诸君删繁就简，而某西人竟不晤也。附录会员名单及楠芳演说词如下。

监狱协会会员名单：

与会各国人数

阿群丁国	一人	古巴国	三人
奥国	二人	芬兰	一人
比国	一人	法国	六人
英国	六人	德国	三人
加拿大	三人	希腊国	四人
中国	四人	危地马拉国	一人
科仑比亚	一人	海地岛	二人
哄都拉斯国	一人	荷兰国	八人
匈牙利国	七人	俄国	三人
意国	四人	又自费	三人
日本国	二人	桑萨耳瓦多耳国	一人
里比利亚国	一人	暹罗国	一人
卢森不尔厄国	二人	西班牙国	三人

2,9,2

墨西哥国	二人	瑞典国	一人
新南威尔士	一人	瑞士国	三人
那威国	一人	土乃斯（自费）	一人
昆士兰	一人	土耳其国	一人

美国各省所派莅会人员五十三人

会中共计官派私费莅会人员二百七十八人

楠芳演说词：

楠芳演说词

今夕何夕，欣逢万国监狱协会第八次盛典。仆与金君绍城奉本国大理院奏派，来华盛顿，得与各国大方家讨论于一堂，曷胜欣幸！仆对于兹会感触甚多，几如一部廿四史，不知从何处说起。况会长又以演说人多、时间短促，殷殷以删繁就简相诿诿。仆素不娴于词令，虽雅思立片言以居要，诚恐如庖人之治庖，不善烹鲜，反至尽划其肉而仅存其骨焉，不尤嚼蜡无味欤？顷者仆从东方来，道出旧金山，有报馆主笔来访，告予曰：“我美国遇中国人感情最好。”仆深纫佩此言。及徐而聆其所访问者，则殊拟不于伦。不曰“中国于监狱及一切政治，何以至今不见动机”，则曰“中国何至今睡犹未醒”，仆以为此仅东方之人则然耳。迨至华盛顿，报馆主笔之来访者尤夥，听其言，与旧金山所闻者如出一辙。仆甚乐夫贵国对于我国之感情如是其深且挚，而又甚怪夫贵国之人因爱我之故，反疑我中国为“至今不见动机”“至今依然如睡者”，未免隔膜之甚。仆几疑此等浮言殆如传染病之微生，出其由东而传诸西方也，有不翼而飞之势矣。夫我国政府既深知监狱之当改良，专折奏派会员来预斯举，此岂昏昏欲睡者之所能为乎？我国自庚子以来，事事逐渐改良，今已遽然大觉。狱中罪犯呼吁之声，既已闻之矣。且不但闻之，行将出其救援之手，拔之水火而登诸衽席矣。譬如雪山之融也，望之初不甚觉，迨群澌汇流而直下，浩浩荡荡，若河决下流而东注，沛然莫之能御。又如置巨石于高山之巅，不动则已，亦既转之，则悬崖陡削无中止之理，其势不直达于平地不止。愿诸君子少安无躁，拭目以观其后何如？贵国与我国感情深挚，当不至惊怖仆言，以为河汉而无极也。仆与金君远渡重洋，躬逢盛会，逖听下风，与闻伟论，何幸如之。兼之贵国让去庚子赔款，俾中国派遣学生留学贵国，仆尤愿执诸君子之手，略贡鄙忱。深望贵国对于留学诸生施以完全之教育，将来学成致用，不特大有造于诸生，其为惠于中国者良非浅鲜，庶几不负贵国见爱之初心。此尤仆与金君所心香祷祝而额手致谢者也。

我国事事逐渐改良

寄望留学诸生

初三日，晴（西历十月五号）　至会中提议，妇女犯罪宜用女裁判官。或言此次之会，系为万国而设，妇女为裁判官，美国或可行之，他国则诸多窒碍。因作罢论。午后，同仁山至照相馆摄影。夜，缮发大理院同僚明信片二十馀纸。

初四日，微雨（西历十月六号）　至会中，午刻回

2,9,4

记者来访

寓。有报馆主笔来访徐季翁，因偕往与谈。询及中国对于会中提议四大纲，何事已经照办，何事尚未着手，并问对于此等问题意见如何。答以：会中提议各款，我国对之极为钦佩。第一款刑法问题，中国现已订定新刑律草案，准于宣统四年实行，惟不定期刑未经采用。第二款监狱管理法，如天津、奉天、湖北、广东等省，已采取各国成法，次第建筑新式监狱。第三款预防犯罪，亦有游民习艺所、贫民教养院之设备。惟第四款保护幼童问题，关系于改良监狱者甚为紧要，中国于感化院尚未兴办，殊为歉点，归国后尚须极力提倡云云。

夜美总统宴各国代表，各演说有差。予起为演说，略云：

监狱改良之说，不知者动疑待犯人太宽，是大不然。犯人入监后，自由全失，纵待之极优，亦是大苦。犹忆七年前，鄙人在英游学归国，便道至贵国一游。道出抱丝墩，误以为华工，致被拘留者半日。此半日中，鄙人如坐针毡，如履荆棘。是以虽未身入监狱，而监狱被禁之苦不啻亲尝之矣。今我国于改良监狱，已办有端绪。此次幸得躬逢盛会，与闻各国大方家之伟论，归国后自当力图扩充。顾监狱之事与司法相关联，司法不能独立，即监狱之改良不能期于完善。我国之有领事裁判，实为司法独立之阻力，即于改良监狱，不能无影响。前者英国商约曾声明，中国如改良刑法监狱，英国首先承认撤去领事裁判。

望撤去领事裁判权

此次监狱协会开于美洲，而第九次即在英国。英与中国通商极广，贵国与中国感情至深，其他有条约各国，无不重邦交、敦睦谊，所望协办赞成，一俟我国新律实行、监狱改良之后，概将领事裁判撤去。不惟我中国之利，其于各国商务外交，亦未尝不两利也。想诸君当不遐弃鄙言焉。

二钟散会。阅西报，知西十月六号夜半，葡萄牙因共和党革命，葡王孟拿尔出奔星屈里，共和党新举总统李兰格总理国政。共和党与海军交通，故一举而事成。葡王无大失德，但优柔寡断，遽遭周厉流彘之祸，民碞诚可畏哉！当起事时，共和党领袖欧尔里亚高据议政厅楼栏，演说“维持秩序，保护人民”之宗旨，其言曰“无论事机若何，当随时尊敬公众之产业”，闻者无不鼓掌。举动文明，此其所以不劳而定欤。

葡萄牙政变

初五日，晴（西历十月七号）　侦探加利噶痕来谈，携照片以千计，皆客栈中行窃者。美国警政严密如是，而不免宵小之窃发，知致治之原，断在教养，而不能徒法以行之矣。午后，偕会中诸君往观蒙学卫生场。乃辟空地一区，中设各项游戏之具，有秋千架、习试马架。又有六角形木架，其形如桌，人坐其上可四面旋转以为乐。或树一木梯，而一面为木板，斜撑于地。孩童由梯而升，坐于板上，如流而下。或以小方池蓄水以学泅。或置沙泥于石槽，任幼童作砖形或塑泥像，此泥每礼拜易一次，皆以避疫药水渍之。华盛顿如此等游戏场所凡四十八处，惟十处系设于空地，馀均与学堂毗连。场中来游戏者，或多至千人。盖教育之事，必须体帖幼童心理，使之天机活泼方为

游乐场

2,9,6

尽善。中国从前失之太拘，近则一味尚宽，至幼童读书，旋读旋忘，直与不学者等，斯又矫枉过直。庸讵知泰西小学，未尝无默书之课耶！夫人当幼时记性多而悟性少，不讲解以启其悟，固不可；徒事讲解而任其忘却，终致一无所得，亦属大谬。所谓楚失而齐亦未为得也。“藏修息游”，《学记》之义，“一张一弛，文武之道”。安得深明教育家，与之整顿中国之蒙学，吾华其庶有豸乎！归途，车过郊外，池畔野鸟，林间松鼠，皆极驯扰，见人不惊，盖无人捕捉，故各安其天性。如此真有鸟兽咸若之象矣。夜，西友罕盖脱邀。

中国蒙学须得整顿

初六日，雨（西历十月八号） 阅西报，载有洵邸行至旧金山，冯某谋行刺事，未知确否，译录西报于后。下午与楠芳、仁山往观博物院。陈列古佛、瓷器、武器、乐器甚多。油画极精，宝石、珠玉胪列一室，璀璨满目。禽兽虫鱼之标本，人之骨骼，无不毕具。中有元和殿御笔长方玉印二，大内物也。有中国男女塑像各一，甚旧，颇不雅观。入院时已四钟半，院规五句半钟即闭门，匆匆一览，不能详也。夜，荣赞虞邀饮。发大理院函。

美国《纽约罕蓝尔报》载：

洵贝勒与各随员及雪伟勃（在美洲一路与王爷同行）于今日三句钟到金山车站，维时有二大队中国人迎接，甚为恭谨。内有一人，为侦探所疑。因其几次欲上前而不得，最后一次竟被挤至前面，为侦探所见。其人见势不佳，欲遁，为侦探所获，于身边搜出手枪。其人系中国人生长于美洲者，姓冯名佐治，有一妻三子，在馒首店为庖人，自认为少年中国会及别种反叛党会之人。问官询系何人指使，答云：并无人教唆，予为维新党中组织新政之人，立意与满洲政府反对，为中国大局起见，犯罪初所不计云云。现已将此人梏禁狱中。五钟时，王爷即登帝阳丸而去。

维新党人谋刺载洵

初七日，晴（西历十月九号）　西友麦康密克来函。十钟，与仁山至会议厅前散步，见白蘋花色带浅绿，令人乡思油然而生。午刻，荣赞虞夫妇来栈便饭。荣夫人索观余画，因以画荷一幅贻之。午后，与楠芳、仁山、谢吉士同游万牲园。因山构造，虎豹狮熊之属皆凿山为石洞以处之。猿类甚多，鱼鸟奇形异状者不胜枚举。游人不得惊动鸟兽、攀折花木，犯者重科罚金不贷。故孔雀均放诸空地，见人则就掌取食，甚驯扰也。夜，张钦使邀饮。

动物园

初八日，晴（西历十月十号）　参观巡警总局，笔记另详。午后，往观新博物院，黑人塑像甚多，可见社会初开辟情形，令人有游目古初之意。油画极精。矿质尤夥，石钟乳有极玲珑者。陨金石二，其形如石，其质实铁也。又有黑人塑像，口衔响尾蛇而跳舞，盖祈雨也。《周礼》云："国有大旱，则率巫而舞雩。"文化未开时代，雨旸愆期，必借巫觋为祈祷，亦进化一定之阶级。《周官》所称，亦犹沿上古之俗也。下午观禁止虐待幼童及牲畜会，此会即借设于新博物院中。取所赠书报而归。西人于慈善事业，可谓无微不至矣。荣赞虞夫人以函册一方

黑人塑像衔蛇而舞

2,9,9

见赠。

初九日，晴（西历十月十一号）　为重九节。与楠芳、仁山、谢吉士同登华盛顿纪念塔。此塔四方而高锐，其顶如圭形，造法甚精奇，足以表彰一代伟人。经始于一千八百四十八年，至一千八百五十四年暂经停工，迨一千八百七十八年复兴工作，一千八百八十八年落成。计费美金一百三十万圆。全以白石砌成。高五百五十五英尺，比之费城之会议厅（五百四十七尺）及考朗泥尔之教堂（五百十一尺）为尤高焉。墙脚厚十五寸，顶上厚尺半（英以十二寸为一尺，故尺半为十八寸，非十五寸也）。其锐顶高五十五尺，以铅为隔层。每日晨九句半钟开，至下午五句半闭。由升梯上者，须五分钟许，每十五分钟一次。拾级而登，石阶九百级，非有跻胜之能者不办。登塔顶四望，华盛顿全城在目。白云黄叶，秋色斓斑，不啻“登阆风而蹀马”，“下视齐州如九点烟”也。平生登高，以此次为最上乘，比诸“太华峰头作重九”，其兴会何如！夜请监狱协会会员十九人公宴。

华盛顿纪念塔

初十日，晴（西历十月十二号）　考察各审判厅。夜请监狱会会员四十三人。因归国者多，故到者止此数也。

十一日，晴（西历十月十三号）　与仁山、吉士往观美术院。白石雕像甚多，神情逼肖。铜像及古铜器皿亦颇多佳制。油画尤为独绝，布景饰色出神入化，令人观之大有卧索靖古碑下三日椎胸之意境也。夜请张钦使令郎及

欧阳询观索靖字碑三日方去

西友晚餐。

十二日，晴（西历十月十四号） 楠芳、仁山同往商务总会。予与谢君吉士往观海军处。正副海军大臣二人，系由公选。选定之后，则由二大臣保荐四人分隶四部，办理一切。内一部专司升降调遣之事。凡海军处人员与军舰人员，得随时彼此互调。惟在军舰司某职者，调入海军处亦司某职。如是则责有专属，而军舰人员可练习内部事务，内部人员亦可周知军舰之情形也。但书记官不得调遣，以所司文件账目须一人经理，方有头绪，若屡易其人，则治丝而棼矣，故不可也。详见予所译《美国海军大臣常年报告书》。

海军处

十三日，晴（西历十月十五号） 往观藏书楼。此楼建于一千八百八十六年，凡十有一年而落成。华石为墙，雕甍连栋，所绘历代故事，皆含有各种科学意义。楼高十二层，皆藏庋图书，下层则阅书处也。藏书一万五千种。中文书籍其陈设于外者，有《图书集成》，馀多佛经，其收藏中籍若干，则不可知也。每日至此阅书者约二千人。观书时，先取书目，随所欲取，即按号数书明，投入铁匣，中有旋轳可任意移转，不过一分三秒钟，书即由铁匣中传递而至，法至便也。此楼建筑费凡七百万美金，购书费十万美金，每年经费约四十万圆。然所藏之书不尽自购，其来源有三：一由各国互易而得，二由私家送入馆中庋藏，三则逐年所增购之本是也。

国会图书馆

十四日，晴（西历十月十六号） 整理行装，与楠

2,9,15

芳同至使馆辞行，并为谢君吉士取毕业咨送苏抚文件。回寓后，张钦使遣人赍赠予及楠芳相片各一。下午动身，予与吉士同赴费城，楠芳与仁山先至鲍脱木尔调查监狱。费城因赛抛球，各客栈人满。八句钟到，寻觅数处始得一枝借栖也。

十五日，晴（西历十月十七号）　楠芳、仁山同往鲍脱木尔调查监狱。下午，楠芳与仁山同来费城，予与吉士至车站迎之。夜观剧，有乘自行车演剧者，纵横倾仄，无不如志。或以一轮提空而行；或足踏一轮，手转一轮；或两人共乘一车，忽翘其足，忽撑其手，忽一人欹其身而倒悬于车傍；或乘独轮高车周行台上。种种变化，层出不穷，可见天下事不外乎熟能生巧也。

自行车杂技表演

十六日，晴（西历十月十八号）　往观费城监狱。午后观打球。士女如云，万人空巷。每胜一球，鼓掌之声雷动。惜相距甚远，不甚了了。薄暮始毕，仍属费城人占胜势。盖聚美洲各处善打球者而比较之，故他省来观者甚众。得胜者殆可称为抛球状元哉。

橄榄球赛

十七日，晴（西历十月十九号）　十钟至乡间，往观火药厂。其法先将棉花轧细，用水漂净，入强水中浸透。每棉花一磅，用强水二十五磅。烟窗之气皆作黄色，入室中，其气棘喉作咳。水喷衣即霉烂，作工之人皆手戴皮套。棉花浸毕后转入一机，用带水之磨磨令极细，盖棉质内已含足硝磺若干，磨之则易于着火，极危险也。再过一机，已渐干，而火药已渐成，中尚含四分水气，因太干

硝基火药制作法

则防炸裂也。取出之后，入压机中，每一立方寸有三千磅压力。加入酒精一分，将水压干，复入二分伊脱，而火药乃成。但尚潮润，若任其自干，则其中所含之伊脱造成时价值甚昂，故再入一机器烘之使干，仍将所含之伊脱取出作用，可谓算无馀策矣。火药形圆如芦管，中作小孔如藕形。然尚有他种形式，或长，或方，或尖，或六角，或制为鸟兽，用物之形皆无不可。其色或黑，或白，或灰，或米色，或棕色。大者如豆，细者如麻，种种形色，骤见之断不辨其火药也。在厂中午膳。导观各处甚详细。阅毕，乘火车回寓，已上灯时矣。

十八日，雨（西历十月二十号）　留学生杨心一约至学堂，观化学科试验剖解。因是日试验停课，遂作罢，往观贫儿院、顽童羁留所、巡警部等处，笔记另详。

十九日，晴（西历十月二十一号）　往观顽童教养院，为院长那哀培克所创，现收教八百五十人。院中工作，若铺地、绘壁、制造桌椅等，皆所收教之幼童为之。其所制革履及各项器具，皆不出售，以供公家之用。盖以教养之性质，不可使与营业相混也。下午与西友勃喀捺姆等赛击枪。系辟一空地，于中间掘一小坑，覆小木棚于上，令一人匿其中，置机括焉，设泥碗于机上，放枪者呼曰“可”，即扳机，而泥碗飞入空际，击之颇难命中。予发二十四枪，凡中八枪，仅得三分之一。内一西友所中逾三分之二，且一年来赛枪，皆以其人为第一，今日适期满，同人共赠一银碗，以为奖励。予因为摄一影以留纪

观顽童教养院

飞碟射击

2,9,20

念，楠芳、仁山、吉士均与焉。

二十日，雨（西历十月二十二号）　十二钟，与谢君吉士同赴抱丝墩。罗丙生在车站相候。寓克泼来司贵客栈。抱丝墩大半皆爱尔兰人，商务及地方之财产以人口比例之可称富足。在一千九百〇七年，其商务之繁富，计值一千三百十三兆四亿七万〇五百五十元。最大之商务为机器厂，出口货计值一百〇四兆六亿一万一千〇九十八元，进口货计值一百二十三兆四亿一万一千五百六十九圆。此地居民，据一千九百〇五年所调查，连爱尔兰天主教人计算，有五十九万五千三百八十人。出产以畜牧及棉花为大宗，馀如鱼及羊毛、糖、煤之类。 波士顿

夜与旧友罗丙生观剧而归，时已夜半，见少女徘徊路侧。罗君问："中国亦有此种情形否？"告以中国青年女子，不但无夜半独行于市者，即白昼亦无无故而游行街巷者也。罗君慨然叹息，以为中国教化之美。抱丝墩为美国风俗最好之处，而犹不免流弊。我国人每艳称美国之女权，至并其秕俗而亦曲为之说；不知自由独立为美国女界之长，而放荡则其流俗之敝。确守闺训，为中国女界之长；而蔑视女子，则社会流传之谬习。互相菲薄者固非，徒羡他人并己国之长而轻弃之者，亦未见为是也。 中美妇女之比较

二十一日，晴（西历十月二十三号）　偕罗丙生同谒白代德大律师及该省监狱委员，往观藏书楼。经始于一千八百八十年，至一千八百九十五年竣工。其式颇与中国房屋相类，长二百二十八尺，阔二百二十五尺，高六十八

尺。中间天井长一百四十尺，阔一百尺。计费美金二百四十八万六千元。除纽约将三藏书楼合而为一，未经造成外，此亦美国一大藏书楼矣。每日早九钟开，至夜十钟始闭。礼拜日下午二钟时开，夜十钟时闭。成年者及幼童观书房屋分为二处。藏书约一百四十六万一千四百〇三卷。音乐书及报纸另室藏庋。美人自夸收藏之富，谓天下文字报纸无不毕具。然询以中国报，竟无有也。楼中四壁皆有画，为美国近时著名画师萨琴脱所绘。正门六扇，列铜像六，乃美国文学、理学、史学、诗学、画学、兵学六大名家之遗像也。

二十二日，晴（西历十月二十四号） 午刻请罗丙生夫妇早餐。旋乘车至市中环游。夜，抱丝墩商会公请。席间予为演说，辞略云：

鄙人此次奉本国政府奏派，来赴贵国第八次万国监狱协会，兼随洵邸考察海军事宜，得与闻监狱会中各大家之伟论，并参观船厂、炼钢厂、海军部等处，见其器械之精利，规模之宏大，不胜钦挹。顾鄙人之意，以为近日切要之图，在商战而不在兵争。古今为生民之大祸者，莫过于战。平时杀一人犹以为罪，战时杀千万人而反以为功，既反乎公道，尤于商务大有窒碍。夫倡监狱会之慈善家，方且欲废止死刑，以救生人之厄。若一旦两国开衅，则杀人如草，未有底止。此诚大惑不解者也。我中国孔子有言“四海之内皆兄弟也”，今环球交通，斯言愈信。故欲得吾人之幸福，必自保持世界和平始。自十八世纪以来，列

生民之大祸莫过于战

2,9,22

邦之战祸亟矣。贵国夙守孟禄主义，近虽稍变方针，增设海陆军备，然其保持世界和平之意，则固灼然可信也。中国现拟增练海军，亦为保持和平计，期于自守而已。然以中国现势论，在我虽主张和平，其能达所期望与否，实有不能预必之势。

愿美国投资中国

夫我国之积弱，由于人众而国用不足。鄙人之意，甚愿贵国佽助我海军之势力，尤愿贵国投资本于中国，以佐其振兴实业。贵国帑藏充盈，故利率低。中国度支支绌，故利率高。以贵国倍称之息，移诸中国尚为极廉之价值，而在贵国则已得厚利矣。实业振兴，则中国不期强而自强，况有海军以为之辅，世界和平之福隐然于无形中，保持之利莫大焉。中国商务近以英、日二国为最盛，借款与中国者亦以英国为独多。但英之对待华人甚骄傲，愿贵国以和平接之。英之借款须押抵，愿贵国以无押抵行之。英之借款尚秘密，愿贵国以公布之。事事反乎英人之所为，则华人之欢迎，不待智者而决矣。美去中国虽远，而太平洋一水可通，诚实心与中国联络，则将来在中国之商务必驾英、日而上之。而握太平洋东西交通之枢纽，固其所也。抑鄙人更有进者，贵国土旷而人稀，而中国则人满而财匮。若一面投资本于中国，以助其振兴实业；一面利用中国工人之廉值，以开辟贵国之旷土，诚两利之道也。言及此，则禁止华工之苛例，不能不望贵国之革除矣。此公道之所存，抑亦贵国之利也。

禁止华工之苛例

夫古今之大势，由隔阂而进于交通，乃必然之理。中国当春秋时分为七十二国，日事战争。今则楚越为一家矣。诚能参透此旨，虽令五洲之人皆以兄弟相待，而永息战争之祸焉，可也。又何必强分畛域为哉？鄙人谫陋，不娴词令，姑就中心所欲言者，为诸君子率臆陈之，聊备刍荛之采云尔。

二十三日，晴（西历十月二十五号） 晨搭火车至廓外，谒陆军少将、提磅火药厂副总理白格南君，同乘小火轮至提磅火药厂参观。该火药系用棉花制造。据云，棉花丝头愈短，则愈合制造火药之用。自轧花、弹花及入各种药水漂洗，并将棉花磨成细粉以及制成药条，并入暖房烘干后，以至装成箱包，无不一一由白君指示口讲。参观毕，白君邀在厂内午餐。据白君云，该厂所制火药为军事用者，每日计二万磅；为打猎等用者，每日七千磅；为他项杂用者，每日一千五百磅。合计每日共出二万八千五百磅。海、陆军部常派一司员在厂检察，凡政府所定购之火药，必须由该员验看签字后方可出运。晚回抱丝墩，渴甚，火车中觅茶杯不获。询之始知，因火车乘客太多，防有传染病，故该省定章，车上只备水，其茶杯须各人自带也。

参观提磅火药厂

二十四日，晴（西历十月二十六号） 观造船厂。南美洲阿群丁民主国在美所定造之世界最大兵舰，即在该厂制造，刻下尚未竣工云。

二十五日，晴（西历十月二十七号） 赴靶子枪炮厂参观。由鲁宾逊君引至一室，观近时新发明之一种放炮

2,9,26

机器。该机附有轮轴甚多，系于炮旁。复有一千里镜，设如欲轰一兵轮，只须将千里镜瞄准船身，其炮即假电力随千里镜所指之方向而动，至炮门对准船身时，电气机关立即将炮自行点燃开放，百发百中。此法施放既便，轰击易中，诚海军中利器也。现美政府欲聘该机师实行制造，因索价甚昂，尚未定妥云。是晚先由抱丝墩赴奥本。（新型火炮）

二十六日，晴（西历十月二十八号）　晨七句钟，楠芳、仁山自哀尔买勒至。八句钟，同往观奥本监狱及女监。观毕，监狱长请乘汽车闲游。风雪交作，车行河畔，寒气飒飒逼人。归，复请茶叙。下午五钟五十分，动身乘火车至勃夫落。（纽约州奥本监狱）

二十七日（西历十月二十九号）　七句钟，至乃阿哥拉。雨雪甚寒，由商会派人同往游。此为世界第一大瀑布，前随洵邸夜游观之未明，今以便道再莅。此境在美国可称一绝大奇观。此瀑发源于二十二英里外之哀拉地方，下流注沃脱柳尔河，计十四英里，盖积四河之流而成一水焉。在三十六里之内，其高下相去三百三十四尺。离河二里之外，其流甚急，身渐阔则流渐平。至格兰痕特岛分流为二。过此岛后，河面阔二英里半，至哀拉河相去十五英里之处，河身复窄。其流又急下，至四分里之三，有斜角度五十五尺，而流愈湍激。河在西北境成九十度锐角处，又为阁脱阿哀痕岛所分。此岛所占地凡四分之一，计阔四千四百七十尺。云此瀑布当加拿大与美洲交界处，故岛之左为美国瀑布，其面积阔一千〇六十尺，高一百六十七（再游尼亚加拉瀑布）（瀑布地理环境）

尺；岛之右为加拿大瀑布，或称马蹄瀑布，其面积阔三千〇十尺，高一百五十八尺。其水一分钟内流出一千五百万方尺，大概每星期内流出之水计一英里见方之面积也。瀑流之两旁皆石岸，二英里以外至拉来尔坡，由八百尺之面积骤流至二百五十尺，又七里则宽止百尺，而流愈急。过此则水渐舒缓矣。西人考古家推寻瀑布之源，谓想像邃古之初，水当下潴为大壑，迨三千二百万年之久，乃始上冲而成今日之瀑布也。过此以往，又当日渐退减矣。

瀑布奇观

往游时，霏雪漫空，朔风砭骨，奔泷如练，水花溅衣。遥而望之，如白龙百丈，夭矫蟠空。行近涧边，水面浪花白如湩乳。夕阳斜射，隔堤现双弓虹影，逐人而行。同人循石阶而上，立于山坡之侧，仰视飞瀑，予出照相镜为摄一影。既而易油衣入山洞中，洞深八百尺，然自上至下计一百二十尺，上下均用升降机，中有电灯。洞凡三穴，系由人工凿成，计一年半之久始竣。至洞口，可仰视山顶下悬之瀑。其第三洞适当瀑布悬溜之处，故水珠直喷，非衣油衣不能观也。山上当瀑布两旁，有三大铁桥通火车往来。铁桥畔又有一石洞，深二十九尺，阔十八尺，亦可观下流之瀑。而度石桥三百六十尺，登阁脱岛，又可观上面之急流也。闻人言，冬日浪花凝积如雪山然，甚为可观。去岁天寒甚，瀑流冻结，亦罕见之奇景也。

隧洞观瀑

土人舍身

此地从前为棕色种土人所居，每至节气时，土人至此聚会，有轻年妇女乘舟从急流中而自溺焉，谓之舍身。今土人已为美人所逐，间有数人亦均改装矣。然美人之溺于

2,9,28

此水自尽者，去年二百二十九人，今年已八十二人，岂沾染土人之旧习欤？抑出于西人好奇之心也！然闻美之生活程度过高，其因贫困而出此者，殆亦不少。每年游观之人约七十万之多，而以夏日为尤。众土人所制之物，价值甚昂，今列肆出售之品，乃以机器仿造，皆赝质也。夜乘火车回纽约，宿车中。 美人自溺

二十八日，晴（西历十月三十号） 九钟到纽约，往游公园。在满痕海得岛中，自五十九街起至十一街止，计长二英里半，阔一英里半，为纽约最大之花园。为一千八百五十八年所造，计费美金一千五百万元。从前乃大陂泽，自改为公园，遂为地方游观一大胜境也。午刻，广东人和堂招饮。席中各有演说。予告以："我国政府现已确定方针，实行立宪，在外侨民万勿误听浮言，为莠说所惑。至贵省在美洲各堂，尤宜和衷共济，切不可以勇于私斗为能事也。"盖数月前曾有械斗之案，至今未了。该堂欲延予及楠芳为之断定曲直，以情节甚纠葛，且为时局促，婉言谢之，故以此为言。至以予言为然否，固所不计也。 曼哈顿岛中央公园 华侨械斗

二十九日，晴（西历十月三十一号） 与西友麦康密克往观美术博物院。乃一千八百七十九年建造，至一千八百九十八年竣工。其外面之装饰，则一千九百〇二年所增修也。计长三十四丈五尺，阔二十三丈五尺。此院自一千八百七十一年经始，逐渐扩充。彼时值美金四十万，今已值美金二百万元矣。庋藏者以希腊、埃及之古物为多， 大都会艺术博物馆

又有意大利名人拉飞尔及荷兰名人葛痕达噶等之画。其第六、第七两房之内，为茆根及达来痕夺之瓷器。茆根之瓷器系捐助，达来痕夺之瓷器乃买得者也。中国瓷以康熙黑地三彩瓶为最多，苹果青瓷亦间有而甚少，霁红花瓶、太白樽十馀件，皆绝佳，与奉天行宫所见者无异。内有三厨，因修理腾空，未知藏庋何品。有一永乐年制瓷盆已破，而以胶水黏合之，然其色莹净如玉，明瓷中罕见有如此精细者也。见和阗玉一，上刻高宗纯皇帝御制诗一首。此亦大内故物之流出海外者也，噫！

大内故物流出海外

三十日，晴（西历十一月一号） 收拾行李，晨八句半钟下威廉第二轮船。楠芳之令弟及谢君吉士、西友恒德盖儿相送，倚栏话别良久。盖君在美国创办蒙学，自出新意，令幼童投票选举某为议员，再公选一人为总统，并选出二人订定法律，一人专司裁判，若干人为巡警，若干人为律师。越数日，幼童自议律三条，一曰不得窃取粉笔到处涂抹，二曰不得将废物到处乱掷，三曰听讲时不得顾他人耳语。议既定，经议员认可，总统裁定，然后通过。告之曰：此为尔等公同议定之法，有不遵者，必互相纠察。于是幼童无一人犯此者，行之大有实效，且暗寓立法、司法、行政三权之意义于其间。盖君抱此主义，冀推行于全国，然现在从其说者尚不多也。十钟开船，彼此脱帽相招，挥手自兹去矣。威廉系德国公司所造，载重一万九千吨，舱位若干。船甚新，一切铺陈均极精洁。大西洋航路船多讲究，此其尤佳者也。

美国幼儿教育试验

2,10,1

十月朔日，晴（西历十一月二号） 舟行经线四十一度三分一，纬线六十二度五分一。午刻计行五百十海里。与仁山作《怀谢吉士联句》一首，云：“长风吹面粟生寒（仁），瀛海苍茫拓壮观。鸥鸟没烟知岸远（拱），鲸鱼拔浪倚栏看。秋情万里关山迥（仁），客思孤舟云水宽。遥指西南新大陆（拱），故人应忆别离难（仁）。”

初二日，雨（西历十一月三号） 有风，船甚簸荡。舟行当经线四十四度三分九，纬线五十二度一分。午刻计行五百十一海里。与仁山作联句诗二首，云：“七年两次渡重洋（拱），放眼沧溟隘八荒。博望乘槎探月窟（仁），祖龙鞭石架红梁。潜蛟夜舞惊归梦（拱），旅雁南飞忆故乡。输与谈天邹衍子（仁），大瀛海外测殊方（拱）。”“不学鸱夷泛五湖（拱），远游瀛海问方壶。盛情故友深秋别（仁）（指谢君吉士），翘首乡书只字无。棋局长安观袖手（拱），剥床强敌害侵肤。乾坤风雨双蓬鬓（仁），惭愧昂藏八尺躯（拱）。” 联句诗二首

初三日，晴（西历十一月四号） 舟行经线四十度一七，纬线四十七度四分。午刻行五百二十海里。作《喜晴诗》一首：“航海连宵雨，今朝喜放晴。酒樽蒸菊气，人语杂潮声。浪静鲸鳞出，风和鸥翼轻。古怀何处寄，长啸对蓬瀛。”

初四日，晴（西历十一月五号） 风浪甚大。舟行经线二十七度一七，纬线四十九度四四。午刻行五百二十三海里。作诗三章，其一《寄呈无梦主人》云：“异乡秋 诗赠友人

老见黄花，对此惊心感岁华。且喜三人相对影，尚馀一卷是生涯。征途未息欧洲辙，梦境犹随纽约车。记取叨陪题画稿，舟窗海色点流霞。”其二《寄呈偶遂亭主》云：“高轩蓬壁荷亲临，话别依依意转深。岂有丹青酬雅好，幸邀翰墨契知音。西游瀛海三秋梦，北望燕云万里心。料得晴窗冰释砚，春姿堂里展来禽。”其三《寄呈夔盦主人》云：“频年京邸挹清风，祖账东门意倍隆。黄菊近应添画稿，蓬莱何处寄诗筒。强邻虓虎谁亲我，藩镇祥麟允属公。屈指明春重叙首，龙池柳色雨声中。”昨晚舟中出售慈善会票，今日下午开彩，予得船主人相片一张。

慈善会票

初五日，晴（西历十一月六号） 仍有风浪。舟行经线十三度四五，纬线四十二度三八。午刻行五百三十二海里。舟中晚餐，每桌均插彩旗，盘中置纸糊爆竹，两人各执其一端，以手用力掣之，暴发作声，如爆仗然。中有纸冠一，或取而戴之，以为笑乐。盖因今日系礼拜，而明晨舟行将到故也。菊花有大如斗者，皆送行者所赠。其种本来自中国，栽培得法，便尔出群，供饭厅已一星期，犹有佳色。盖菊花性最耐久也。

初六日，雨（西历十一月七号） 舟行三百七十二海里。晨六句钟，至泼来麦次口岸。晴。乘专车至伦敦，与楠芳、仁山同至使馆，见李伯行钦使及陈安生。出至老施光学机器店。又至英王书院，即予从前读书处也，见旧亚师韦勃。伦敦风景与七年前无甚差池，盖英人性喜保守故也。

伦敦从前读书处

2,10,7

初七日，阴有小雾（西历十一月八号）　与仁山同至城中银行。旋到英王书院，见旧化学教习爵克森，赠以乾隆窑瓷墨床一只、古占卜龟板一匣。又见汤姆生，赠以以景泰蓝扣带一。助教考灵师及克考尔台亦均相见，叙谈良久。夜，陈安生约饮于探花楼，徐子璋、张菊生同在座。出至照相会，听演说“照相与美术之关系”。与旧友罢脱雷脱谈至十一句钟，又到菊生处送行。十二钟回寓接家信及夔盦主人、弁群来函。 昔日教师

初八日，晴（西历十一月九号）　拟至勃来克师墩乡间，因事耽搁未果。午刻与西友罢脱雷脱在大餐馆便饭。致张菊生一函。

初九日，晴（西历十一月十号）　与仁山往看徐季龙，因病足留滞伦敦。许俊人及罗聃父先归，沈怀仲留此相伴也。午后，至英王书院访沈幼甫，方上课堂，出谈数分钟，约晚间来寓。出至蜡人院。院中塑各国名人像最多，上自帝王将相、博士名媛，下至屠沽市侩、博弈倡优。私铸货币、吸食鸦片以及古代监狱野蛮严酷之状，又或挺刃杀人，或拔刀自刎，以至斩绞杀人机器、电机杀人模型，无不毕具。一室所塑为饮酒、赌博、挟妓三项，神情酷肖。入其中者，始而饮酒，既而挟妓，终于赌博，而人格亦遂因之堕落，洵足为劝世之宝鉴，而无如观者多熟视若无睹也。又一室，所储皆拿破仑之遗物，车服器用，分类陈设。有拿破仑弥留时威灵吞往见之像。拿破仑盖世之雄，有混一全欧之大志，卒困于讷尔逊、威灵吞二人之 蜡像馆

手。见此遗型，觉英雄末路，真不啻项羽垓下闻楚歌时矣！惟所塑中国李文忠像，衣极黯然无色。而所称德宗景皇帝者，衣服尤不合，貌亦不类。倘能设法以易之，亦增国光之一端也。夜，幼甫、子璋来谈，同至餐馆便饭，并往观剧。幼甫因有事先归。

光绪帝蜡像

初十日，晴（西历十一月十一号）　至勃来克师墩，观从前留学时所居旧屋。访旧时朋友，或迁移，或物故，转瞬五六年间，而物换星移，大非昔比，不禁有“访旧半为鬼，惊呼热中肠”之感也。下午回伦敦，得巴黎来函。

十一日，晴（西历十一月十二号）　至病院看徐季龙，足已渐瘳，定于二十一号动身回国。午后，胡次珊来访仁山。胡君中学极有根柢，兼通英、日、德三国文字，习造船已卒业。因学部所发旅费向系百镑，近忽改章减半，以致不敷，因之多留一年。然我国造船人才极少，正宜调遣回国，极力设法振兴实业，乃一任学成之人淹留海外而不过问，何耶？下午，楠芳往奥克司弗夺学堂访从前同学旧友。夜约子璋、次珊同至意国饭店便酌。

学成之人淹留海外

十二日，雨（西历十一月十三号）　因星期，市上皆闭户不开。与仁山、次珊同至公园。烟雨模糊，园林如画。陂塘几曲，闲鸥野鹜飞戏其间，两三小艇皆打双桨，宛然西湖景致也。午刻，老勃资深邀饮，系二、三兄弟从前化学教习。三妹前留学英伦时，即往伊家中。所有佣仆皆旧人，相见甚欢。下午，至其襟兄及岳丈好文特处晚

三妹曾留学伦敦

2,10,13

餐，座中亦皆旧友。好文特研究万物皆由气质原点积成之原理，又观试验，称电气分两法。归寓已夜分矣。

十三日，晴（西历十一月十四号）　楠芳来。幼甫来函，约星期三日在杏花楼便酌。夜，子璋邀饮，次珊请观剧。

十四日，晴（西历十一月十五号）　往观威姆斯屋夺监狱。笔记另详。

十五日，晴（西历十一月十六号）　往观英国累夺罕儿教养学堂。

十六日，晴（西历十一月十七号）　往观潘痕得痕维尔监狱。

十七日，晴（西历十一月十八号）　至奥克司弗夺学堂，乃楠芳旧日留学处也。是日，适值学生演剧，所演新戏，亦学生所编成者。考社会党派提倡均富主义，方演说时，空际忽坠一飞行机，中有一人，自言自他星球而来，亦抱均富主义。望目此处均富党旗帜，故特来赴会。众极欢迎。已而有一人入其飞行机阅视，误动其机括。机忽上升，其人自下再发枪击之，一发而坠一旗，再发而坠一火，机已飞入云际，扼腕太息而已。顷之，众人特为此人开会演说，忽一人自空飞坠，额角受伤，馀幸无恙，视之即前此误入飞行机人也。备言自彼星球知前此飞坠之人非均富党，乃力主反对之说，为彼星球所排而逃窜至此者。众始悟为其所绐，几欲饱以老拳，有鲁仲连者出为排解，其事始寝。内有学生乔装为女子，清歌曼舞，应弦合

学生自编自演新剧

节，惟声失诸太雄，非真梨园子弟，固不能求全责备耳。西剧多男女合演，男扮女装者绝少，故观者咸咄咄叹赏，鼓掌声雷动。演毕，争以鲜花投赠，此学生独得最多数也。

十八日，阴（西历十一月十九号） 至老施火车站，西友颜次父女在车站相候，同乘车到乡间，寓伊家中。偕旧友披司野猎，乃骑马带猎犬逐野兔，而不用枪。凡在某人地界所获之兔，即归诸该处地主。会中规则，若初入会人能得兔者，则割兔之一耳赠之，而以血涂其面，以为入会之纪念。猎兔则另有一种猎犬。凡猎兔者有午餐，猎狐者无午餐，亦习俗然也。同人至披司家中午餐者共三十馀人。猎犬种类甚多，捕兔、捕狐、捕鹿、捕野猪，各有分类。又见一犬能捕犯人，凡人在某地经过或遗有物件，犬嗅其气即能踵而寻之。所见之犬，已破过大案二次矣。

猎犬野猎

十九日，晴（西历十一月二十号） 十钟与颜次同乘汽车至威尔司，访伊旧友汤姆斯，系开白铁厂者。傍晚六钟时动身，十句钟始到，计行山路一百英里。疏林叶落，山月徐升，风景甚佳，但西风萧瑟，颇觉凄神寒骨耳。

二十日，晴（西历十一月二十一号） 往访阿密他期夫人，年八十矣，精神犹甚矍铄。然与老人谈，觉宗教迷信盖甚重也。午后，至福里福夺省，往观省监狱。监狱长名批批亥司。此监人数甚少，监房共一百间，平时极多收至六十人，现止收四十三人。刑期自三月起至二年止，

赫里福德郡监狱

2,10,21

死罪亦可在监中处决。工作即在房内，别无工场。工作如邮政袋、马料袋、煤袋之类，其他与别处监狱差同。宗教止耶稣一种，若有他教罪犯或女犯，则送至他省狱中。其别省有犯人送来者，但有法部公文，亦可寄监也。

二十一日，晴（西历十一月二十二号） 因镶牙，一日不能出门。是晚伦敦大雾，咫尺不见人，汽车、马车失事者颇多。予在乡间，天气尚觉清朗也。 伦敦大雾

二十二日，雨（西历十一月二十三号） 回伦敦。午后往观审判厅，观其审案。 观审案

第一案系醉后裸下体而行于市者，判罚金。

第二案系车夫醉酒御车者，亦判罚金，因贫不能足额，限一星期逐日分缴。

第三案乃女子争选举权肇衅事，投石击下议院，并聚众殴辱巡警。拿获百五十人，分起审讯。以人数太多，凡阻隔行路者一概释放。其他在场掷石殴打者甚夥：（1）以石击巡警且批其颊，取得一石一手套以为证据；（2）以石击巡警，不承认，自言“有人可以证明并未掷石”，召证人询问，但云“吾未见其殴打”，裁判官问“此女被巡警拘获时，汝亲见否”，曰“实亦未见”，故所证仍无效；（3）殴巡警甚轻，监察官谓“如能自认过失，则当释放”，初犹强辩，既而巡警请一见证人至，始自认过而释之去；（4）击巡警之帽，检察官谓“击帽罪甚小，此女年幼，可谕令自行改悔”，裁判官亦申饬而释之；（5）以石击巡警，以报上星期被拘之仇，且声言将以手枪击 妇女争选举权肇事案

之；（6）病院看护妇击巡警不承，候再审；（7）击巡警，声称“彼先推我，我故不得不殴之”，不认罪，候再审；（8）掷石击破玻璃窗，获二人，其一人声称“下议院将我辈所递之禀掷出，我等求保全女子之权利，而政府深闭固拒，故不得不出蛮力以争之”云云；（9）以铁秤锤击玻璃窗，巡警取得四枚以为证。是役也，纠众凡数百人，被拿获者百有五十，皆到堂讯问，被拘禁者仅十馀人，馀均释放。盖因争选举权乃政治上之犯罪，且多系大族女子之有学问者，而英国政党新旧两派角立，亦尚未得妥善调处之法，故对于此案政府特别从宽发落云。

出至地方裁判所。裁判官衣红衣而黑镶，首戴假发；律师六人亦作古装，戴假发；陪审官十二人居左。案系以一镑六仙令买得盗赃之马，巡警取其夜行所持之诸葛灯以为证据。第二庭亦讯一窃案，略坐即出，未悉其究竟也。

二十三日，晴（西历十一月二十四号）　调查审判厅。午后，观议政院。英人政党分为四派，一为进步党，二为保守党，三为爱尔兰党，四为工党。工党最少，进步党与保守党人数相差止四五人，于是爱尔兰党加入甲党则甲党胜，加入乙党则乙党胜，爱尔兰党反可居两党之间而行其操纵。两党知其弊，谋所以调停彼此之意见。会议数次，卒不能就绪，现尚未得妥善之法。中国之言维新者，每啧啧称羡欧洲之政党不置，讵知其内容亦大有杌陧不安之势。欧美党派各抱政见，厥弊尤多。假使借行政之名以行其植党之实，流弊更不知伊何底止矣。古人痛言朋党之

政党之弊

2,10,24

祸，岂尽一无所见而云然哉。

二十四日，晴（西历十一月二十五号） 往观巡捕房。

二十五日，阴（西历十一月二十六号） 往游万牲园。见非洲猿白面而红鼻，其他猿类甚夥，大小不一。鹦鹉多有能言者，一白者尤驯，能对人作寒暄语，教之能张翅作舞态，俯首作接吻状，尤为可爱。象亦极驯，投以钱能卷入鼻中，以鼻击铁栅呼象奴至，以钱与之而购食物。喂食时，以手挥之，令之左旋则左，令之右旋则右，颇能通解人意。有大鹿长颈而高足，或以为即中国所谓麟者，其实非是。龟有大如磐石者，亦甚罕见。此园甚大，游观一日始遍历各处，惜天气黯淡无光，虽携照相镜来摄取数影，必不佳矣。夜往访拉爱尔医士。 动物园

二十六日，晴（西历十一月二十七号） 往观审判女子争选举权案。皆判监禁二月，内一年幼者监禁一月。又二女子掷石击窗，自言止毁窗一扇，而二人皆被禁，未为公允，乃判承认之人监禁两月，而释其馀一人，盖办理特别从宽也。午后与徐子璋往观油画院，有值数十万镑一幅者。西法之油画，实开中国画学中未有之境界也。复往访好文夺之侄，见新照相，乃用哀克思光镜照蛤蚌之属，隔壳能照见壳内之肉，共四十馀种。内有一蚌，孕小蚌数十，亦能隔壳照出。三彩照片而外，此亦照相之新发明者矣。 X光照相新法

二十七日，晴（西历十一月二十八号） 往观博物

院。中多古时骸骨及大象、大鹿、鲸鱼之类。一大兽，颈及尾皆长数丈，身长竟一室。其馀鸟兽之标本及各种矿质、铜器、石刻夥颐，不胜枚举。午后至老施、朋生、勃朗三家结算账目。

二十八日，小雨（西历十一月二十九号） 往观旧友颜次之女。夜往听新府尹演说，声甚洪亮，听者鼓掌声如雷。其馀演说者四五人，良久始毕。皆因政党不协，须另行选举之故。新府尹亦进步党中人也。

二十九日，阴有雨（西历十一月三十号） 往观初级裁判所。凡二庭，第一庭系为民间调停讼事者，若两造不允，始至第二庭起诉，听候裁判。故第一庭实非审判，殆如《周礼》“调人”之制耳。午后回寓，收拾行装。

三十日，晴（西历十二月一号） 十钟动身，乘火车至海口，乘轮船渡海峡。仅一句半钟之顷，然风浪甚大。抵岸后，复乘火车赴法京。车中遇一英人，寓居葡萄牙，言：英国制度，凡寓居他国者不得复有本国之选举权，若三代在外国，即出本国之籍；葡国自一千八百八十三年革命以来，已废死刑不用，或终身监禁，或放诸南非

抵巴黎

洲云。六句钟抵巴黎。述勤、三妹在车站相候。夜在三妹处谈，至十二钟始归。经年阔别，海外相逢，不自知其言之长也。

十一月朔日，雨（西历十二月二号） 与述勤、楠芳、仁山同至使馆。刘钦使往葡国未归，见林敦民、夏挺斋、吴汉波、蒋益吉、周景夫、李子峰、吴公耐、刘兰生

2,11,1

诸君。午后往观拿破仑墓，规模宏壮远过华盛顿坟。盖民主之俭德与霸王之雄风，皆适与其平生相称焉。墓系砌石作圆形室，置石棺于中央，高二丈许。四围依壁刻石像六人，皆当时名将。每像之旁插旗九面，计共五十四旗，皆拿破仑战时所夺得者也。墓后铁门，系以战时所得大炮熔成者，高数丈，厚四寸许。墓门之外，则拿破仑所用之总兵官二人附葬于左右。法国首倡建筑炮台之人，亦葬于此。凡有大战功者，咸得附葬，尚馀空位以待来者。法人好大喜功之习，于此可见矣。 拿破仑墓规模宏壮

出至大铁塔，仰视其顶，已为云气所蒙，不可得见。盖此塔高九百尺，其第一层三百尺，第二层五百尺，至绝顶九百尺，为天下第一高塔。美国华盛顿纪功塔高五百尺，为美洲最高之建筑物，仅齐此塔之半焉。且他塔不过中宽数丈，而此塔则中可设肆卖酒、演戏，洵天下之奇观矣！惜天阴，升梯已停，不能上耳。途经拿破仑纪功坊，见埃及古碑。此处街道最宽，中央行车，左右植树，绿阴掩映，秋花吐葩。树以外为行路，全道计花树二行、路七条。巴黎以华丽之名甲天下，此其街道最宽平、最繁盛之处。若以全城论，则繁富不及纽约，而精美或逊于柏林也。马路多用木质铺成，涂之以油，则可经久，远胜于用石。古者造屋则用木，铺路则用石，今则反其道而用之。造屋用石，则可经久而免火灾；铺路用木，则车行平而修理之费省。此区区经验，尤且经数千年之阅历而始晤出，谁谓日用之事而易言乎？ 埃菲尔铁塔 香榭丽舍大街 马路用木铺成

至水族院，凿石作山，为之山洞。石壁皆嵌玻璃，蓄水于中而养鱼焉，凡数十种。洞深数十丈，穿洞而过，上下左右皆见群鱼游泳，不啻置身于水晶宫中矣。

傍晚至东方博物院，去闭院时止十分钟，略观中国瓷器室二间而出。夜述勤招饮，锐善如、钱嘉平同在座。

初二日，雨（西历十二月三号） 夏挺斋来，未见。致微希叶、伯希和二君函，皆法国东方学名家也。柏君得敦煌秘籍，故函商请往一观。夜善如约便饭，观白人与黑人打拳影戏。此事在今年夏间，美国有善拳法者，号称天下无敌，有黑人请与对垒。各国人来观者以万计，售票至数百万金，构造台者凡三千人。是日观者如堵，咸意白人必胜。每三分钟打拳一次，至第八次白人已觉不支，第十二次则目已昏眩，斗至十五次，白人卒败。凡三起三扑之，旁有保护人宣告斗败而罢。是役也，白人观者咸怒，鼓掌者绝少，无所泄其忿，殴死旁观之黑人甚多。不意文明国人，竟出此野蛮之行径也！

观拳击赛

文明国之野蛮行径

初三日，微雨（西历十二月四号） 述勤、刘兰生、钱嘉平来。午后往观美术院。石像雕刻甚精，或立或跪，或偃或仰，有裸体者，有衣冠者，各极其妙。油画亦甚多。内有画牛一幅，二牛并立岸侧，河中估船，一帆风饱，相距三四尺许，视之即已离空。又一渔人捕鱼，立于船沿，并绘水中之影，亦极精妙。其馀山水、人物、花卉、翎毛之属，矜奇炫异，美不胜收。凡欧美各国大美术院，大底皆然也。

2,11,4

初四日，雨（西历十二月五号）　李子翁来，陪往观圣拉沙女狱。午后观孙德轻罪监。归过大街，见老翁饲瓦雀。雀皆有名，呼之则就掌取食，驯扰异常，妇孺围观者甚众。此翁每日必至，习以为常，故瓦雀皆各与之相识云。晚至汽车陈列所。五彩电灯数千百盏，如牌坊形者数十，如凉伞形者八，中间悬大灯。一屋之四面承尘斗拱，弥望皆电灯也，五光十色，令人目眩。此亦巴黎人好丽之一端也。 观女狱

初五日，晴，下午雨（西历十二月六号）　往观童子感化院。夜西友铎尔孟来，中学颇深，曾在我国大学堂为教习，法之文学家也。

初六日，晴（西历十二月七号）　往观收禁贫民感化院。午后往观博物院。见罗马、埃及古陶器、石像、石椁等甚夥，中国瓷器尤无美不臻。法国大博物院以此为最，冠绝地球，即以中国瓷一种而论，已非他国所能望其项背。若欲逐件摩挲，非有半月之功不可。法国博古家格朗提提尝著为专书，分三大类：一时代，二形式，三花样及瓷釉。此项瓷器，皆格朗氏所藏而助入院中者，可想见其搜罗之宏富矣。夜，林敦民、李子峰二君请观剧。

初七日，小雨（西历十二月八号）　述勤陪往观弗雷洛监狱。午后述勤请观中国戏，系法人新编成者。衣服多有不合格处，如常服忽着朝裙，蟒袍外又穿旧蟒服所改制之马褂，皆极可笑。然其戏之内容颇有深意。系一中国官目盲，请士人代为著书，并课其子。著书印成，士人仍 剧演中国故事

用己名付刊，呼其子验所学，则士人从旁暗教之。妻亦与门客某通，方课子背诵时，即在旁为眉目传情状，不之觉也。既而以所著书进呈，蒙御赐物品，然士人实得多数也。既得君赐，饮酒甚欢，弦歌醉卧。醒后双目忽明，视所著书，则非己名；视子之学课，则全系操刀之作；隔室而窥其妻，则方与门客共寝。大怒而扑于地，悲歌慷慨，反复寻思，以为烦恼皆由目明所致，复自矐其目。妻出，仍与握手道寒暄，夷然若无其事者。噫，天下眼光愈明者，则悲欢主义愈多。谚云"眼不见为净"，此庸庸者所以多厚福欤？夜发家书。

巴黎古监狱

初八日，晴（西历十二月九号） 李子翁陪往观巡捕监。出至康巢海古监狱。入门为看守所，当革命时代，此监楼上即裁判所，路易十六世皇后亦在此受裁判。观路易十六世皇后监禁室，凡禁于此室七十六日而弑之。今左右二窗嵌以五色玻璃，当时盖暗室也。捕路易十六世皇后者，为山岳党马利他安乃脱。越二月，其人亦监禁此室，仅十三小时而被杀，亦可云"天网恢恢，疏而不漏"矣！当一千七百九十一年七月十号之九日大杀，即在此狱之院中。有一日死者八百八十四人，流血成河。当时以杀人不迭，有一屠伯始创断头机器，即法国今日所沿用者也。法之革命，其始不过欲倾覆政府，以行立宪耳。乃始则覆王政，既则覆君主立宪，其后则革命党中互相屠戮。中如及伦的党、平野党，皆为穷凶极恶之山岳党所屠。而山岳党人亦复自相残杀，无一免者。涓涓不塞，遂成江河。计法

断头机

法国大革命死者逾百万

2,11,9

兰西之大革命死者一百二十九万馀人。呜呼惨矣！路易十六世皇后貌极娟好，路易十六世亲开议院，亦无大失德，徒以优柔寡断，身遭大戮，为天下笑。推原祸始，则路易十四世之穷泰极侈，实有以隐伏祸根。栾压汰虐，祸及于盈，天之报施昭昭不爽，洵可为专制之殷鉴。而福禄特尔、卢梭之徒，持论偏激，虽出于痛恶君主教士专制之热忱，当其立言之始，亦岂料他日燎原之祸，至于不可收拾若此哉！罗兰夫人之死也，指自由神而言曰："自由神，自由神，世间几多罪恶皆借汝以行。"痛哉此言。今世借"自由"二字以行其罪恶者，抑何多欤！狱中又有十三世纪监狱铁门一扇，厚半尺许。法国刑法之残酷，亦为酿成革命之一大原因，故乱党之起也，首先击破巴黎大狱。所愿我国反对改良监狱、刑法之酷吏其三思之！

刑法残酷酿成革命

初九日，小雨（西历十二月十号）　往访西友沙畹，乃法之东方学博士也。以所著书见赠，长于考古之学，于中学研究颇深。午后，冒雨往观茶花女墓。墓在丛冢中，以西法行族之制也。插花致祭者甚众，徘徊凭吊，摄影而归。下午，留学生王宠惠、胡伟之来。胡君系归安同乡，王君粤人，能通英、德、法三国文字，留学界中不可多得之才也。

访沙畹

夜，刘兰生、吴汉波约观剧，系侦探案。有大盗名李班者，开设剃发店。某甲来修容，所戴金钢钻戒指价值不赀，遂以药迷令醉倒，取其戒指去，而闭诸房中。盗屡犯巨案，法侦探旋至，盗已易装将赴跳舞会。侦探入，盗掩

侦探剧

门而出，侦探遂被反锁于内。正徘徊间，房中忽作大声，挑闼入，则被迷之某甲已醒。二人不得已，遂从烟囱中出。迹至跳舞场，则美国大侦探家及其子亦在焉。不意此跳舞场即盗所设，中有气管，放气则人即吹倒。侦探群聚，皆为气管所吹而扑，盗遂逸。

大盗狡黠

因相与报至总巡捕房，讵盗已易面具，扮为总巡捕而先在矣。设二椅于傍，法侦探至，让之坐，坐则椅有机括，遂系其手足而擒焉。覆以被，以待美侦探之来。至则亦让之坐，坐则复就擒，亦如之。盗乃脱其面具以示二人，扬长而去。美侦探之来也，手携皮匣置于地，实藏其幼子于内，以备不虞。盗去，其子从匣中出，解二人之缚，旋即追至。盗方以为二侦探皆就缚，必无后患，不料随踵而至，仓猝不及避，愿就擒焉。

法侦探遍搜其身，无所得，有一地图，以为无用而弃之。美侦探拾而置诸怀中，且戒法侦探曰："此人叵测，须谨防之。否则，恐不及解到，而中途兔脱矣。"法侦探曰："无虑，我请亲解之。"因押与共乘马车。行至中途，有一大车横于前而不肯让，争执良久，侦探出车视之，盗遽夺门而逸。追之，入于横路之大车中，瞬易巡警衣服面具，混入人丛中而遁矣。盖以大车横街心者，亦盗党也。

藏宝图

初美侦探所得之图，即盗藏储宝物处也，在深山之中，非按图不能得其门径。法侦探解盗去，美侦探遂偕其子入山洞搜索。盗既中途而逸，知美侦探之必将入山也，遽返山中。美侦探果至，盗伏于小室中而窥之，见其入洞

2,11,9

中，即拨其房中之机括，而洞门遂闭。盗因自诣洞中见美侦探，导观各处所藏赃物，穷极瑰丽。复令壮士击剑、歌妓跳舞以傲之。观毕，乃缚而置诸洞中以出。美侦探力自挣脱其缚，然悬崖壁立，欲出无门。侦探之子在山顶俟其父不至，知为盗所绐，觅得山顶小洞，取软梯而缒焉，救其父以出。

密诇盗之行踪，见其入一亲王府。美侦探因入见亲王，询李班在此否，亲王答以不知。侦探谓“吾子在车中潜从而瞯之，见其入贵府中”。亲王乃亲为发电话至巡警局，令派人来搜，而请美侦探入一小室以待。入则门骤闭，而盗复遁。盖亲王又即盗所伪扮者也。巡警至，将美侦探放出。

而李班又于某处大设马戏，观者如堵。戏场中赛跑自行车，穷极变幻，以为戏中之装点。美侦探之子已混入其中，伏于桶而窃听之。俄而盗麇至，火枪齐发，李班及诸人皆失所在。盖又盗党之所为也。

已而美侦探踵至李班家中，扮一车夫而入。入则先观其椅有无机括，墙角立一铁人，亦细审之，防蹈前此之覆辙也。然门阖后，欲开之已不可得，则于身旁取出一小犬，悬信于颈，开窗而纵之。无何，李班出，略谈数语，遽出手枪相击。美侦探避之，倚于墙角铁人身上。铁人两手合抱而擒之，果所设拿人之机器也。复闭置室中。

然李班初不知侦探暗中先已纵犬递信也。俄而闻门外警笛声，见势不佳，欲遁。一女郎出，骇极，牵李班之衣。李云："实告卿，吾乃盗也。今不能相待，将逃矣。"女曰："君何为出此行径?"李云："吾初意欲娶卿，卿嫌吾贫，故不得已而出此，不料卒以此败也。"女曰："君慎毋再为盗，吾宁嫁汝矣!"李曰："信如此言，吾复何求！誓必改行耳。"乃破扉而出。

盗贼自誓改行

巡警至，美侦探亦以炸药毁门而出，盗已遁去。复伪扮侦探，至骗取金钢钻戒指之失主处，告以得一万佛郎可查取原物，失主即以一万佛郎之票给付之。及出，美侦探已扮为乞人，立于李班之侧，旋自脱其面具，李亦脱面具，而取金钢钻及纸币还之。盖李已向女自誓改行，此来本意欲伪为访得此物而还诸原主也。美侦探以原物既得，又前闭在室中时闻李与女自誓语，知已改行为善，故纵之去。而法侦探必欲得而甘心焉，严缉之。

次日，法首相将远出，车站送者甚众。李即扮法首相乘车而去，法侦探伺候维谨。美侦探微知之而不言。顷之，法真首相至，法侦探及诸巡警环殴之，帽堕于地。及辨明，而李班已远飏矣。法侦探惭惧交并，愤极而扑于地。

剧演至此，戛然而止。中间布景、插科，色色俱工，洵良剧也。略识其颠末，亦可作一则侦探小说观矣。

初十日，晴（西历十二月十一号） 与述勤、三妹、楠芳、仁山同游路易十四世王宫。此宫乃路易十三世于一千六百二十四年所筑，至路易十四世更扩而大之。围墙凡三十五启罗迈当，计费五万万佛郎。其制度之宏杰瑰丽，

三妹同游凡尔赛宫

洵足夸耀全球。殿中梁栋皆镂金错采，光艳夺目。宫门多以厚玻璃为之，左右列白石像无数。殿壁悬织丝毯极多，为法之出产，甚精致，每幅佳者，至售十万佛郎也。油画至精且多，战图亦不可胜数。如革命时迫路易十六签名之图，罗兰夫妇临刑时之图，拿破仑会俄王亚力山大图，渡来因河图，拿破仑自俄战败出走图，皆其最著者。法人凡有大事，皆绘图悬诸宫中，故精华尽瘁于是焉。见路易十四世铜像，貌甚挺秀。至路易十四世皇后密室，皇太子幼时储衣衣箱及皇后所用钟表奁具等，一一胪列。有浴室，其白石浴盘已迁至威赊利宫，盖路易十六皇后即路易十四世皇后之侄女，故当时取其遗物而用之焉。自鸣钟一，开之能作音乐，盖在当时为新出之制。守者云：前葡萄牙王来游，曾为之开过一次云。

宫外有园，计地一千亩，老树成行，绿阴蔽日。周围皆作大喷池，池中或雕石像，或制铜兽。夏日各喷水池悉开，密洒玑珠，如烟如雾，洵属奇观。惜天寒喷池机停，为一缺点。然周行廊外，繁花夹道，茂树含烟，台榭亭池，弥望数十里不绝，亦足饱供游目。路易十四世予智自雄，穷泰极侈，路易十六世时革命之祸实由之酿成。然遭此浩劫，而故宫遗址犹依然无恙者，以其建筑皆以石为之，故经久不坏。若构木经营，当时革党之暴乱，吾恐早付诸咸阳一炬，徒令后世吊古者兴禾油麦秀之悲耳！

路易十四穷泰极侈

十一日，小雨（西历十二月十二号）　与述勤、仁山、楠芳同至乡间，观豆腐公司。使馆诸君到者四人。公

观豆腐公司

司为李君煜瀛所创。李君精研化学，讲求卫生。据医学之考验，知人之食品，动物远不如植物之有益，而植物之中尤以大豆为最良。其中含有四类养料，一曰蛋白质（又名四合质，即轻、养、炭、淡四种原质也），二曰油质（为轻、养、炭三种原质所成），三曰糖粉质（亦为轻、养、炭三种原质所成），四曰金石质（为磷、磺、钾、镃、镁、録等质）。大豆有益卫生不下于牛乳，而牛乳若由病牛而得者尚不免有毒，大豆则无此弊，故豆浆之资料实胜于牛乳也。李君谓化学卫生将来进步，人类必有不肉食之一日，于是现身说法，不吸烟，不饮酒，不食肉，创为远东生物学研究会、慎食卫生会，以期推行其主义。又能制豆腐精为用物，不啻象牙。以豆腐自淮南王安始发明，用豆腐精制淮南王像，以供奉之，诚今之振奇人也。

素食主义

西医考验肉中含有毒质、酸质，感动脑筋，污染血质。故脑筋、肠胃、血络诸症，恒为食肉所致，而食植物之主义因而萌芽。中国自神农氏尝百草，定五谷为常食品，又著《本草》以明药性。神农氏为农家之祖，又为医家之祖。西人经百年来之研究，始知食动物不如植物之善，中国五千年前之神圣已发明此理矣！《论语》“肉虽多，不使胜食气”一语，实为养生之秘诀，今人皆习焉不察耳。淮南王为道家者流，道家有炼丹汞之法，西人之化学实导源于炼丹术而推衍之，故制豆腐之法，其中含有化学之理也。今之人震于西人之强，动谓欧美人食牛羊肉故体格强健，中国人食五谷故体格孱弱，庸讵知考其真

2,11,12

际，则大相剌谬乎？闻李先生之风者，其亦可废然而反矣。

夜观蜡人院，见罗兰夫人被审时遗像，貌极娟秀，为之扼腕太息。及观马喇被刺于浴盘中像，则又为之大快。马喇即山岳党魁首，杀人如草之屠伯也。革命时代种种惨剧，皆有塑像，令人刿目怵心。楼下有拿破仑绝圹时蜡像，其子侍疾侧坐，悲惨欲绝。回首曩时金戈铁马，跋扈飞扬，今则绝岛荒凉，蛟龙失水，一世之雄，而今安在？读项王垓下之歌，欲为千古末路英雄同声一哭矣已。 蜡像馆

复至一室，作六角形，皆以大玻璃镜为壁，五色电灯瞬息变幻，奇光异彩已足令人目眩。电灯倏暗复明，则屋顶下垂各种花篮，中有蝴蝶飞下，蝶翅皆嵌五色电灯，掩映镜中，有千百彩蝶飞舞上下。旋易五色小花灯，下垂三尺许灯光即灭，上升则复明，忽上忽下，恍忽不定。俄而灯熄，则室中四石柱皆放大光明。倚柱石人，衣皆作云彩，俪白妃红，变幻莫测，亦奇观也。兹游也，令人悲喜无端，俯仰自失，蜡像之动人观感者深矣！

十二日，微雨（西历十二月十三号）　至歌规味博物院。见埃及古尸，以布包裹而立，布面画像者四人，趺坐者一人，则面目可见，日本人所谓木乃伊者是也。此博物院为一千七百年路易十四世所开，中藏我国内府图器珍物无算，玉玺尤夥，皆庚申、庚子两役之祸流落海外者也。请于主人出而遍观之，曰“雍正御笔之宝”，白玉螭纽，方形朱文，宪庙御用品也。曰“乾隆御笔”，其一白 清宫宝物流落海外

玉狮纽，方形朱文，其一寿山，方形朱文；曰“太上皇帝”，白玉狮纽，方形朱文；曰“得遂初心”，白玉，椭圆形朱文；曰“归政仍训政”，白玉，方形白文；曰“五福五代堂八征耄念之宝”，白玉螭纽，方形朱文；曰“八征耄念之宝”，碧玉螭纽，方形朱文；曰“御书”，青田，圆形朱文；曰“自强不息”，白玉螭纽，方形朱文；曰“犹日孜孜”，碧玉狮纽，方形朱文；曰“听卑视察”，碧玉螭纽，方形朱文；曰“保合太和”，碧玉双狮纽，方形朱文；曰“天恩八旬之宝”，碧玉，方形朱文；曰“八征耄念”，白玉螭纽，长方形朱文；曰“笔墨精良人生一乐”，景泰蓝，长方形朱文；曰“三希堂”，白玉，椭圆形朱文，皆纯庙御用品也。曰“嘉庆”，其一白玉，方形朱文，其一白玉，上圆下方，上朱文下白文；曰“味馀书屋”，白玉，长方朱文；曰“嘉庆御览之宝”，白玉，方形朱文，皆睿庙御用品也。曰“道光御笔”；曰“政在养民”，白玉狮钮，方形白文；曰“日进无疆”；曰“道光之宝”，寿山狮纽，方形朱文；曰“道光宸翰”，寿山狮纽，方形朱文，皆成庙御用品也。曰“圆明园”，碧玉螭纽，方形朱文；曰“懋勤殿”，碧玉螭纽，长方形朱文；曰“体和殿珍赏”，碧玉螭纽，方形朱文；曰“披云卧石”，水晶，方形朱文。其他臣工私印，不及缕述。大内诸印玉色莹洁，篆刻精工，非极盛时不能集此瑰宝。

天上奇珍，飘零海外，摩挲把玩，雪涕咨嗟，不觉日

2,11,13

已亭午。守院者将午膳，因辞出，他处不及观，亦不忍再观矣！诸印为法国一老人所藏。观毕，赠以古龟卜遗骨一匣，乃河南汤阴县开铁路掘出者。文有干支字可辨，断为占卜之用。或疑为古龟币者，非也。王君仁山作考证一篇赠之，并赠以印色一盒。老人意颇欣然。午后与述勤、楠芳、仁山往观大审院。傍晚回至述勤处，见法国东方学博士沙畹，赠以石印画数册。谈及杀人之制，似颇不以密行主义为然，以为恐易启暗杀之弊，盖法国犹仍刑人于市之制。安于旧习而不变，法之博学者且然，于中国之古旧学家，又奚怪焉？ 获赠甲骨

十三日（西历十二月十四号） 时有小雨。巴黎天气虽不至如伦敦雾气之可厌，然一入冬季，几于日日有雨，竟日晴明者颇少见也。八句钟至述勤处，报馆主笔某君已先在，询中国新旧刑律及审判制度甚悉。又问中国刑事上与欧洲截然相反者为何事。告以西人审案重证不重供，而中国则重供不重证；西人审案有律师，而中国则禁止讼师，二者全然反对，将来中国欲行新律，此二端亦必改变也。复同至大审院，又观藏书楼。上层插架数万卷，皆法律书籍；下层陈设关于法律之纪念品甚多，皆律师所庋藏者也。法之大审院规模宏壮，金碧辉煌，其瑰丽诚为他国所不及耳！ 中西审判异同

十四日，时有小雨（西历十二月十五号） 致荷、比二国公使函，并寄大理院公文各一件。午后，李子峰、夏挺斋同往观杀人机器。法国当一千七百九十一年以前，

贵族犯死罪者用斧，平民用绞，军法用枪。大革命时杀人甚多，医生名奇沃丁者思得此法，即名此机曰奇沃丁。至一千八百七十一年，又造一新机，即所观之机器也。机高二丈许，悬刀于顶，刀之上端有圆孔。机之顶上一圆圈旋转如辘轳，圈下有钳，将刀上之孔钳住。机之下有二木板，皆作半月形，其横面有一板，可竖立，亦可平放。竖其板，令罪人帖板而立，缚于板上，挈起放平，推而进之，令其两肩着机之旁木，而头出于机外。再合两半月形之木板，而扳扣住刀孔铁钳之机。钳松而刀从顶坠，头立断矣。死者但觉颈中冰冷，而头已落，盖甚速也。法国止二机器，他省欲杀人者，则运机前往。或云医士奇沃丁创此机，厥后亦死于此机之上。询诸法人，盖传讹也。归时途遇出丧者甚多。法人见出殡者必脱帽为礼，盖有古时式凶服者之意也。夜至述勤处，集议下次欧洲开赛会时，拟创振华公司事。得沙畹函，以所著书见赠，乃考求东方学问之籍也。

奇沃丁断头机

十五日，晴（西历十二月十六号）　与钱嘉平同至先贤祠。祠为法人萨福脱所创，经再传弟子相继经营，始克落成。在先河之左，为巴黎城中最高之处，登屋顶可俯视巴黎全城。依希腊十字形构造，凡三层，自地至十字架顶三百八十四尺，顶高二百七十二尺，对径七十五尺，直三百六十七尺，横三百七十六尺。本为一大教堂，后改为一种纪念之屋。法国历代总统及拿破仑之总兵官，哲学家如福禄特尔、卢梭，格致家如麦赛尔白雪河与其夫人哀榛

先贤祠

2,11,16

尔沙拉皆葬于此地之下。壁间绘有女子贞德像。当法王查理第七时，英兵大举入法国，围城七月，全境几陷。贞德本农家女，年十九，方牧羊，仗策谒王，称奉上帝命救法。王封以将印，大破英军，尽复侵地，迎查理第七而加冕焉。后为镇将所妒，致败，为比利时人所虏，以万六千佛郎鬻于英，囚而焚之于里昂。贞德以农家小女，恢复全法，迎立新王，真女界奇杰也。夜观巴黎《茶花女》戏。前日冒雨往祭其墓，今复观演其遗迹，愈觉哀艳动人矣。 圣女贞德

十六日，阴（西历十二月十七号） 往观拿破仑第三博物院。有拿破仑衣服、剑佩遗物，路易十六世宝座，路易十八世皇后衣履。又见一轿，与中国之制相似，但前面不用轿帘，而为一玻璃门，为少异耳。其他古瓷、古铜、织丝、油画、雕石之物，指不胜屈。欧洲博物院类如此，而法则尤为瑰奇特异耳。

十七日，晴（西历十二月十八号） 晨十二句钟动身，与无锡张叔滋偕至比国。述勤、三妹、林敦民、李子峰、蒋益吉、周景夫、夏挺斋、刘兰生、钱嘉平、锐善如、戴铭甫诸君均至车站相送。挺斋姻伯及子峰先生均有诗赠别。车行至半途，火食因车轮着火放脱，车中不及午餐者六十人，予等亦在枵腹之列。幸三妹以糖果见赠，借以充饥。五钟到比京，人地生疏，诸承张君叔滋招呼。夜复约观跑冰，着铁鞋，下锐如刀，游行冰上，旋转如意。此法北京亦有之，但此则在屋内用机器造冰，一平如砥。台上作乐，行冰上者皆跳舞应节，亦行乐之一种方法也。 至比利时

归，缮发致谢送行诸君信片。

十八日，小雨（西历十二月十九号）　九句钟，与楠芳、仁山偕张君同至使馆，见杨星园钦使及王慕陶侃叔、沈承伟容斯、黄炳荣文卿、邹嘉銮衡若、路绍园诸君。侃叔谈及比国无海军，而陆军亦绝少，前比王外交手腕灵敏，竟取刚果为属地。当前比王在位时，他国君主之游历者，至避道不敢出比境，盖一与交接，辄受其牢宠而不自觉，其雄略亦可想矣。又言比国独立时，自由党与教党各草宪法，互相让步，故言论、宗教皆得极端之自由。社会学学堂，他国无专设者，而此独有社会大学。其他如报馆言论，除不得毁人名誉外，无论如何论说皆可登载。王君在比京设报社通信处，甫成立，以黄报一册见赠，亦今之有心人也。

比王外交手腕灵敏

远东通讯社

午后至植物园。地狭而长，颇曲折，惜冬季花木极少，但玻璃屋有暖气，故芭蕉犹绿，秋海棠尚娇艳可人。楼上陈列锯断之木甚多，有二三百年者，有千馀年者，以供植物学家之研究也。

傍晚张君叔滋动身。西友吴德司来访。相别三年，赠以小影。夜作《和挺斋姻长元韵》一律云："多君交谊引忘年，觞咏新联翰墨缘。顿释西游羁旅感，幸逢东道主贤人。离情空寄云边月，色相长留镜里天（以玉照见寄故云）。瀛海苍茫同泛梗，梅花应忆绮窗前。"又《和子峰先生元韵》一律云："渊雅输君出一头，谪仙才调冠时流。诗吟菊圃追陶令（君以《晚菊诗》六章见示），插架

2,11,19

芸编羡邺侯。驿路星霜惊远别，先河风雨忆前游。何时附骥驰千里，同驾飞鸿跨九洲。”

十九日，阴有雾（西历十二月二十号） 调查审判厅，王君侃叔偕往。午后观法部警察署。

二十日，雨（西历十二月二十一号） 偕西友勃文那齐及蒉文卿往观珊聚儿监狱。午后往观油画院。一为赛画处，一为新油画院，计油画四百张，水画五十张，皆十九世纪名手所绘。新画日趋淡远一路，与从前油画之缜密者不同，转与中国之画相近。中国画学南宋以前多工笔，宣和以后渐尚写意，遗貌取神，实为绘事中之超诣。不但作画为然，凡诗文皆有此境界，至造极处，可意会而不可言传。今人见西人油画之工，动诋中国之画法者，犹偏执之见耳，夜，西友吴德司邀饮。吴君曾游中国，室中陈设中国器具，如水烟袋、鼻烟壶、铜佛、书画、绣件之类，至以补子作椅垫，蟒袍之下半截及绣花桌围当挂屏，中国人见之甚为可笑。华人之仿西式而不得法者，亦大率类此矣。 中西画论

二十一日，晴（西历十二月二十二号） 偕西友勃文那齐乘火车往观卢万监狱。午后往观旧油画院。有一千六百〇四年荷兰名画家所绘当时情形之图，比国名画家卢培痕司及沙丹之画亦不少。又一油画亚当及伊思二像，已七百馀年矣。一画绘社会情状，富家闺秀手持折扇跳舞，达旦甫出门，贫女负戴力作者鸡鸣而起，相遇于途，大有深意。西人画中含有此种意思者，盖甚夥也。下午，张叔 画绘社会情状

滋来访，未见。夜，吴刚甫来谈，同至餐馆便饭。

二十二日，雨（西历十二月二十三号） 偕西友吴德司、楠芳、仁山同至满力蒙观煤矿，遇中国学生周映彤、禄子厚在此为实地试验。此矿开掘已近百年，凡开二层。第一层约中国七十丈，第二层约百四十丈，百年以后可开至第三层，约二百馀丈云。厂中有抽水机、抽炭酸气机、取煤机、送空气机。空气在经济界中本无价值，而至此等地方则价甚昂，可见凡物之价格因地变迁，不能一概而论也。入观时须另易衣服，耳中塞棉花，防煤洞中地风贯入耳中也。井深百馀丈，下缒而入，手持一灯，灯堕地即灭，下有一机，拉之则复燃，所以防火险也。入井时，即蜷伏于运煤之升机中方格，小如鸡笼，四面皆煤屑。洞中黑而寒，约十分钟许始至洞底。中有铁轨，驾车、载煤、拉车皆用马。马缒入洞时，则缚其四足，放入装煤升机中而下，入洞以后，永无复出之日。洞中有马棚，马各有名，有一马下缒之日适行星经过，遂名之曰行星。马棚中畜猫，防鼠耗马粮也。近来已新发明一种运煤电车，将来必一律改用，则脱离陷井之苦，马必先于人矣。初入洞时甚宽，惟有时须略俯首渐进，而洞浸低则伛偻而行，又进则俯首几至地，再进则兽行，更进则蛇行。脚底煤块磊磊不平，地势亦斜上，每进一层则喘息不定。洞外有休息处，少宽，可箕踞而小憩。最后至极难处，则蛇行亦不能进，仰卧，以足先入，以手据地支撑而行，又须顾手中之灯不使熄灭。见洞旁凿煤工人，持一灯一凿，面漆黑似奇

参观煤矿

2,11,23

鬼，几疑入黑暗地狱，非复人间世矣。绕行一周，由东至西而出于原路。此洞犹为最易行者，嘻，已惫甚矣。出洞后，同人面黑如铁，大有"鼻似烟囱耳似铛"之态。各持灯排立，摄一影以存纪念焉。比国之例，煤矿工人作工，每日不得过八小时，然星期日尚不得休息，已觉甚苦。闻荷兰人狃于南洋群岛之习，苛待华工，竟有课工作至每日十二小时至十四小时不等者，斯诚反乎人道之虐政矣！有保护侨民之责者，宜亟思有以挽回之也。（工人甚苦 华工更苦）

二十三日，雨（西历十二月二十四号）　偕西友勃文那齐至刚脱，张叔滋在彼相候。往观刚脱监狱，既复冒雨往观巡警畜犬处。比国本善畜犬马。马之大者较他国力倍，故各国多购之为种，再传则其种辄变，仍须购自比国。犬亦可驾车，或用三犬驾一车，或用一犬驾于车下，而一人自后推之，即古所称使犬之邦也。今更能以犬捕人。其畜犬之法，每犬各处一牢，优其饮食以养之，设为场所以操练之。巡警各穿号衣，令一二人扮为偷儿状，持手枪向巡警击之，犬即奔赴噬其衣不放。又设一小屋，闭其门，令人在内击其门，轰然作声。群犬在门外唁唁不得入，乃于墙外设一梯，犬即升梯跃入，争啮之。又设一木屏，中隔木板，每板阔半尺许，初设五六板，高三尺馀，纵犬令跃而逾之，逐渐加高至五六尺，则强者跃而过，弱者退矣，所以操练跳墙之法也。或藏物于草中，而使犬守之，有过而窃之者，则犬即追噬。又或扮妇女行于途，而伪为流氓劫取其物，则众犬环噬流氓之衣。操练之时，犬（训练警犬之法）

口皆戴皮套，故不能伤人。然是日因一犬皮带扣松，巡警之伪扮窃人形状者手竟被噬，盖犬止能认衣而不能识人也。或疑如此，则窃人大可衣巡警之衣以行窃矣。但巡警衣服一望可知，有冒着者立可查悉，故无虑也。此等犬并能嗅人之气味，如有盗贼或杀人之案，但遗有凶器或物件未经他人使用者，令犬闻之，即能踪迹而得其人。各国警察部来比国考察者甚夥，美国巡警购用此项警犬者尤多也。观毕，以比金十圆助入巡警会中。归途至铁路学堂留学生张冀臣家，金君西爱亦同寓。邀至咖啡馆，张君与西友打弹子为消遣。遇周君绿芝，亦打弹之妙手也。

二十四日，晴，间有小雨（西历十二月二十五号） 部署行装，作致夔盦主人及冯公度函，并发家信。午后，到使馆及吴德司处辞行。傍晚，与仁山往看沈季鹤，挈之来栈，同至餐馆便饭，赠以小影、糖果、湖笔等，复雇车送之回寓。季鹤年甫十四，留学比国已二年，人颇沉静，近因年假，故不寓学堂中也。吴刚甫、禄子厚、周映彤来谈。周君以矿质三块见赠，形如大理石，亦游海外一纪念品也。

二十五日，时有小雨（西历十二月二十六号） 八句钟动身，午刻到盎万司。至银行取款。往游万牲园。见玄豹、白熊，其馀珍禽奇兽甚夥，而以猿类为最多。小猴甚慧黠，能打秋千，畏寒则三五成群相偎而坐于一隅，甚为有趣。有驯象，与以钱则藏诸鼻中，以鼻击铁栏呼象奴至，以钱付之而买食物焉。游毕，时尚早，在咖啡馆写信

2,11,26

数封。下午六钟动身，八句钟抵荷兰。唐心畬、陈式之在车站相候。寓费沃道能客栈。 至荷兰

二十六日，晴，下午微霰（西历十二月二十七号） 偕西友特梅阿往观海兰监狱。

二十七日，晴（西历十二月二十八号） 偕西友特梅阿往观海牙待质所。归途游海滨，立于沙石之际，天风吹襟，爽气可挹，因摄一影以为纪念。夜，西友罗巴司请观剧。 海牙看守所

二十八日，阴晴不定（西历十二月二十九日） 偕西友特梅阿往观审判厅。午刻，工程师罗巴司邀饮。室中陈设中国器具甚多，壁间亦有中国书画。其以补服作椅垫，椅披作挂屏，则西人游中国而归者大抵如斯也。下午往观油画院，多新画，与中国画法颇近。石像、铜器、瓷器分架陈设，但不多耳。夜至使馆便饭。比国友人勃文那齐以照片三张寄赠。

二十九日，微雨（西历十二月三十号） 偕特梅阿往谒法部大臣雷菩，观法部会议处。每星期逢二、五日会议，各部大臣俱至。荷兰官制共分九部：曰内部，曰外部，曰陆军部，曰海军部，曰法部，曰农工商部，曰水部，曰殖民部，曰度支部。今年以内部为会议首长，各部长官每年轮值也。出至总会，时已晚，略观一周而出，规模甚宏敞。西人作叶子戏者甚多，赌害之中于人心，中西有同病焉。前渡大西洋乘威廉第二船，舱中揭榜，告乘客谨防局赌骗钱。嘻，滔滔皆是，中国之麻雀牌其尤甚焉者 赌博害人中西同病

耳！傍晚七钟四十分动身。唐心畬，西友特梅阿、罗巴司至车站相送。八钟到阿乃斯塔但姆，夜宿车中。

三十日，晴（西历十二月三十一号）　六钟到海姆勃克，九钟到基尔下船，下午三钟到考陆沙乘火车，到丹麦时已五钟矣。寓汪夺来脱罗客栈。今日乃西历除夕，栈中设跳舞大会，城中士女到会者五百馀人。歌舞达旦，鬓影衣香，极一时之盛。客中旅行，舟车屡易，夜半时已倦极先睡。中夜时时闻爆竹声，与中国情形相似，然系幼童燃放为戏，与中国之以放爆竹为敬神者，又自不同耳。

至丹麦

十二月朔日，阴（西正月一号）　市廛皆闭门，人家亦安眠晏起，盖除夕亦多不睡，与中国守岁之俗大致相同。自出洋以来，终日逐逐于车尘马足间，不得少休，惟今日独偷得半日之闲。夜与仁山至街头散步，亦旷荡少人。时见放流星于空际，现五彩火球，良久始灭，盖仿中国之制而翻新出奇者也。

初二日（西历正月二号）　阴霜甚重，盖丹麦天气颇寒也。往见外部大臣唐脱阿尔，亚州轮船公司总办苏蕴生，农务大臣某。谈及丹麦政治，云丹麦以农立国，民数仅二兆，全国行强迫教育，故无一人不识字，略知书算者。国中贫民甚少，苟能勤于作业必可度日，其贫者大抵皆惰民耳。国中有贫民院，待之甚优。然民间咸谓情愿入监狱，不可入贫民院，盖深以偷惰为可耻，甚于犯国法也。其风俗之敦朴，于此可见。丹麦以蕞尔小国，兵只四十万，能介于列强之间而自立者，其内治有本也。英、美

丹麦国情

2,12,3

二国工商业之发达进化，几于绝景而驰，而兼并日甚，贫民亦日多。美国以托辣司兼并之故，贫民尤众。社会党派日盛，恐将来或不免有社会革命之一日，然后知古先哲王重农桑抑商贾，务本之治，良有以也。

初三日，晴（西历正月三号） 偕西友别喀拉往观丹麦省可本海克新旧监狱。下午至乡间，观农家畜牧厂。牛数百头，马数百匹，皆博硕肥腯。畜牛专为挤牛乳之用，牛皆有生时年月及其父母，皆详记于册。前见比国煤洞中之马皆有名氏，今此处之牛不但有名，且有三代年岁，亦可见西人用心之周密矣。内有一牛，去年计出牛油七百十七磅、牛乳一万九千二百十七磅之多。每牛一日食干草五磅、麦草五磅，馀食豆饼、包菽之类。小牛初生止须食乳三日即能食草，挤牛乳拌草以喂之，兼食莱菔山薯，三月后即可全食刍矣。故取乳于小牛无碍也。牛寿雄者约十六七年，雌者约二十年云。 畜牧场

初四日，晴（西历正月四号） 偕堪得满痕往观可本海克地方监狱。午后偕别喀拉及学部侍郎谈耳往观农务大学堂。院长及教习五人相迓于门。入堂由化学教习演说，云：院长不能操英语，请由鄙人代述。此校大略从前系一学舍，一千七百七十三年时乃一种菜学堂，至一千八百五十二年改为今校。学生四百八十人，教习二十二人，并院长、办事员约三十人。堂中分二科，第一科为二年级，习各种关于农学之普通科学，如测量、物理、化学、地质、森林、畜牧之类；一为五年级，则分习各种专门科 往观农务大学堂

也。常年经费每年约三万镑云。演说毕，楠芳起为答谢词。

旋导观各室。凡畜产种植，皆绘图列表以明之。就养鸡一种而论，一千八百九十八年时为七十五万八千只，现相去十年，已为一百七十八万三千只矣。鸡子据一千九百〇八年之统计，为二千七百万枚。可想见其孚粥之得法矣。矿质陈列甚夥，为考察地质之用。观各种农学器具室，可知古拙今巧之异制。植物标本皆用玻璃架陈设。草之植于旱地者，七年而其根长至十一福夺，因不易取吸地汁故也。稻根在地中遇肥地则根粗，瘠地则根瘦，枯如破干渔网然，可谓辨别入微矣。近于地中掘得古陶器，中有大麦，考之当在四千年以前，与丹国之麦不同，而与亚洲之大麦同种，亦甚奇也。次至海物陈列室，鱼虾蛤蚌之属。虫有寄生鱼口中者，亦有水中虫类形如植物者，奇形诡状，不可殚述。人畜各种虫病，皆盛诸药水瓶中。犬腹中有虫如海绵状，马身有虫在皮里膜外者，今皆有法以治之。马、牛、鸡各有养病之院。从前小牛多有患泄病而死者，今亦得其治法，系用有虫之药水刺入血管中，如种痘然，以后即不患此病之传染矣。又观剖解室，见剖解之小牛及马，并各种兽类之骼骨。有一古时马，蹄凡三趾，美国博物院中曾见有五趾者。据此推之，可知太古时马皆五趾，后渐变为三，今则仅存一趾矣。凡物无所用则渐变，深山中极深之涧底，终古不见天日者，其鱼或无目，非生而即然也，因无所用，积至数百万年，而渐变至此者也。

农学器具古拙今巧

2,12,5

堂中所教授者，皆学问之事；其实地练习，则学生大都先由堂外学习而来也。每年出口之货，为鲜肉、咸肉、牛乳、米麦之属，而以猪及牛油为大宗，牛油每年约二百万磅。学堂中有农学报二百六十种，学生皆可借观，限一月归还。夜，别喀拉请晚餐并观剧。

初五日，雨雪（西历正月五号）　偕别喀拉往观大学堂藏书楼。藏书凡四十万卷，有中国书籍，乃一千八百二十年及一千八百四十年有人至中国购归者也。有《礼记义疏》一部，馀如耶稣教及医书、说部之类皆有之。盖购书者但取其为中国书籍，不知别择也。报凡四百种，本国报一百种，其他三百种皆别国报纸也。印度贝叶经甚多且极精，为他处藏书楼所不及。丹麦之例，凡著书必分送三部，一学堂藏书楼，一国家藏书楼，一皇室藏书楼。虽刊一戏单，亦必分送三分，以备查核。谓数百年后如有考据戏曲者，亦大有用处。其用心可谓远矣。出至皇室藏书楼，落成仅三年，藏书至七百万卷之多，墨迹二万卷。观书处甚轩敞，每日十钟起至夜九钟止，可入楼阅书。其欲借至外间者，自午十二钟起至晚七钟止，相识者可径行取书，不识者须存钱若干以为质也。凡借书者每一月必须归还，未观毕者仍可续借，但不能不先将书送还，以符定章也。

丹麦印书必送图书馆

“借”原作“寄”

出至医院。院长系专门研究传染病者，导观各处，意极殷勤。入剖解室，见血迹满地，盖治割症甫毕也。入养病室，见一幼孩方呕吐作呻楚，看护妇在旁抚护颇周。次观马、牛、羊、鸡、犬、鼠、兔及他种禽兽，分类饲畜，以为研究传染病之用。惟犬久不畜，因患传染病以犬类为最少也。见取马血，系用一玻璃针刺入马体而沥取之，因此马曾病此瘟，故取其血合药，刺入他畜体中，亦犹种痘之法也。每月取血二次，每次可取四里脱，每年可救稚羊二万头。此马畜养已十六年，盖取之不多，越时稍久，于马仍无伤也。

取马血作疫苗

夜，外部大臣苏蕴生招饮，同座十八人，大学堂教习八人皆在座。苏君即席演说，略云：诸君来此，惜值天气严寒，无可游览。冀将来再临敝国，值春秋佳日，当游历名胜，以畅叙幽情也。敝国人至中国者，极承优待。诸君之来，无论为国家所派，即使寻常游历之人，亦必欢迎。盖敝国对于中国人，其感情实出于至诚也。楠芳起为答谢辞。谈宴甚欢，散席时夜将半矣。丹麦饮酒之习，举杯属客止对一人，饮毕彼此照会，再及他客，与美国之举杯属合席者不同。女子吸纸烟，亦异于他国，而转与中国同风。饮毕，同席人皆向主人行握手礼，亦与他国不同也。

初六日，阴（西历正月六号）　偕别喀拉往观丹麦感化院。系一千九百〇八年四月所造，计地二十四英亩，房屋四围皆有水沟。管理员另有房屋。有电气房，有学堂，有马厩、藏煤室、收储食物室。医院可容男子五十人、女子十五人。澡室、厨房、药室等俱备。另有大屋四间，为贫民居住而设。二间处男子，二间处妇女。男子之室，其一间系游手无业者所居。全院可容六百馀人，男子

感化院

2,12,7

四百，女子一百二十。建造经费二百五十万克隆。工业所入，去年共得八万一千三百十三克隆。政府支出经费十九万四千四百三十四克隆也。

旋至乡间，观作汽斯乳油厂。汽斯凡十五种，经时最久者须九月而成。乳油多出口至英国。凡牛乳沸至百度，则微生虫尽死而无菌毒。复用机器分析，第一机为牛乳，第二机为乳精，第三机为乳油，其馀酸牛乳不能食者，则以饲豕也。 奶酪厂

出至写喀亲王府，途中积雪初晴，一白无际，树林茂密，残霙缀枝，如玉树琼花，琳琅满目。忆少陵“万里寒光生积雪”，东川“千树万树梨花开”之句，觉画意诗情把玩不尽也。中道迷途，至两句钟始至。王及夫人款洽甚殷。窗外大雪弥漫，而室中丁香、海棠、菊花皆盛开，与雪光相掩映，更饶韶秀，盖温室唐花也。饮毕，复导观牛宫马厩。踏雪穿林，寒气瑟瑟袭襟袖间，大有悽神砭骨之意。夜，克来司墨司招饮，乃丹麦前任总兵，小说专家也。并预约作中国便装，中国人至丹麦者少，西人好奇，欲一睹中国装以为快也。

初七日，晴（西历正月七号）　观豆饼厂。饼用机器制成。大豆皆由中国牛庄、营口运来。其机器有五百匹马力，每豆百斤可得油十二斤、豆饼八十斤。中国用人力制饼，止能压得油八斤也。以豆中所含之油质论，每百斤尚可得油十八斤，机器之压力亦止能取出十二斤也。大豆每吨合英金七镑，油每吨可售三十镑，饼每吨可售六镑，

计每吨可赢英金一镑八仙令。豆油可供食料、抹机器之用，并可制洋皂。及密问中国之豆饼何以不能行销外洋，答以中含油质太多，故易坏不能久储。中国若改用机器，得油既多，兼可行销外洋，亦商界中亟应改良之事也。

中国应改用机器榨油

出至瓷器厂。厂中三十二窑，每日轮烧一窑。其制成器皿皆有机器，抟泥成饼置于机上，机转而碗形已成。其觚棱及镂空者，则以模范印之。碗上画花皆女工。画圆圈亦用机器，以笔对准碗口，而转其机，圈即画成，分毫无差。其法盖速而且妙也。有先绘花而后上釉者，亦有于釉外绘花再入窑复烧者。花以深蓝色者为最鲜明。内有一室最精者，每一花样止烧一件，第二次再做，则必改花样不令重复也。厂中所出之物，少有斑点即不出售。其考工之精核如此，故能日见改良。所制各种禽兽尤为可爱。我国湖南瓷厂已能仿效。南洋劝业会所陈设，凡稍佳者皆标已出售之签，可见工艺之改良，其关于商务者大矣。

丹亲王谈中国变法事

夜，丹王之弟招饮。亲王所居之宫为旧时丹太后之所居，今英太后及俄太后皆生长于此宫中也。席中谈及中国变法事，亲王谓："中国变法甚善，然欧美之法亦不尽可取。如监狱之改良、工艺之进步、路政之修治、邮电舟车之交通，皆当取法。若法之争言自由，美之日事兼并，致社会上岌岌不得少安。从前服从国家时，人民未见其不自由。今自由之说日张，人人各自为主，吾见其不自由反甚也。欧洲列强不务安辑其人民，而日以兼并为事。如近日所称帝国主义、均势主义者，实以美名文饰其野心。自鄙

2,12,8

意言之，四海之内皆兄弟，各君其国，各子其民，断不可贪利他人之土地。欧洲各国好夺人之土地以殖民，民亦从而附和之。如德、法二国，德国某地今日属于法，则助法以攻德；明日复属德，则又助德以攻法。即人民亦不自知其所以然，良可叹也。予曾游中国，领港人问系欧洲人乎？曰：然。问至中国何为？曰：将营商业。领港人遽曰：'尔得毋欲得我中国一块土地乎？'即此可见欧洲人贪利他国土地之心，中国之领港者亦深畏之矣！鄙意殊不谓然也。"其言颇深切，录之以资借镜。亲王情款甚殷，并欲为介绍觐见丹王。以未奉政府命令不敢擅见婉辞之，并属代致感谢之意。

初八日，阴（西历正月八号）　往观疯人院。其地甚大，共分三大院落。男为一院，女为一院，疯病之不可治者为一院。共收疯人一千五百，可治者约二百五十人。每年收入者，约三百至三百五十人之谱。院中分为三等，上等缴费最多，起居饮食均适意，且可自带仆人入院；次等缴略少；下等不缴费。次等者每房二人，下等每房三人也。初入院时，其欲动武者为一处，稍安静者为一处，在院日久而渐愈者又为一处。有弹子房、看书室、音乐室，以供疯人渐愈者之娱乐。每星期唱歌二次，每年跳舞四次。疯人亦有作工者，不过缝衣、打袋等事而已。宗教愿听与否，亦各随自便。浴室每星期用药水洗澡一次。疯病大约得自遗传性者居多，而后起者少。遗传性疯病易治，而亦易于复发，以其根株不易绝也。后起者以酗酒及杨梅

疯人院

酗酒致病

疮毒为最大之原因，且不易医治。西酒如勃兰地、威司克两种，酒精极多，西人多加冰水饮之，其害犹如此。中国人不明其性质，往往有用原瓶之酒盛大杯而吸之，真危险也。古人以色为伐性之斧，酒为腐肠之药。放翁诗云“倩盼作妖狐未惨，肥甘含毒鸩犹轻”，张文端公称此老能知摄生，洵知言哉！今人日沉酣于酒色中而不知反，不独自伤厥身，且殆害及于子孙，可不戒哉！女子病疯者，多因爱情，或由产后而得。为情病疯者，未免蚕丝自缚，彼薄幸郎亦殊可恶。李谪仙欲以世间无情男子作钓鳌之饵，诚快事也！内一意大利男子，能通五国语言，而亦得此痼疾，殊为可惜耳。夜回请各西友晚餐，谈至十二钟始散。

初九日，晴（西历正月九号）　茶商毛司美尔雪滑招饮。毛君久于中国，今年八十有六，精力甚健，每日厂中来信札八百封，亲阅者尚三百封也。席次举杯相属曰：“吾老矣，与中国人相遇极为难得，请与诸君尽此一觞，未识此生尚能与诸君再见否？”其言致足感人。问毛君老而弥健有何摄生妙法，答曰：“此无他秘诀，请为公等述一谐谈。昔有君主欲求长生，遍召国中年老者而问其术。一年最老者后至，方酣醉。问何修得此寿，曰惟日起早耳。余每日六钟即起，且日习体操一小时，夏日尚能日行五英里路。盖勤即保寿之一法也。”然毛君一生不娶，其得力于独睡丸者固已多矣。宴饮之酒肆濒海，风景甚佳。鸥鸟群栖桥栏，行人过之了不惊飞。观幽鸟忘机之乐，听

长寿惟勤

2,12,10

老人阅历之谈，大有闻晨钟发深省之意。午后，偕勃那往观瓷器店，购瓷器及石像数事而归。夜，别喀拉招饮，并请观剧。

初十日，晴（西历正月十号）　偕副监狱长康脱乃痕往观大审院。出，回拜外部大臣苏蕴生及别喀拉。午刻康脱乃痕招饮。下午微雪，部署行装，夜七钟动身。勃那及别喀拉、克来司墨司、报馆主笔某君至车站相送。夜宿车中。

十一日，雪（西历正月十一号）　午刻到那威，寓格兰痕特客栈。那威于一千九百〇六年离瑞典而独立。因瑞典君主偏护本国人民，于商务上下不顾那威之利益，那人衔之已久。瑞那联邦各部大臣每国各设一人，惟外部大臣二国合用一人，故分离甚易。那人谋独立，瑞典王亦不置可否，遂决议为独立之宣告。四月迎今皇于丹麦而立之。那皇为英太后之婿，而英太后乃前丹王之女也。那皇与英有外戚之关系，故那威之独立实得英之暗助云。那威冬日多雪，遍地皆冰。儿童乘冰车或着冰鞋，游行冰上为戏，别有乐趣。夜，中国名誉领事余德来谈，能操中国北京语，盖在税关当差者三十有五年，于中国情形甚为熟悉也。

挪威独立

挪威领事能华语

十二日，雪霁（西历正月十二号）　偕余德往谒监狱长滑克森。午后往游雪山，寒风如刀，毡裘不暖。一路丛林，霏霙疏缀，楼台多红墙，倚岩高下，掩映于苍松翠柏间，景色倍觉研丽。妇竖多着红幞头、绛半臂，或乘冰

游雪山

车，或踏冰床，由高山一溜而下，疾于下濑之舟。游山之车皆无轮，下有铁轨二条，铁与冰相着而滑，其行如风。车无轮，故座极低，而无倾侧之患。环山脚行一周，至餐馆小酌。窗外积雪没阶，万里寒光，一白无际。品咖啡毕，复乘冰车至山顶，登高四望，山色苍翠，海水蔚蓝，夕阳欲堕，云影彤彤。遥望那威城中，烟霭微茫，氤氲莫辨，真有“俯视但一气，焉能辨皇州”之意境。少焉，暮色苍然西至，余与楠芳、仁山乘火车回栈。夜，领事余德招饮，出所藏中国《汉书》、《通鉴》及满汉文《四书》见示。西人苦中国字尚形难记，先习满文，再由满文之音以求汉字，其法至笨，其用心亦良苦矣。座悬满字楹联，为余译其意，系“为爱花香帘不卷，欲听鸟语树须裁”，语极雅驯。席次谈及中国税务，谓必须裁撤厘金，增加进口税，此事已有条约，且有利无害，但未知中国厘务各官有无阻挠耳。

西人习华文

十三日，晴（西历正月十三号） 偕余德往约监狱长滑克森同观克来司痕佛芝薄监狱。那威今日适开议政院。归寓，由客栈楼中望见之兵队约三百人，栈伙告余曰那威京城之陆兵尽于是矣。顷之，那皇至。前有二马车导行，每车坐兵官二人，戎服佩刀持枪立于前。皇车驾四马，骖乘者二人。后随兵队三十人。议院门口以红氍毹铺地，宛然中国情形。皇入院仅十分钟，礼毕而出。那威女子十年前已有地方自治会公民选举之权，现在则已有议政权。全国议员一百十有七人，内有一女议员，以孤立故，

2,12,14

亦无所建白。那威人言，将来日愈进步，或男女各得半数，亦未可知也。英国女子争选举权不得，驯至为桀石投人之暴举。而那威以蕞尔小邦，女权已先发达，所谓善相之国无小者，非欤？但以现势而论，那威终恐见并于俄，丹麦终恐见并于德，亦地势使然也。午后，观大审院。夜，滑克森招饮。

那威女权已先发达

十四日，晴（西历正月十四号） 部署行装。因明日星期，至瑞典无可调查，将行李寄存栈中，偕楠芳、仁山再游雪山。寒鸦叫云，松涛刷耳，落日衔山，烟光凝紫，满林晴雪，不啻万树梨花。夜宿山顶福克森考尔姆萨纳林客栈中。琼台瑶馆，境界高寒，真令人飘飘乎有凌云之气也。

十五日，晴（西历正月十五号） 晨起观日出。红云莽莽，舒卷绛绡，万里晴空，蔚蓝无际，一规玛瑙盘掩映于冰天雪地中，别有一种心旷神怡境界。亭午，余德之第四子及女与婿来游，因共试坐冰床。旋偕楠芳、仁山持摄影镜遍游林间，绕出岩下，徘徊路曲。遥闻呼阿啰之声，则游人自山上乘冰床疾驰而下。石洞罅隙处，冰箸下垂如琳琅。深树中暗藏曲涧流泉，瀌瀌作声，与松涛相间，觉耳目为之一清。道旁树一穹碑，乃德皇来游，题名以留纪念也。夜分月色微茫，步行于冰雪中，北风飒飒吹襟，凄神寒骨，不可久留。归寓就寝，万籁俱寂，数月来仆仆征途，至是尘襟为之净涤矣。

十六日，晴（西历正月十六号） 晨起，即景赋诗一律，云："冷入白云峰，涛生万壑松。山高迟见日，风劲不闻钟。茅屋凝残雪，冰鞋没旧踪。克城回望处，万户晓烟封。"午后回栈，六钟动身。余德至车站相送。夜宿车中。

至瑞典

十七日，晴（西历正月十七号）七钟到瑞典，寓客栈。监狱协会会员阿尔姆克司脱来访，因偕之渡河往观蓝化而姆监狱。归途遇监狱长之夫人，同行至议政院。亦适值瑞典开院之期，因询瑞典亦有女议员如那威之制否？答云："此制吾意殊不谓然。吾国未有此法，凡妇女止须在家管理内政。日日争议政选举之权，分心于外，不但置家事于不顾，且置子女而不管，甚非计也。"那威与瑞典接境，本系联邦，而其制度议论之不同如此。录之亦足备参考之资也。夜观剧。

瑞典女子不求议政

十八日，晴（西历正月十八号）　往观博物院。石像、陶器、中国瓷颇多。埃及古尸一，以布包裹，外绘人形，涂以金，颜色如新。所见各博物院陈设之木乃伊，此为最完全者矣。油画极多，新旧相间。大抵西人之画，以兼收并蓄见长。如轮舟在海中遭风遇火，皆能绘其情状。驯至顽童踞地而吸雪茄，老媪凭几而捋鸡毛，以及死尸枯骸之属，一经摹绘，便入妙境。中国诗画家长于别择，西人诗画家长于包容。惟别择严，故出笔简洁，而意象或失诸狭小；惟包容广，故取径宽博，而蕴蓄反觉宏深。欧洲大诗家之诗，往往有长至数万言者，亦以其所包孕者广也。继观古物陈列处。见刳木之舟，乃上古时物。用石时

中西诗画之异

2,12,19

代，有石刀、石钻、石锯、石镞、石针之属。至用铜时代，已有货币，能雕刻，且有玻璃器皿。进至用铁时代，则刺绣、平金、雕牙之物，已极精工矣。观之可见人类进化之阶级也。午后，旧时同学麦忝生来访。六钟时动身，麦君至车站相送，并以小影见赠。夜宿车中。

十九日，晴（西历正月十九号） 八钟至海口，以轮舟载火车而渡。舟中遇瑞典驻俄副领事勃利腾勃格，能操英语，聚谈良久。午刻到岸，又渡一海角，仅数十分钟。凡海面不能造桥者，用以舟载车之法，旅客在车中无搬运行李之烦，尤为便利也。六钟抵伯林，寓茀芝登好福客栈，乃函托西友司土来登所代定者也。到使馆，梁星使及参赞等均往德皇宫觐见，未遇。惟胡仲巽兄因病在家中，便往视之。法国转寄之函甚多，皆许君孟泉代为收存者也。

德国柏林

二十日，阴（西历正月二十号） 至使馆，见梁星使及项君子和、许君孟泉、孙君石生、李君子湘、哈君东升、常君竹亭等，叙谈良久。在使馆便饭。午后往视仲巽。项君子和旋至，因与持德国驻北京公使介绍函，往谒外部大臣劳拔、内部司长弗兰痕特及克罗奈，预约往观监狱及审判厅日期。

二十一日，阴（西历正月二十一号） 九钟偕项子和同至警察署调查。见警查长威痕，导观各处。楼上升降梯用电机，旋转如辘轳，凡两面，左上右下，终日不息，不必用司机人，亦一巧制也。下午往游万牲园，时已晚，

警署升降使用电梯

略一观览，至咖啡馆少坐即出。夜，西友司土来登约观剧。

二十二日，晴（西历正月二十二号） 西友司土来登来谈，同出至打枪机器厂。下午与仁山往候仲巽，谈颇久。许孟泉亦至。在仲巽处便饭。夜，孟泉约观跑冰，其地较比国所观者尤大，且有衣彩服、被白熊皮在冰上作种种戏剧者，或隔方凳四五只一跃而过，仍于冰上溜行。间以音乐电影，观者如山，洵足乐也。

二十三日，晴（西历正月二十三号） 往观莫安皮脱轻罪监。夜，梁星使招饮。

儿童感化院

二十四日，雨（西历正月二十四号） 至司弗拉司勃儿调查童子感化院。车到时，有德皇御前教士格兰提雪非司开导之前往。院长石安弗特接待甚殷。观毕，院长留午膳。席次举杯相属曰："愿中国从速创办感化院，以为改良社会之根本。且愿诸君来敝国调查，必能如在美洲之满意。"余因起为谢辞。餐毕，复偕御前教士至海滨游览。风利如刀，冰棱有角，烟霭微茫中隐露几枝红叶，风景致佳，大可入画。回至城中，已夕阳西下，灯火荧荧矣。至栈，王孟勤、孙石生来谈。

二十五日，雨雪（西历正月二十五号） 偕李君子湘及仁山往买软木雕刻画。下午与项子和往见法部司长泼拉许开，约明晨往观脱兰尔监狱。夜至使馆便饭。

二十六日，雨（西历正月二十六号） 偕项子和往观脱兰尔监狱。夜，孙石生招饮。回至使馆，为孙君绘便

2,12,27

画一页，仁山为题诗一绝赠之。

二十七日，雨（西历正月二十七号） 德皇生辰。与仁山译《美国死刑异同考》。盖托美国友人代为调查，至是始寄至也。午后往游睇儿园。夜往看仲巽，以小影见赠。孙君以所绘山水扇面见寄，皆海外游历纪念品也。

美国死刑异同考

二十八日，阴（西历正月二十八号） 拟往观格滋造镜厂，因星期停工，不果。至警厅，学印指模法，亲自试印，因前虽考察，尚未明了故也。至使馆辞行。午后，王孟勤、孙石生来谈。六钟动身，仲巽夫妇、许孟泉、项子和及西友司土来登至车站相送。夜宿车中。

二十九日，微雪（西历正月二十九号） 晨七句钟到奥京，寓格兰痕特客栈。至使馆见沈砚裔姻叔，略谈一小时。馆中如汪君甘卿、刘君佐卿、王君予周、陈君任才多系旧识，施公威、施子坚、李彦士则均系同乡。夜复至使馆吃年饭，饮甚酣。

奥地利

宣统三年正月朔日，雨雪（西历正月三十号）至使馆贺年。午后偕甘卿、公威往游博物院。先至矿陈列室。有玛瑙、翡翠、紫晶、墨晶、绿松石、子母绿、金钢钻及其他各种宝石，五光十色，不可殚论。地下僵石有压植物叶者，有压动物如鱼及螺蚌之属者。上古用石时代，钻镞皆以石为之。死尸之骸骨，鸟兽虫鱼之标本，分列各室。如兽中之猩猩，鱼中之鳄，鸟中之爰居，皆于是见之。海象、海狮之类，为中国所无。其他奇形怪状之鸟兽甚夥，惜译音诘屈，无从与中国名词质证耳。各国出产之物，亦

宣统三年

参观博物馆

一一胪陈。如中国瓷器、铜器以至儿童玩耍之花纸、泥佛，刑具中之枷杖，皆收罗而陈列之。盖意在兼收并蓄，精粗所不择也。院极博大，巡览一周而出，时已申牌矣。夜，砚裔姻叔邀饮。

初二日，雪（西历正月三十一号） 缮发各国贺年明信片。下午往观油画院。因时已晚，即欲闭门，仅略观十分钟而出。

初三日，晴（西历二月一号） 由陈君任才偕奥国法部司员沃托格拉福尔往观审判厅。

初四日，晴（西历二月二号） 奥国令节日，休息一天。作大理院报告书。夜，甘卿、公威邀饮并观剧。出至甘卿处畅谈，归时已近一钟，积雪盈半尺许，朔风砭骨矣。

初五日，晴（西历二月三号） 六钟即起，偕上诉院检察长海伍阁霍其尔乘火车至乡间，调查司丹痕监狱。

大理院报告书

初六日，晴 缮发大理院报告书，并声明“东三省疫症流行，如届时未熄，恐不及至俄国调查，将取道南洋回国”。午后乘电车至雪山麓，虽远不如那威，而一片疏林，荒寒入画，亦尽有佳致。夜观剧。有丹麦国人能为空手拾白刃之技。又有二人打拳，其一人斗败，请复之，三复三北，其人老羞变怒，几于弄假成真。台下观者咸鼓掌大哗。台上有人从旁解劝，始含怒忿然而入，亦可笑矣。

初七日，微雪（西历二月五号） 汪甘卿来，以五律四章见赠。午后偕砚裔姻叔、楠芳、仁山至公园散步，

3,1,8

寒风吹面如削，不能久留。旋入咖啡馆看打弹子。下午回寓，收拾行装。

初八日，上午晴（西历二月六号） 偕刘佐卿回拜法部陪观监狱人员。午后与仁山往观油画院。仅百馀幅，颇精致，然较诸美、法之画院，不逮远矣。下午六钟动身，大雪。沈砚裔姻叔及刘佐卿、汪甘卿、施公威三君均至车站相送。夜九钟到匈牙利蒲达推司京城。雪深半尺许，寒气逼人。寓格兰痕特客栈。

匈牙利布达佩斯

初九日，晴（西历二月七号） 往拜监狱协会会员而立特。旋由会员万勃来偕往观议政院，见匈牙利首相。此院落成于一千八百十九年，计费匈金四千万克隆。柱雕华石，甍饰枪金，瑰丽崇宏，视法、比二国有过之无不及也。且西式之屋以楼高之故，往往失诸太暗，而此院独有天井五十处，故光线甚通透也。会员四百十三人。书记员记事，每五分钟易一人。巡览一周而出。午后偕而立特同至乡间，观女子感化院。观毕回寓，已近掌灯时矣。

初十日，晴（西历二月八号） 偕西友范勃来往观幼年裁判所、待质所、大审院。午后观童子感化院。

十一日，晴（西历二月九号） 调查童子监狱及刑具陈列所。归途风雪大作。下午，监狱会会员立格尔请赴茶会。谈及匈牙利亦系黄种，自元时用兵欧洲，多有留此不返者。且欧洲人皆名在姓前，而匈牙利独姓在名前，尤为与亚洲同种之确证。问中国历史有可为证据处否。仁山告以元时拔都西征，其兵力远迈欧洲，当系此时。客有取

匈牙利亦系黄种

匈牙利历史相证者，适有拔都用兵故事。然自元以前，在十二世纪时蒙古兵已有到匈牙利者，则中国已无从考证。如取匈牙利历史译之，亦足为补证元史之一助。惜为时匆促，不及详加考核耳。匈牙利在十五世纪以前，均为他国君主所兼管。至十六世纪以后，始与奥为联合国，然内政仍各自为主，惟兵费及外交则二国共之。奥国认兵费十之六，匈认十之四。匈之志士时倡独立之议，其所以不成者，以奥、匈两国兵制互相牵制，匈之兵权奥得而主之，而奥之兵权匈亦得而主之，故不易措手也。奥王常驻维也纳，而居蒲达推司之日甚少，匈人于此亦不能无觖望云。归寓时已十句半钟，亟收拾行装，十二钟动身。夜宿车中。

塞尔维亚

十二日，晴（西历二月十号）　午刻到塞尔维亚国。下车游览。城甚小，瓦皆有棱，两面斜垂，有东方之形式。游其城市，品茶于咖啡店。寻博物院不可得，以方言隔阂故也。夜十二钟动身。宿车中。因热气管坏而未修，冷不可言。车内器具亦多损坏。此为奥国之铁路，不知何以如是之朴陋。讵往东方之营业不佳，养路费不足之故欤？

保加利亚索非亚城

十三日，晴（西历二月十一号）　午刻过保加利亚之沙发亚城。停二十分钟，下车略为游览，沿途所见犬马形状全与亚洲无异。欧洲草色虽隆冬犹青，此地则草色皆黄，此欧亚情景不同之处，盖此处已渐入东方矣。夜宿车中。热气管已修好，较暖。

十四日，晴（西历二月十二号）　到土尔其康斯坦

3,1,15

丁城。车站接客者能操英、法、德三国语言，到栈后即令陪至各处观览。因不通土语，非有引导人不可也。土京路政不修，又雪后泥泞，大有“道茀不可行”之慨。途中行乞者甚夥。市屋亦多坍败，其整洁者多系洋房。电灯、电话均未通行，止有电线及自来水而已。往观教堂。诵经教士三人，两旁相对而跪，旁有小孩二人，则祈祷家之主人也。中立教士五人，旁有衣红衣之幼孩二。跪者诵经，不甚了了，惟时闻宣诵摩罕默得之名而已。既而有人以衣一袭，绕行于诵经席前。询系病人之衣，所以祈神之呵护也。迷信之事，万国尽同，中国妇孺虽所不免，而未尝以宗教为国教，则地球上之特色也。旋至黑海滨瞻眺，此即英、奥联盟而扼俄舰，使不得越雷池一步者也。西妇之游此者甚众。土耳其奉教之妇女不轻出门，出则以皂巾蒙面，其深居简出，较中国为尤甚。教规，男子每人娶四妻，一切平等，无妻妾之分。然现在土耳其人以贫故，大约止娶一妻者为多也。途经旧时大臣之第，革命时已取而充公，其大臣则禁锢于监内。子云有言：“高明之家，鬼瞰其室。”伯有之门生莠，其亡不待改岁。专制之祸，可为殷鉴也。

土耳其伊斯坦布尔

专制之祸可为殷鉴

十五日，晴（西历二月十三号）　往观教堂二处。一名沙尔台伐离台。入堂时须脱履于户外，否则由堂中另给皮鞋套于靴外而入，以堂中满地皆设氍毹故也。教堂极高大，顶上书上帝及摩罕默得并君主、宰相、教主之名。墙用花瓷为砖，中悬玻璃灯数十盏。其石柱有由罗马购致

苏丹艾哈迈德清真寺

圣索非亚大教堂

者，规模极为宏丽。第二处名阿亚沙非亚，较前所观者尤大。门高数丈，皆包铜，厚寸许，而中嵌银丝为花。壁间有用细石嵌成花纹者，亦仿罗马摩色画之制也。柱高数丈，中间有一手印，系当时战争所杀教徒，尸堆高齐半屋，杀人者之血手印于柱上，故凿之以留纪念也。柱脚石缺一髻，亦为当时马蹄所蹴损者。土耳其与欧洲争一教堂之钥，至兴十字军九次，杀人数百万。争教之为祸烈矣。

托普卡珀博物院

出至博物院。胪列罗马、埃及古代石碑、石棺、翁仲、石兽之属，多不可胜计。内一埃及石椁，雕刻极精巧，在耶稣降生前三百年，而埃及刻石之精已如此。埃及石碑之字，刻鸟兽人物之形，与中土六书象形一类相似。其他古陶器、瓷器、铜器亦极夥颐。又有古浑天仪，此则阿拉伯之天文算术由十字军东征以输入西方者也，阿尔热八达所以译曰“东来”也。今机器算法，西人矜为绝学，东方学者望尘不及，则进步与退化之相去悬殊也。又有泥信，乃抟泥为模型，刻字其上，信封亦以泥为之。中国秦汉时封泰山，有金泥玉检之制，疑即用泥模刻字，外涂以金，而又刻玉为签也。盖封禅乃附会黄帝，古时竹简未行，或亦有刻字于泥之制欤？京师古玩铺所售汉泥封，亦此制之类，但多赝鼎耳。

古罗马赛马场

出至海抛脱罗姆，乃古调马场也。有埃及石碑，二千二百馀年前之物。字迹皆鸟兽形，碑尚完好，但已有苔花痕矣。中有断石柱，作绞丝形，亦千五百年前之物。左为古铜柱。从前法兵入康斯坦丁时以为金也，取其铜而去，

3,1,16

其中之石基至今犹存也。高与埃及碑齐。中途过一铁桥，须纳税。土耳其以贫故，一切公家之物无不出抵，此桥亦抵与英国某银行，故收税由英国派员监视也。过兵部，听作军乐，其兵皆立宪歌也。旋至咖啡馆，听土耳其音乐，声与梵唱相类。

十六日，雨雪（西历二月十四号） 往谒土耳其监狱协会会员萨丁培，聚谈良久。旋往谒美国前驻土京陆军顾问官勃克乃姆，因赴英未见，投介绍书，其夫人出见，略叙寒暄而出。夜，见美国船厂代表麦的胡思。言土国现虽维新，然事事听命于外人而不能自主，以其国贫，而国外产业皆出抵于外故也。德国联络土人不遗馀力，土人亦争趋附之。前年德皇亲临土京，土人至为特建一瓷屋以为纪念，革命之事德国亦暗中助力。英与德争在土之势力，而英则瞠乎其后。德占胜势，则英必受损，故近来欧洲大势可畏者莫如德，东方之可畏者莫如日本也。又言土耳其变法时一逸事，亦甚可笑。土人以奉摩罕默得之教，禁止杀犬，犬之多至不可胜数。革命以前，尝有人在闹市数之，相去数十家，而犬之数已多至一百五十二只。革命时尽驱犬数万头入一海岛，以致饿死。有一奥国人愿出二万佛郎尽买其犬，取其皮以制手套。土人以迷信宗教故，卒不许也。然饿死之与杀死，等死耳，为犬计者，转不如速死之为爽快矣。

土虽维新不能自主

十七日，雨雪（西历二月十五号） 捺丁麦夫及萨丁培请茶会。与萨君丁培等叙谈甚畅。询悉改革以前，法部大臣每月俸四百六十镑，与英国相埒，现减至每月一百五十镑。大审院长每月一百镑，以下八十镑、六十镑，以次递减。土国刑讯之制废止仅二年，然从前之刑讯亦系私用，法律上并不许也。土国界在欧、非、亚三洲，欧洲境内分为四区，约十二万七千五百方英里，户口一千〇八十八万三千〇九十八人；亚洲境内分为二区，约六十五万〇二百七十七方英里，户口一千六百八十七万三千二百三十六人；非洲境内分为二区，约七十九万八千九百方英里，户口一千一百〇三万四千四百〇五人。三区共计地一百五十七万六千六百七十七方英里，户口三千八百七十九万〇七百三十九人。其人数当系一千八百九十九年所调查之数也。土国历法及时刻，均有二种。一种法历，元旦较西历迟十三日。一种亦系阴历，以月圆为望，但不置闰，每年十二月，每月或三十日或二十八日或二十九日相间。每年为三百五十四日〇八句钟四十八分又三十四秒之四。故一年之中，计地绕日一周，实少十有一日有奇。积至三十六年，则赢一年矣。其时计以日没时为夜半子时，故与欧洲之钟表差六点钟之谱。其壁间尝挂二钟，而钟点截然不同，盖一照欧洲时刻，一照土国时刻也。惟日有长短，每日以日没为夜半子时，其盈缩之期不准，每五日须拨动一次。康斯坦丁之钟派一人专司之，其法亦笨滞之甚矣。

土国废除刑讯之制

土前王专制

又言土前王专制猜忌，有侦探五万人，以背驼故讳“驼”字，鼻大故讳“鼻”字，年老故讳“老”字。其他“自由”“平等”字样，皆于字典中削去之。侦探有告

3,1,17

密，辄捕其人而杀之，或缚以巨石而沉之海中。有子告讦其父者，则杀其父而赏其子，民间致父子不敢相亲，朋友不敢相信。贸易者亦不敢多得利益，盖获利多则王之侦探即来需索，稍不遂意，即中伤之，祸且不测。民间重足而立，道路以目。新党不敢纠众，乃设一法，每三人为一起，一人为首，二人为从。为从之二人，又每人各自为首，再约二人为之从。如是蝉联递及，一气贯通，偶有事发，则罪止及三人，而不至株连全党。新党之首领掌陆军，谋为改革。王侦知之，以重赏招之，不至，使警察往 新党掌军变革 则警察降，派亲兵往则亲兵又降。遂率兵逐王，而立今主。新君改革时，民间并不惊扰，盖民之积怨含愤者固已久矣！先是土之颁布宪法系为海军所迫而成，土王后渐削海军大臣之权，而易以私人。海军终岁不练，任其废弛，驯至军舰之跳板终年不动，可以种菜于跳板之上。以为可保无患矣，而不料陆军之革命又起也。

土王之监谤与周厉王相似，卒召流彘之祸，亦复古今一辙。所谓防民之口甚于防川者，非欤？土王性极暴厉，出亡之后，尤郁郁不自得，动多暴怒。旧宫妃三百人，皆不敢与居，风流云散，零落殆尽，亦可悲矣。土国犹仍用阉人之制，改革后虽较少，然尚未尽除也。

方革命时，凡得罪于前王者，一律赦出，但附有条件，若出狱后再犯，则仍照从前年限监禁。萨君言此法甚为不善。如杀人者无端释放，对于仇家自鸣得意，社会上反生出无数祸端。惟当改革之际，监狱中亦欲聚众反狱而 改革之际狱中欲反出，不得已而出此，非法之至善者也。本约往观监狱，因久谈不觉向晚，改订明日考察。

十八日，晴（西历二月十六号） 偕萨君往观议院及监狱。

十九日，晴（西历二月十七号） 为土国国教礼拜之期。土王亲临教堂，观者甚众。兵队、军乐队先至，越一小时许，王乘舆至。二大臣自教王宫出，执香炉迎至舆前，鞠躬为礼，遂导行于车前。王所乘之车驾二青骢马，其行能与音乐之节相应，前导有顶马一匹。扈从尚见太监一人，犹未尽革旧制也。王车过处，西人观者脱帽为礼，王亦于车中举手作答。盖今王极开通，不比前王之猜忌，凡出行时，外国人一概禁不得旁观也。午后四钟下船，六钟开行。夜宿舟中。

土王出行

二十日，晴（西历二月十八号） 舟渡地中海，见两旁雪山夹舟耸立，知离岸已渐近。午后三句钟到希腊。寓格兰痕特客栈，在王宫对门。行李检齐后，即往观议政院。系去岁乱后所新设，与我国咨政院略同，以为议政院之基础，非即以此为议政院也。每礼拜聚议三次，提议各项事件。今日所议者，即议事之规则也。内部大臣中座，各部大臣向上面对坐，馀分列于后及左右两旁。地甚清洁，但太狭小耳。希腊为古文明之所自出，苏格拉底、柏拉图、亚力士多得之哲学，亦发源于此，而远被欧洲。今夷为小邦，国势贫弱，阿芬京城居民不过十七万五千人而已。

观希腊议政院

3,1,21

二十一日，晴（西历二月十九号）　自入欧洲以来，阴雨之日居多。希腊滨海依山，天气清朗。乘车游行海滨，觉心目为之一爽。道旁所植胡椒累累然结红实。橄榄树甚多，树老则中空，作无数圆孔，如木假山外，亦别有风致。往观古戏台，名白克秋思，系纪元以前所造，可坐三万人，今仅存石基。第二戏台名坳堂特哈罗特，为纪元后二百馀年所造。地下掘空，上铺石板，盖如是则歌声益觉清亮也。 古希腊遗迹

又观泊落非拉利亚王宫，在纪元前二千年时所建。依山四角为石城，名曰阿可洛拍力斯，犹言最高处也。建造一千五百年以后，改为教堂。教士居此者五百年后，为波斯人所攻毁。其后修复，墙壁之雕刻尚可追步前人云。今于山洞中寻得石像甚多，皆当时波斯人所投入者也。故宫遗迹，今尚有平台可寻。系用含石灰质之白石砌成，高出海面五百十尺。相传其顶系用人工筑平，其依山三面斗削之势亦人工所为也。四面皆城墙，其西面一方从前曾作战垒。初，希腊王居此宫，凡判断法律及处分游牧之事，皆在宫中。后渐将法庭移至平地村落，而改法庭为神祠。今其石阶犹存，当时系露坐而听审也。及波斯人攻毁，乃在纪元前四百八十年及四百八十九年时也。 雅典卫城

又观古罗马教堂，盖希腊境内从前半属罗马所有也。此堂为纪元前五十年时所造，名余坳灵派。石柱百有二十，凡三次经营而始成。分为二区，中间石柱高五十九丈，左边及前面之屋，石柱高三十六丈，今犹矗平地，而

石像已多为英人购去云。又有纪元五百年以前之城基遗迹，犹历历可见。其在纪元千五百年以前者，已夷为平地，可见者仅存数十丈矣。

古占风台

午后，观古占风台，为纪元四百年以前之遗迹。所雕石像皆风神也。台下为古滴漏石室，苔花驳蚀，古色斓斑，令人摩挲不尽。出至古墓地，有发掘而骸骨暴露者，亦有完好者。内有古将士及一女子之坟，皆丰碑岿然，碑外罩以铁丝网以保护之。“蒿里谁家地，聚敛魂魄无贤愚”，古今中外同一慨也。

复游希腊教堂。壁间画神像，窗嵌五色玻璃，作圆形，甚小，故室内光线颇暗。祀神燃灯烛，与耶稣新教不同。观苏格拉底被禁之监狱，在山洞中。当时释之不肯出，卒死于狱。今铁栅犹存也。又观斐罗拍泊斯纪功碑。斐罗拍泊斯，希腊古名将也，今即以其名名此山。此碑在纪元后一百十四年时所造，至一百十六年而始成，高四十尺，宽三十三尺，中作凹形。现存者三分之二为旧迹，三分之一为新修。中间所雕石人，即斐罗拍泊斯之遗像也。

希腊中国相似处多

归途见希腊出会，皆带面具，或骑纸马而跳舞，观者如山。《周礼》：“方相氏掌蒙熊皮，黄金四目，玄衣朱裳，执戈扬盾，率百吏而时傩。”神道设教之制，东西尽同，希腊此俗尤与中国相近耳。途中又见傀儡戏。周穆王时，偃师氏所献木人本由西方传来。儿童所放之铜瓦鸥，亦与中国同。盖希腊与波斯接境，波斯通中国最早，数千年来流传有自，宜其相似之处多矣。

3,1,22

二十二日，晴（西历二月二十号）　观博物院。石像甚多，中有刻车马形者，与中国武梁祠石室之雕像相似，土耳其博物院所见亦然，亦甚奇也。石像有人首马形，或人首鸟形者。中国古说亦多类此。大都上古之世，荒渺难稽，后人遂从而附会之耳。旧陶器极多，所画之人皆生尾，亦与中国古史之说合。古铜镜亦全类中国之制。有一石像烂去其半，形如蜂窠，其半存者莹洁如玉。盖当时罗马兵入希腊，载其石像而去，舟沉于海，今复于海滩掘得之也。埃及古尸数十具，欧洲博物院皆有之，而此则尤夥。

昨遇一英人闲谈，据云英国三十年前购得一埃及古棺，棺上有字云“何人敢动此棺者必死”，英人不之信，移其棺入英博物院。沿途抬棺之人皆死，至英国而巡警之助力者亦死数人，计前后共死五十馀人。讵数千年前之枯骨犹能为厉欤？但英人言之凿凿，姑记之以广异闻。 古棺奇闻

午后游伊留雪斯古城。中途过一古教堂，陪观人备述灵异之迹，荒渺无稽，姑妄听之而已。见一老橄榄树，已二千馀年，形如假山石，极灵空之至。上擢新枝，绿叶蒙茸，古秀可爱，因摄一影。夹道松树大十围，柏树高数丈，上尖如塔形。过海角，水作玻璃色，沙鸥翔集其间。海风吹面，犹带腥气。远山积雪，而林间桃花已盛开。至伊留雪斯城。依山建筑，今城门、车轨之迹犹存。古井已眢，断柱及磉石纵横林立，翁仲欹卧草间。导观者携茶饵设于林下，负山面海而坐，慨然动沧桑之感。旋入陈列 伊留雪斯古城

室。石像、陶器、骨角之物，斑驳陆离。内一白石佛头，雕刻甚精。曾有美国人愿出价一千五百镑买之，以系国粹，不肯售也。归途至村落小憩，乡人以松花酒及盐渍谏果见饷，颇觉味美。

于回，偶成《唐多令》一阕，云："林密叫寒鸦，山深锁晚霞。莽乾坤，何处悲笳。断碣残碑空吊古，人独立，战场沙。　朔雪积山洼，夭桃已着花。计征程，倏换年华。一段春愁消未得，况又是，客天涯。"

夜，西人赛图鲁配罗斯招茶叙，到者多通音乐、精绘事之人。赛君为社会党派，故九流之人皆相识也。

二十三日，晴（西历二月二十一号）　往观童子监狱。午后观女监及审判厅。

二十四日，晴（西历二月二十二号）　检点行装，午后动身。车中无事，与仁山追叙伊留雪斯故城游踪，作联句诗二十韵，云："异乡春信早（拱），雪里见桃花。日暖群羊散（仁），云深吠犬赊。钟声来野寺（拱），峰势抱山家。翠柏尖如塔（仁），红椒灿若霞。荒台频吊古（拱），晚径此停车。风定炊烟直（仁），溪回夕照斜。肶供银粉饵，香品锡兰茶。谏果千年老（仁），松醪一盏嘉。幽磎劖荦确（拱），寂壑豁谽谺。天末孤帆远（仁），岩阿曲涧遐。剔苔寻画壁（拱），拾果度林桠。辙印空城轨（仁），音沉绝塞笳。青磷枯冢骨（拱），碧血战场沙。斑驳陈陶器（仁），峥嵘认夜叉。石欹翁仲立（拱），潮蚀海崖洼。蜃气腥犹湿（仁），螺鬟拥作了。摩碑空画肚

3,1,25

（拱），断镞辨磨牙。眢井流泉涸（仁），圯桥宿草遮。识途凭老马（拱），归树叫寒鸦。胜迹登临感（仁），沧桑阅鬓华（拱）。”联吟甫脱稿，时已六钟，车到埠矣。在车站晚餐。九钟下船，宿舟中。

二十五日，晴（西历二月二十三号）　沿途四面皆山，与日本由神户至横滨风景差似。午后到考斐斯岛，船须停泊半日，雇小舟登岸游览。此岛纵六十五英里，横四十五英里。人数全岛十一万。滨海近船坞一面，居民二万八千人。从前曾属于英、法、俄、奥、斐尼斯等国，现为希腊属地已四十八年矣。滨海有二炮台，二炮台中间下有隧道，系从前斐尼斯国所造，今其遗迹犹存。此岛前面之海，二千年前乃一大城，因地震城陷，死者一百六十万人。其后斐尼斯人来居于此岛，始逐渐开辟。岛中出产有鱼及水果、橄榄油三种。数年前希腊人掘得石像二百馀，送入博物院中。内一石像，英人欲购之。希腊人告以欲购石像，须三倍于石像重量之金，方可出售，因作罢论云。旋游德皇行宫。此宫系前奥国皇后所建，奥皇后被刺，转售于德皇。从前奥国皇后居此，入观者不收金钱，有时亲自导游人观览，或饮以茶酒。自归德皇后，入观者须每人收一佛郎。及德皇第二次至，又增收一佛郎。声言将以此费助与岛中贫民，而未见实行。现在德皇又将来此岛，闻须每人增至五佛郎。岛民佥谓德皇富有一国，而所为若此，非有意剥削岛民之利益，即拒绝岛民之入宫游览，二者必居一。于此，故颇不满意。此亦可为口惠而实不至者

科孚岛

之戒也。四钟返舟，即开行。夜宿舟中。

二十六日，晴（西历二月二十四号）　晨五句钟，舟抵勃灵提西埠。乘火车至乃波里。沿途桃花如烧，芳草如烟，山色波光，皆含春意。经过山洞十馀处，最长者约行四五分钟许。人家多在山腰或峰顶，平地村落甚少，为罗马乡间特别之境界。下午五钟，到乃波里，寓可克栈中。

布林迪西

那不勒斯

庞贝古城

二十七日，晴（西历二月二十五号）往游邦滹故城。当耶稣纪元七十九年，喱苏威火山爆烈，全部三万人为火山所压死者三千馀人。一千七百四十八年始经寻得遗迹。盖沉埋于地下者七百馀年，乃始发见。据最精核之考据，邦滹之地在耶稣降生六百年以前，沃斯干之人始寻得此地，后为脱利海拿皮拉斯谈及散末业底斯二种人所居。沃斯干人在古时止一种，居于坎班尼亚，后渐分为十二城，邦滹即其一也。方是时，南意大利之人皆为沃斯干人所收服，凡数百年。迨耶稣降生八十年以前，罗马人至此，而其族始衰。至耶稣降生七十年以后，邦滹为罗马人游观之地，于是罗马奢华之俗皆传入焉。邦滹故城遗迹犹存，以格致之学考究之，当时之筑此城非为防御外侮起见。盖欲在城中广开茶会以敛民财，使其民常常为罗马之民，故穷汰极侈，乃一种政策也。罗马古帝奥古斯笃斯卒于拿拉，地与邦滹相近，知其必尝到此城也。克拉地斯帝之子名特来西斯者，曾因食梨哽咽而死，亦即在此城中。又城中有克里古拉帝及尼罗帝之牌坊，则二帝之曾至此城，亦可推

3,1,27

测而知矣。邦滹在此时为罗马之属城，其时罗马甚富，虽民间宗教不甚发达，而政府极利用之。盖因教士财力雄富，能建大庙、设大会，会时纵民间大酺，政府因得借此以歛民财焉。职是之故，邦滹虽弹丸之地，而庙宇及议政院等之宏杰瑰丽，与小城全不相称。当时城中之豪富，可想见一斑矣。

至纪元后六十三年二月五号，遇大地震，全坎班尼亚城多半毁坏。邦滹城及罕构兰姆城、纽喀剌城大半因地震而陷入地中。邦滹城中公家房屋受伤者亦居大半，其幸福神像亦欹扑。城中居民大惧，皆远遁。然虽经此大难，其后居民仍复渐归居住营业，此则因其墙屋有修葺之迹而知之。其公家之屋或有重建者，亦未可知也。迨纪元七十九年七月二十三号（或云十一月二十三号），喡苏威火山又喷裂，黑烟斗起，热石火灰骤从空下。天地震荡昏暗，而全城俱为火山所陷焉。兼之地震，狂风大作，火山之灰吹至埃及，而罗马城中亦昼夜昏黑，三日始少见日光云。此系毕乃尔当时居于密西乃姆城中，亲遇此灾，凡再致书于其母舅所述之情形如此，至为详悉也。当火山爆烈时，罗马王曾遣人来救难民，因掘得之死尸有手持灯及斧凿者，知系火山喷发以后，使人至此搜查，不知何故，亦葬于此也。又当时有一地名曰雪惟达，译其字义即搜查旧城之意。自兹以往，千载沉冥，代远年湮，愈荒渺不可稽核矣。

维苏威火山爆发

直至一千五百九十二年，有工程名方泰捺，因修理水道，始掘得旧屋之根基，亦未尝寻究。至一千七百四十八年，查理第三时代，仆蓬皇帝始寻得罕构兰姆城。同时考古家勃沙来梅及威克来梅又购得乡人掘地所得石像，始知邦滓城之遗迹，发掘出大戏台故址，逐渐搜剔，经数百年，而罗马二千年前之旧迹遂大显于世矣。真旷世奇观也！然当发掘之初，不甚得法。威克来梅于一千七百五十七年来此观览，曾云：如此从事，恐至吾曾孙时尚未能睹遗迹之发见也。则当时掘法之迟滞可想而知矣。至一千八百六十年，始易他法，而爬罗剔抉，无微不至。其搜得古物，亦令赏鉴家监视之。凡从前之建筑及古代美术，皆极留意。虽极细微之物，亦不使损失遗漏。自是邦滓之名遂为世界所共知矣。其担任发掘之一切事务者，为教员飞沃来力及雷盖罗二人。考掘得之遗迹，可知当时之百姓对于邦滓城中甚为忠心。就掘出之文字考之，当时地方自治之法律已完备，而商务出产亦极繁盛。其美术不但石像、图画之精工，即些微之物亦皆精致。今陈设于博物院中者，精微要妙，望而知为希世之珍也。

遗址发掘无微不至

入城有石碑矗立，为去年新发见之古墓。乃前邦滓总统之妻，卒时年甫二十五岁云。

途中有饮马池甚多，池上有一石管，以供人饮。内一池上刻女像，凡饮水者戏与接吻，半面已光滑作为凹形矣。当时尚无门牌，故送信者皆以第几泉为号。道广不盈丈，中低而两旁石阶高尺许，故横街交通处，中间每相间半尺许铺石一块，高约半尺。盖其时未通阴沟，以便大雨

古城建筑

3,1,27

时消水流而便行人也。石阶上凿孔，所以备系马之用云。纪功坊二，左右对峙，甚崔巍，而字迹已无存者。坊内有祈福堂，殆即幸福神祠也。

当时房屋形式大致一律，不易区别，故现在寻得室中有某物者，即以名之。一富室大门内以文石嵌地作犬形，宽七尺许，长二丈馀，完好无缺。已有制成铜板印明信片以出售者，因名之曰犬室。四面围以铁栅，询之云美国人游此者，好以小刀取其石以为纪念，故作此以护之。美为新造之邦，古迹最少，宜乎有此癖嗜。然谓美洲人事事能讲公德，亦未必尽然矣。馀如有野猪摩色画地平者，即名曰野猪屋。屋中四石柱犹存。有铜牛者，即名曰铜牛屋，尚存大石柱及白石盥盘也。

酒肆沿街甚多，酒瓮有高三尺许者，腹径二尺许，而底作尖形。有一肆馀灶及磨犹存。灶门石作凹形，当时曾刻阳具于上，今已毁去。尔时沉湎荒淫之习，亦已极矣。壁间画尚存半截，红色犹鲜，可想其饰色之精也。

富室一，扃户不得入。从门隙窥之，见院中有神像，长尺许，绿色斑斓，盖铜像也。

富室二，入大门左右为卧室，中有水池。壁间馀画犹存，作黑色，系邦溥旧俗。及罗马人来，则色皆尚红。邦溥之画最古，而此壁则尤古矣。旧时庭院今围以红栏，植花卉甚繁。又进为厅事，有铜像甚新。盖旧者移入博物院，此其仿造者也。最后为祭祀之室，中有石神龛，琢磨极精致。古井一，已眢。仆从卧室甚狭小。厕所及庖厨则 富室遗址在地下，如入隧道中也。门外壁间画蛇形，又有字迹，乃当时公众选举，因无纸而书名于壁，今犹存也。

富室三，曰银婚室。入门为门房，馀灶犹存。阁楼之石梯尚遗二级，石柱大盈抱，下半红泥，色甚光滑，上半已剥落，露觚棱形。觚棱柱为希腊古俗，邦渒当时尚之。迨罗马人来，则喜圆形而尚红色，故以泥涂附于外也。摩色嵌地二，皆极精，一作卍字，一作尖角形，围以铁栅，防游人之损坏也。卧室地皆摩色画铺成。摩色画为罗马美术，用五色小石嵌成山水、花卉、鸟兽、人物之形，远望与油画无异也。壁间绘画皆极精。入卧室，导观者言，罗马古时富室多不娶妻，雇倡伎侍寝，取其可任意选择也。因诘以既不娶妻，何以得名曰银婚室？导观者无以对，出问守者，始知系前德皇于成婚二十五年后游此，借此室举行银婚大会，因以为名云。

马赛克画

富室四，壁间摩色画甚精。正寝门外有主人铜像，泐其名焉。今即以主人之名名其室。又一富室已有玻璃窗，可知玻璃之制二千年前已有之矣。

已有玻璃

市场一，石室四间，甚宏敞。方柱基十有五，皆极崔巍。

古庙一，仅佛像石基犹存。财神庙一，有摩色画嵌地平，甚精。

议政院一，两旁石柱基各十有二，皆极高大。中央大石柱四，石像有雕刻未竣者，知当时造该院未毕，即葬于劫灰焉。

3,1,27

审判署一，甚宏敞。左右石柱各十有七，相距丈许。柱础雕刻甚精。墙厚数尺。门前牌坊尚存一柱，凡三层，高数丈。地下有一古狱，上铺木板，俯视之，窈然而深，幽邃不可见。当时监狱之黑暗可想而知矣。

古监狱

古屋一，中有骸骨一具，又一屋中云曾寻得骷髅二十馀个，今存入博物院中也。

阿普罗祠一。阿普罗，古爱情神名也。石柱数十，石像四，皆甚新。盖旧像移博物院，新者乃系仿造也。又一古庙有铁柱，中空，扣之作音乐声，宫商应节，亦奇制也。

阿波罗神庙

富室五，此室于城中为最巨丽。壁间画数幅，作红黑色，极精湛，皆以玻璃罩之。有一画师面壁临摹，绝工肖，每幅索价六十五佛郎。庭有古铜盛银柜，厨房内有铜釜，皆苔花剥蚀，古色斓斑。又进一庭，壁间绘画皆裸像。又画一女与白牛并立，云系当时曾有女子与牛交而生子之故事也。再进为一密室，壁间所画皆春意。饮水池一，刻石像，泉从阳具中流出。大门之左，于壁间绘一倮体男像，以权衡称其阳具，今以板障之。时其开阖以示人，并收费焉。此室最富，故所见石像画壁亦最精，而淫荒无度尤达极点。罗马人言当时淫风流行太甚，故天降之罚，而有火山爆烈之灾，有由然欤！

裸像荒淫无度

饼师店一，石磨三具犹存，中高而隆起，上半如覆碗形，与中土之磨不同也。

妓寮二，其一壁间皆绘秘戏，一则门首凿为阳具。土坑甚狭而低，与北京之坑相似。罗马当时俗尚好画阳具，以为可保平安，寻常人家多有之，不独妓寮为然，街道石上亦有刻之者。今欧洲博物院中，石像皆裸体，其来有自矣。

未发掘处尚多

戏院一，石阶层累而上，看客之座作半月形，能容千五百人，极崇宏高大之观。登台远眺，弥望皆高阜，盖未经掘出之处尚多也。

药肆一，在妓寮之右。壁间画蛇及草为记，如中国之草药店焉。

古画绝类中国画

官宅一，地铺摩色画甚精。白石神龛七级而上，前有石池。壁间画鱼虾花鸟甚多，有鸳鸯戏荷图及一鹭鸶，皆极清远之至，不似欧洲油画之质厚，绝类中国之画，亦甚奇也。

破屋一，室徒壁立，空诸所有。而壁间有山水一小方，大类恽南田、戴醇士笔意。颜色经二千年风雨摧残，毫不漫漶。此罗马古画家之绝诣也。

械斗场一，盖当时教击剑拳棒之地。半殴以至死为度，当时好杀之风尚使然也。生人之大祸莫甚于淫杀，二者并甚则其国立衰。古之希腊、罗马其殷鉴也。

银行一，门扃不得入，从门隙窥之，院中石像犹存。

浴室一，极大，分为二间。外间大白石圆浴池一。其内一间，壁间雕陶器石像三十有五，皆极古朴有致。大白石方浴池一，白石圆盥盘一，上有喷水铁管。盥盘之沿刻字，当时价值罗马钱四千元，合之今日币制当为二千佛

3,1,27

郎云。

博物院一，此非当时之博物院，乃取城中掘出之古物陈列其中，以备参考。罗马人之保存古物，纤悉无遗，真不可及也。旧城门一，铁锁犹存，已朽其半，其制甚大。老树一，梯一，皆用石灰浆浇灌。盖已朽腐不可拾取，以石灰浆灌之则原形犹可见也。尸骸亦用此法，形如僵石。尸体全者，十有五具，一为幼孩，其一系二尸同一匣，皆以玻璃罩之，或仰或俯，多系卧形。想当时火山爆烈必在夜间，故猝不及避也。铜柜一，古色斑驳。车轨一，尚存大半。衣服冠履之属皆霉烂作黑色，绳如黑灰，而双纽之迹犹可辨。大兽骨四，小兽骨五。人骸骨一具，髑髅三十个。蚌壳大小无算。大鳖甲一。犬一。古铜器、陶器、玻璃器甚夥，陶瓦合溜亦甚多。瓦缶刻画皆仿埃及，泥作红色，如紫沙然，上画人物，大类中土钟鼎之形。其馀如鸡卵、麦、豆、枣、栗、荸荠、苹果、牛羊肉，皆黑色，以盆分盛。面包十馀，圆而扁，其色黑，骤视之，误疑为西人之便帽也。壁间悬古画二幅，颜色如新，经此火劫而色泽不至磨灭，可见当时之画手精能矣。

发掘古物博物院

邦渒城甚大，匆匆寻览，仅及其大半，已不觉夕照衔山矣。大抵大陆诸国虽矜奇眩异，皆新发明之艺术。独游此间，不啻游自古初。摩挲三代以前之法物，真令人有流连不忍去之意。归途望见噻苏威火山，烟气蓬勃，傍晚天际作殷红色。而山上居民甚多，亦可谓燕雀处堂，不知曲突之将灾者矣。此山高四千二百七十五尺，五年前曾喷火

火山犹烟气蓬勃

一次，幸势尚缓，又在日间，人民尚及逃避。然铁路之被湮没者，至今尚未掘净。停车时，下车拾火山石数块，以为纪念。归成纪游绝句五章，云："劫运沧桑感昔年，颓垣败壁认依然。万家灯火今何在，荒草斜阳古道边。""清歌一曲坐听时，拾级层台似半规。千五百人齐鼓掌，珠喉声转出帘迟。""井眉巨瓮短墙遮，十字街头卖酒家。想见胡姬招客饮，当垆乱插满头花。""黄泥作枕石为床，如此门楣亦可伤。窟室当年长夜饮，巫山云雨楚台荒。""雕甍画栋夹彤墀，凿石浑疑鬼斧施。长使情天弥缺憾，崔巍首筑爱神祠。"

二十八日，晴（西历二月二十六号） 往游博物院，

博物院 则邦渒城中古物皆胪陈焉。石像、石柱、铜器最多，摩色画尤为独绝。摩色石柱四，卍字纹地平一，圆地平一，尖角纹方地平一，皆以栏干围之。壁间画花卉鱼鸟，大小数十幅。石刻神龛一，女像一，皆精绝。又一石像五人，共击一牛，以绳绊其角。其下周围刻狮、鹿、羊、犬、鹰、马之属，高数丈，大数十围。欧洲各国所见石像至多，未有如是之博大瑰奇者，欲观止矣。又一像，马身而龙尾，乃海神也，为希腊人所雕。又见苏格拉底像，鼻准甚平，不类欧洲人。其馀油画甚多，内有拉飞尔画美女一幅，大仅数尺，娟秀绝伦，名下故无虚士也。刻丝、雕牙、绣花等物，与中土相似。罗马古称大秦，其通中国亦最早也。

出游水族院。水族院有形如植物者，干如石斛，头上

水族馆 有毛，蒙茸类夜合花，游鱼触之即缩入干中。星鱼形圆，

3,1,29

而足环生如星光然，故名。珊瑚有黄、白、红、紫各色。见一螺，中藏一物，形如蟹。《江赋》所云“琐蛣腹蟹”者，疑即此也。四目鱼，首有二目甚小，尾二目甚大，顺流逆流游泳皆可任意，周身明透如水晶，亦异鱼也。午后三句二十五分钟动身，夜八句钟到罗马。吴星使抢清及令郎应乾在车站相候，并已代定客栈，招呼周至，使旅行者宾至如归矣。 到罗马

二十九日，晴（西历二月二十七号） 吴星使约同游圣彼德教堂。先至藏书楼，见一中国书，乃徐光启所刊《升度法表》一卷、《正球升度表》一卷，面书“崇祯元年戊辰西法测定恒星图”，首行列徐衔名，次为授法者邓玉函，次为同订者龙华民、汤若望。盖西法历算之术，明时已入中国。至本朝历算参用西法，当时杨光先著《不得已》书以攻之，卒不能胜。盖算术本有一定，西法既较中土为密，固不能以口舌争也。然杨书为教中人所购毁，今不可得见，亦一憾事耳。 杨光先历案

彼德庙号称宇内第一，经始于西历一千五百〇六年，落成于一千七百八十年，工程计三百五十年，经费共一千五百万镑，经七大名匠之手而始竣工。虽建章之千门万户，无以加诸，教皇之力可谓宏矣。门外大铜门二扇，高十馀丈，上刻神像。其模型乃名匠飞拉来堆所雕。此二门已八百年矣。壁间挂铁链一，乃罗马当时与土耳其战，土耳其以铁链横亘水中，如铁锁沉江之制。土耳其败，乃取其铁链悬诸教堂，以为纪念焉。正殿崇阶数十级，高三十 圣彼德大教堂

馀丈。入门地下皆铺五色文石，石上有字，则为罗马及各国大教堂之比较，盖无一能及彼德庙之崇宏巨丽也。

中间作圆穹形，径一百九十五尺，高四百二十六尺，至顶四百五十八尺。上列金人八十六，分十六格，雕刻极精。中层作金宝星十馀，四面开窗，每窗顶画一像。其下五层皆绘画丹青，饰以宝石，璀灿炫目。圆穹顶上每日自晨八钟起至十一钟止可以登之。因已过午，故不能上去耳。其中层画像手执之笔，望之甚短，实则计长三密脱，则其高可知矣。

圆穹之下有方亭，其下则彼德、保罗之墓在焉。左右两阶皆文石砌成，各十七级，下至墓所。墓前四宝石柱，皆自古罗马皇尼罗帝宫中移来者。玛瑙石柱二，长三尺许，大盈拱，以火烛之，光明透彻。坟堂中间设一椅，乃彼德当时所坐者。椅下刻云气，有四教皇像，以手捧云而承之。中有神龛，内设银柜，镂刻极精。教皇欲赐人宝星者，盛此柜中，然后取出，盖托为神赐以炫世也。

殿之左右为历代教皇之墓，皆石椁，上刻石像，精妙无匹。教皇之棺六十有四，各国惟王者得葬于此，如英皇、法皇及瑞典皇后克里斯缔那，皆藏棺于是。有一富家女子，临终遗嘱尽舍其家产助入教会，亦得附葬焉。刻石之精，几于美不胜收。有一石像，手作合十形，侧身伛立。右旁一侍者，手持十字架，左旁一飞仙，下有二石狮，极生动灵妙之至。教士称此像为无价之宝，非虚言也。摩色画四壁皆是，内一幅写耶稣故事者，经四大名手

石刻壁画精妙无比

3,1,30

而成。盖三人均为此画而死，最后一人始足成之，宜乎精能之至，出人入天矣。昌黎诗云“僧言古壁佛画好，以火来照所见稀”，观罗马画壁，辄诵此二语不置也。教皇现虽无权，而民间之信从者甚众，膜手礼拜十百成群。欧洲人之迷信过于中土者十倍，非亲见者盖不知也。

午后游万牲园，珍禽奇兽远不逮英、德之多，而依山并水，风景天然。沿途林木茂密，十里绿阴。美国万牲园亦在山中，而林阴不及此间之岑蔚，盖亦别有幽致也。入园中，正值喂狮、虎之时，观猛兽大嚼，亦一快事。

三十日，晴（西历二月二十八号）　偕意大利法部所派苏罗斯及满格里宁，并约赵君仲南，往观大审院。出至教皇宫，因节气不开，废然而返。午后往观赛飞行机，空际游行，往来任意。观者或携酒，藉草而坐，作拇战，与中土同，亦他国所无也。飞行机于美国曾再见之，今已第三次矣。场中有红十字旗，并备有卧车，以防下坠死伤者之用。西人冒险之精神可谓宏毅矣。归途见美术赛会场，建屋墙壁皆以纸为之，崇楼杰阁，壁上塑像与石刻无异。在希腊见监狱中纸造之杖，已觉甚奇，此更筑成绝大之宫室，可谓人巧极而天工错矣。 西人冒险精神宏毅

二月初一日，晴（西历三月一号）　偕苏罗斯及满格里宁往观待质所。夜，吴星使招饮，同座为张九维茹辛、唐豸仲揆，皆湖北人，涛贝勒派令来意国赛跑马者也。饮毕后请观剧，见土耳其宫妃跳舞，腰肢柔软，不啻弱柳临风。土前王以专制猜忌，卒召流彘之祸，宫妃三百 观土宫妃跳舞

人风流云散。天宝宫人《雨淋铃》曲，听之令人凄然欲绝耳。

初二日，雨（西历三月二号） 偕苏罗斯至铁伐里观幼年感化院。归途观山间瀑布，凡四处。人家倚岩高下为屋，瀑从屋脊下垂，绕出屋背，环绕门前。从山坳遥望之，真有“飞流直下三千丈”之势也。午后往游珊齐万尼教堂，有铁门二扇，开合能作音乐声。前游邦滭城古庙，有铁柱中空，扣之作音乐声，清浊协律，此门亦然。天下奇制，真无独有偶也。又一殿有石柱，以火烛之，莹彻透光。然以视彼德庙之玛瑙柱，则瞠乎后矣。庙中间石阶三十级，妇女膝行而上，口中喃喃诵《圣经》不辍，迷信之深，实际之中国有过之无不及也。复至一教堂，其壁皆嵌文石为之，光可鉴物，亦甚精妙。然自观彼德庙后，此等教堂直等诸自郐矣。

罗马斗兽场

初三日，晴（西历三月三号） 往游科鲁斯斗兽场。为罗马第九帝嗹士巴顺所筑，崇宏高大，为宇内七大建筑之一。圆形如环，巍然数十仞。圜周八十室，每室可容百人，凡十层，共可容观者八万人之多。广二百码，高一百七十码。每层四面有门，君主及后分列中层之左右，其馀各层则官绅、兵士、女子、幼孩、商人、庶民各以类相从。聚散时止五分钟许，因每层各室皆有门路可通也。今倾圮，仅存其半。其二层已沦陷于地下，犹崇垣突兀，高耸凌霄。则当日规制之崇宏，可想见矣。当罗马帝嗹士巴顺战胜犹太时，苛犹太人以重税，并役犹太六十万人筑此

3,2,3

巨场，于今殆二千年矣。

罗马俗好斗兽，或令罪人与兽相格，胜则赦其罪，败即为兽所食。畜猛兽于地下，欲斗时以铁笼盛之，而升之地面，以铁叉烧热而刺之，以激其怒，然后放令与罪人斗。亦有勇士自请与猛兽斗者，先至王前跪而请曰："今日欲献技以博吾王之欢，但恐力弱，卒靡兽牙而颈血溅地耳。"王答曰："尔能舍命以供王之欢乐，甚善。"赐以卮酒，饮毕遂与兽斗。王见人血迸流，骨肉狼藉，则鼓掌大笑以为乐。又令犯人与武士斗，或武士与武士互斗，倒地时则仰视王及后之手，若指向上则赦之，向下则杀之。然大概皆令杀之以为快，未有上其手以赦之者也。残忍酷虐，非复人类。罗马尼罗帝及高摩道斯尝手刺百狮，好勇斗狠之风，其所由来者渐矣。

残忍酷虐非复人类

场中有隧道，甚幽邃。盖罗马帝克模提斯尝畏人行刺，故筑此道。一日行至道中，遇一刺客，搜而杀之，穷究馀党，则王之姊及其党所为，乃尽杀党人而赦其姊，厥后王卒为其姊所鸩杀云。会场墙壁皆用白石砌成，今外面白石皆为教士取去，彼德、保罗庙及其他各教堂之白石墙，多有此墙之遗石。则当日工程之浩大，可想而知。其后此场又改为剧场，倡优居此者多至数万。种种荒淫无度，不可殚述。罗马之解纽也，宜哉。

出至雕刻铺，购白石雕像及摩色画数件，皆意大利出产品也。下午往游油画院，时已晚，仅留二十分钟。院中五室，画甚多，流览一周而出。虽有绝佳者，亦不暇摩挲，真所谓走马看花矣。

初四日，晴（西历三月四号） 往游博物院。古碑之多，不可胜数。零砖片石，皆搜集而嵌于壁间。罗马古文不可辨识，但觉古气磅礴，吉金乐石皆瑰宝也。午后往游保罗庙。罗马教堂最多，几有“南朝四百八十寺”之概。除彼德教堂称为宇内第一外，其精丽未有过于保罗庙者矣。彼德庙以宏博胜，保罗庙以精丽胜。彼德庙之雕刻石像及摩色画冠绝全球，而保罗庙四壁全用宝石嵌成，黄者如金，白者如玉，绿者如翡翠，红者如珊瑚，令人目迷五色，极云蒸霞蔚之观，亦希世之珍也。殿长六百尺，高百尺，顶上圆穹作金色，皆摩色画用细石嵌成者也。神座前绿宝石来自俄国，新翠欲滴。正殿白石柱大合抱者，每行二十，凡四行，计八十柱。中四柱玛瑙石尤精，以火烛之，莹洁透光。石季伦金谷园中恐亦无此巨丽也。

万神殿

出游罗马二千年前古墓道，乃罗马古时虐杀教士，或令与猛兽相斗，使食其骸骨。教士乃潜以兽骨与掌野兽之人相易，而掘地窟私葬焉。其后宗教发达，信教者日以众，遂相率以葬于此地为幸。先后葬于此者至十八码路之广，王侯将相、贤愚贵贱同是一抔黄土，纵横四达皆作隧道。地下深三层，幽黑不可见。秉烛而入，寒气袭人。壁间皆钉残碑，墓尚有完好者，墓门外画像犹存，亦有仅存骷髅及骸骨者。漆灯无数，皆胪列一处，仅绕行一角而出。闻从前有德国人不雇人引导，持烛深入，烛灭不得出，行于黑洞中五钟之久，卒不得出路。至日暮，守者觉

罗马地下古墓群

3,2,5

有德国人入而未出，持烛入地道觅之，始引与俱上，否则将同葬于鬼窟中矣。观保罗庙则画栋飞云，辉煌金碧。观古墓道则鬼灯如漆，萧瑟苍凉。相去一瞬之时，相逾百丈之地，而菀枯顿殊，不禁感慨系之矣。夜为船西招饮，并以诗见赠。

初五日，晴（西历三月五号）　本拟偕楠芳、仁山同赴福禄伦斯。楠芳因病足不能起程，留仁山在栈中伴之，予因有事先行。午刻动身。车中无事，阅报，见罗马出一新案：意大利有武弁拍脱诺与女子脱力可那通，实有夫之妇也。后为其夫侦知，将起离婚之诉。女以家本世爵，有碍名誉，乃与武弁约为最后之会晤，欲自此告绝。武弁素无赖，亏累甚多，前数星期曾向女借用一千佛郎，故利其与本夫离婚而已，因而娶之，可人财两得。不意女欲与之告绝，遂拔刀刺杀之。复自刎，不殊，救之始苏，送入医院。女本南意大利人，其出殡也，送者无一人。既而探知女之与武弁通也，乃因其夫有外遇之故，欲以此报之，卒遭此祸。南意大利人怜之，欲复为殡葬而设奠焉。于此可见男女之防闲太疏，流弊滋大，不可为训也。下午八句钟到埠，寓纽约客栈。

意国男女防闲太疏

初六日，晴（西历三月六号）　往访旧友李阀，同往观制摩色画厂，盖意之摩色画以福禄伦斯为最擅场也。此地本为意大利都城，故街道最整齐。有旧屋高如塔，乃从前富室所居，各建高台，彼此互相攻击，台上为架炮之用也。城中慈善事业极发达。途遇一汽车，后随数人皆以

佛罗伦萨慈善事业发达

布蒙首，从前系某公爵乘车以救人之危急，恐为人所识，故蒙其面，今尚存此制。凡有火灾，或电车、火车压人之类，皆驰往救之，盖犹存某公爵之遗风焉。又有一大饭店出售饭券，每张止五文钱，慈善家买之散给贫民，每日出售数千份。故此地居民十五万，贫者居三分之一，而途无乞丐，转胜于罗马都城也。午刻至车站，候楠芳、仁山，一钟时到，同至客栈。予与李阀同至山顶游览，楠芳因病足不能行，与仁山同乘汽车至市间散闷也。

初七日，晴（西历三月七号）　偕李阀往观瓷器厂。有埃及订做瓷屏风一扇，颇精雅。见工人用泥造一花瓶模型，约五分钟许而成，然不如丹麦厂中用机器之迅速，着彩亦不及丹麦之浓丽，而涂金及红色者独佳。出至一教堂，神龛石刻甚精，雕刻者并附刻己像于旁，盖亦自命为必传之佳制也。壁间及屋顶亦用摩色画，虽为此地出产，然终不及彼德、保罗二庙之精妙绝伦也。

出往访朱爽斋，杭州人，留学于此。闻意大利有专讲中学之人曰布依尼嘉禄，能著书而不通中语，拟往访之。朱君初到此，未悉其住址，不果往。归途过罗马大诗人丹痕脱故宅，屋甚低，想见当年风雨孤吟、青苔及榻光景。购得小景数张而归。又过一喷水池，旁列铜像甚古，惟内有一像独新。询之，云：美国人之雇工窃取其一，查无踪迹，故另制新者以补之也。

汉学家不通中语

但丁故宅

午后十钟动身，途中经过山洞四十有八。有一西妇甚畏煤气，过山洞则关窗，出洞则开之以通空气。甫开而山

3,2,8

洞旋来，及关好而山洞已出，顷刻十馀起，不得稍息，令人失笑。夜九钟到斐尼斯。此间全是水乡，与欧洲各国风景绝殊。雇小艇，一人摇橹，一人划桨。其划桨者立于船头，形如作揖，与江北人相似。船形两头皆锐，船首有一铁片如刀形。一叶扁舟泛泛于小桥曲港间，真不啻置身于蘋洲蓼沚间矣。斐尼斯之屋瓦及露台、烟囱、桥梁等全与中国相似，而载货之船竟与吾湖之乌山船无异。元时意大利人麦克博罗至中国，仕于元者二十馀年，有游记，欧洲称为有名著作，学得中国造屋、建桥、制舟之法，始创行之，盖其来有自矣。

威尼斯水乡

马可波罗

初八日，晴（西历三月初八日）　雇小舟泛河中。游教堂，其圆穹形之顶凡四，如议政院之式，在泰西为极尊崇之制度。神龛有四大石柱，作绞丝形，烛之透光。铜壁一，雕刻二十三年而始成，皆诗画名家之像。刻铜之人亦自刻像以附焉。其工夫之深，甚于宋人之三年刻楮叶矣。金屏一，以各种宝石嵌成，系耶稣降生一千年时在土耳其制造者。入观者每人须另给一佛郎，其珍重可知矣。

圣马可大教堂

教堂外有鸽数千，系当时王爵所畜，禁人不得捕捉，相沿成习，鸽甚驯。沿墙有卖苞粟、小豆者，皆鸽粮也。游人购置掌中，群鸽争就掌取食，甚或栖头延臂，了不畏人。妇女尤好饲鸽，俟群鸽争栖满身时，因而摄影。故庙前有专持照相为业者。可见凡物两相忘，则两相亲，鱼见人则深入，鸟见人则高飞，非物性本然，以人有侵害之心故也。《列子》言海滨稚子日从沤鸟，则沤鸟之来者百往

教堂外有鸽数千

而不止，真物我忘机之境哉。

观玻璃杯厂。各色酒盏陈列满架，烛以电灯，璀璨炫目，极五光十色之观。又能抽玻璃成丝，织成花篮等物。作摩色画者数十人，皆女工，极精巧之至。盖二者皆此地著名出产品也。夜，栈主人导观楼上最上等之客房，本系王宫，极宏丽。英皇后每年来游时，每日须租五百佛郎。美国大富翁茅根来游，则每日须六百佛郎。茅根年七十馀，尚勤励，虽游历时，每日必亲自办事至午后二钟，然后出门。其致富也盖以勤得之矣。

初九日，晴（西历三月九号） 乘小轮至河中遍游。全河分数埠，每埠十分钟必有一船开行，周流轮班。每人每次止须十生丁，不论远近，以登岸为度。至一公园，颇有幽致，游人绝少。坐片时，旋乘他舟至旧王宫。院中有二井，铜井阑甚大，古色斑斓。入门有大屋二间，楼上三进，凡六间。雕饰涂金，皆极壮丽。壁间皆绘教门故事，盖当时所尚也。从前裁判所即在宫中。宫下有古狱，以石为墙，窗棂铁柱大盈拱，甚黑暗。一层九间，一层七间。狱门外有处决犯人之所。地上石凿数孔，血由此流入河中。贵族被杀者，得以布裹尸入教堂埋葬，馀则藁葬荒郊也。宫外有一桥与狱相通，犯人由此桥入裁判所，定罪后下此桥即入狱矣，故名其桥曰涕泪桥云。夜十二钟动身，宿车中。

旧王宫古狱

涕泪桥

初十日，晴（西历三月十号） 七钟到米兰。往游博物院，系私家一人所藏，后助入公中者。有古盔甲兵

3,2,10

器，陈列一室。中国瓷器，法国织毯，其他石像、油画皆颇精，然不甚多。盖一人之财力收罗究有限量也。出至油画院，画极多，美不胜收。拉飞尔所绘教堂圆穹形，教士立阶上，相距丈许，即已离空。此画一幅独占一室，示优异也。馀如斯普萨礼其尔所绘教堂结婚礼图，佛蓝伐克所绘圣觉罗姆所持髑髅图，荷兰名家立俾尔及蓝勃兰所绘美女，罗勃痕斯所绘耶稣为其友所卖最后一次晚餐之图，皆极精妙，而尤以拉飞尔一幅为洁净精微之至也。 米兰油画院

复游一教堂，亦为世界大教堂之一。殿中石柱大数十围，高十馀丈。四面玻璃皆五色，上绘人物甚精。虽不及彼德、保罗二庙之壮丽，而庙外铜门所刻耶稣故事，极嵌空玲珑之至，即彼德庙所称八百年之铜门尚不逮也。

午后三钟动身，所买车票本系由罗珊痕至巴黎，而瑞士又有一处名曰罗然痕，“珊”与“然”音相近，瑞士介于德、法、意诸国之中，故兼用三国言语，合诸瑞士本国而为四音，而予与楠芳又操英语，栈中人误听，将行李送至罗然痕车站。上车时查票人亦不注意，及开车后查票，始知其误。然车已开行，势不能退回，幸二道皆可通，不过多出补票之费耳。于此可见拼音字亦有大不便处。今人动谓中国字尚形，诸多窒碍，欲尽废之，悉改为尚音字而后快，岂知人名、地名之纠葛，欧洲实较中国繁杂数倍。各有长短，不可执一而论也。 拼音字亦有大不便处

夜过新泼山洞，凡行二十五分钟之久。此为世界第一火车山洞矣！昔拿破仑征奥时曾出山上间道，有将军从天 辛普朗隧道

而下之概。此山洞工程之巨，冠绝全球。当时开至中间，有沸泉流出，停工许久，后复继筑八年而始成。兹山在宇宙间可谓二大纪念矣。九钟半到罗然痕站，微雨，盖已入瑞士境矣。瑞士为欧洲小国，共一万五千九百六十五方英里，人数大概三百六十二万五千有奇。所用文字，德为多，法次之，意又次之。人民多从天主教，从耶稣教者甚少。国在万山之中，山水之灵奇幽秀，甲于宇内，真欧洲之大公园也。

瑞士

十一日，晴（西历三月十一号）　往观河滨，流水凝碧，疏林缀黄，亭台高下，俯瞰澄波苍烟之外，时见孤帆出没，此景真堪入画矣。午后，往游洗聂儿山。凿石为洞，以通电车，逆行而上，一线羊肠。洞深数十丈，仅容一车，势极斗削。出洞口，过一桥，地势宽平，设双轨，来车从左，去车从右，二车往来恰从此道交错。登山，平林十里，弥望无际。山坳有一亭，几树苍松，半潭流水，两三野鹜游泳其间。绝壁下有老树如盖，一人倚立洗马。惜枯树杈丫，境太荒寒，不耐久坐，策杖遄返，已夕阳欲下矣。归与仁山作联句一律云："虚岗一径入松杉（仁），石洞浑疑鬼斧劖。流水半潭凫影浴（拱），孤云两角鹫翎嵌。车行斗上天梯迴（仁），塔峙平临日镜函。俯视万家空眼界（拱），碧萝深处隔仙凡（仁）。"

十二日，晴（西历三月十二号）　复买票由罗然痕至罗珊痕，因由罗珊痕至巴黎之票已买就，不能更换故也。楠芳因有事，由近路径赴巴黎。予与仁山于九点三十

3,2,13

分钟上车，十点八分到孟脱留乌，一点二十分到雪霏止美痕，两点二十五分到斯毕止，凡三次换车，三点二十五分到莺脱拉根。其地在珊纳湖及勃灵址湖之间。二湖当时疑合为一，后渐分流，因山水湍急，沙石淤积致然也。并山枕湖，风景绝佳，于夏日尤宜。此处为游瑞士之中心点，由此取道出游，四面皆便也。午后与仁山登及姆斯披克山，涧流有韵，松静不涛。遥望永勿拉乌，译言少女山，盖形容山色之美也。危峰插天，一白无际，为瑞士最有名之雪山云。雪山之中有所谓冰海者，终古积雪不融，春暖时或上冻而下解，误踏而陷，即葬身于雪窖中。或冬日入山过深，冷极而僵。瑞士有一种甚犬，异于常犬，能入雪中救人。闻数星期前有四西人入雪山中，积雪忽颓，四人者皆不知下落。西人之好游而冒险，洵有奇癖哉！夜至湖滨步月，波平水息，万籁无声。风寒甚，沿堤行过桥北而返。

因特拉肯

少女峰

十三日，晴（西历三月十三号）　八钟二十分开船，一路山明水秀，大类西子湖边。舟中成一绝句云："渺渺青波一鉴宽，四山积雪未全残。独怜海外春来晚，贪看湖光怯嫩寒。"

沿途停泊四次，九钟三十四分到勃灵址换车，十钟十七分到麦灵根。其地在沙河右傍，四围皆雪山。其南有雷青白克瀑布，至夏日融雪时，飞流湍急，夜间尝以灯光电射之，尤为莹彻可观。拟往游高奇凹夫提阿乌山洞，询诸车站中人，云时尚寒，故洞门不开。予因与仁山循途而

迈林根

往，遍询途人，所言皆同。至桥畔，冰雪遍地，稀无人迹。桥下有一人工作，询之亦云然。废然欲返，一女郎问将何往，告以故，曰何弗令客栈主人通电话与司钥人，或可开也。予因与仁山觅一客栈午膳，因谋之店主人为发电话，商诸守者，许以四佛郎，得其许可。午后偕店主人往游，踏冰雪半里许至洞口。黑不可见，相与携手而入。洞中本有电灯，此时因未开，故不设也。行数十武，始见天光。两崖石壁矗立千尺，中开一线之天。崖顶有树，仰视可见。此洞不知几千万年涧水所冲刷，而成此奇绝之境。本系于两崖中间铺板，以通人行，因下视不见涧水，乃凿右畔山石以通。道阔二尺许，长一千五百三十码。曲折以达洞底，围以铁栏。涧水澄澈见底，游鱼数头，跃波有声。中间一处铁栏已圮，面壁逡巡而过。少进，地复平旷。岩隙飞瀑横空飞注，下有积雪，形如伏狮。水底老树横卧，叶赤如枫。再进尚有一桥，横架两峰之间，为洞之尽处。因路仄冰滑，不能往矣。予于七年前曾游此，山灵有知，应如见故人矣。

一线天

麦灵根出木雕玩物甚多，购木燕一巢，将携归以作补壁之饰。游毕，于三点五十二分上车，六点五十分到罗珊痕。夜至湖上散步，跨湖有大桥七条。所过桥一条名曰喀披尔，桥上架屋甚多，名曰雪然痕，为从前燃灯塔之用。凡三折，共三百二十步，中分七十二架，每架中有画二张，共计一百四十四幅之多。真不愧画桥之名矣。

十四日，雪（西历三月十四号）　七钟开车，八钟

3,2,15

五十分到罢儿。往游博物院。矿质及禽兽标本各列一室，有一蚌壳大如箕。又有中国红漆飞金新床一架，在中国现在用此者亦少矣。油画及铅笔画尤夥，内一幅画海中一帆船，尺幅中势极浩瀚。获稻图写田家风景逼真，可作柴桑诗读。画牛甚多而工，亦瑞士人之所擅场也。十钟五十五分开车，下午五钟四十五分到巴黎。法国钟点新改从英国，故较从前迟一点钟许，为火车便利计也。到车站时，述勤已在此相候矣。夜，使馆诸君约饮。唐心畬从荷兰来，得借叙数月之阔衷，亦旅行之一乐也。 再至巴黎

十五日，雪（西历三月十五号）　到使馆见刘紫升星使，谈及法国刑法将有改革之议。乃欲令犯罪人将工作之资津贴苦主，以为赔偿。此为法国新任法部大臣所抱之主义，欲以其平日之学说见诸实行。此议果行，实为刑法上一大变更。然刑法上已有科罚，又欲取犯人工作之资以为苦主之赔偿，未免近于重科。但主张此说者自必持之有故，惜未闻其详耳。夜，述勤邀饮。 法国刑法欲改革

十六日，晴（西历三月十六号）　戴铭甫、刘兰生来。午后，与述勤同至先河堤畔观旧书摊。堤甚长，书摊颇多，偶得佳本，价亦颇廉也。夜，述勤邀吃馄饨，不意吾乡秀州门外风味，得于海外尝之也。 海外得尝馄饨

十七日，雨（西历三月十七号）　往访锐善如、李幼丞。午后，刘兰生、黄丽生约游万牲园。动物种类不及英、德、美三国之多。见白孔雀开屏，亦难得之遇也。出观食品赛会场。中国豆腐亦为一种，此在我国为最寻常之 豆腐亦陈列展会

品，而欧洲则见谓为新奇物，以罕而见珍，凡事皆然也。

十八日，阴（西历三月十八号） 往游油画院。此院前已往游，因新油画甚多且佳，特再观之。有石雕二黑人像及斗狮，精妙无匹。

十九日，晴（西历三月十九号） 游铁塔。去岁来时，因天寒不设升机不得上。今日为开塔之第一日，游人颇多。此塔筑于一千八百八十九年，高百丈，矗立云际，实宇内第一高塔也。塔体方，下宽而上削，下层四角斜撑于地，四面皆作圆洞形，如桥门然。其上四隅分四大室，方广十馀丈，中设市场，并有戏园、酒肆。此为最下一层，高已达三百尺矣。中设升降机，初依塔势斜上，然在升机初不觉欹斜之势。再上一层，则升机分左右两格，左上而右下，每十分钟上下一次。此层亦设酒楼、茶馆，回廊有出售玩具、明信片小肆。因塔初开，故列肆尚不多也。四隅各有四柱，斜插而上，去地五百尺。俯视巴黎全城，楼阁如蜂房，园囿若蚁蛭，车驰马骤若醯鸡。盖其高度已与美洲华盛塔相埒，而在此塔犹非最上乘焉。由此上升，柱皆直上，中央一柱有梯作旋螺形，可步行而升，门闭不得上。至塔顶高九百尺，广百尺，作八角式。四面回廊皆可眺望。栏角设千里镜，借以望远。并于塔顶设无线电机房。得此绝大利用，又当初造塔时所不及料者矣。把酒临风，慷慨怀古，遥见空际汽球上升，真令人飘飘乎有凌云之气矣。

埃菲尔铁塔

二十日，阴（西历三月二十号） 至述勤处校对译

3,2,21

稿。夜在述勤处便饭。课诗钟，陶之咏桂及茶杯云：“一轮香满蟾宫魄，七碗风生鸿渐经。”仁山咏鹦鹉及橘云：“伤心怕读《离骚》颂，慧舌能持《般若经》。”又云：“宫中风雨三更梦，世外乾坤一局棋。”皆极浑成。

二十一日，晴（西历三月二十一号）　往访巴黎大狱古址。廛阎比栉，道路荡平，欲访求当时黑暗之情形，盖已化为泠风，荡为飘尘，无复遗迹之可寻矣。惟见民权记功铜塔，高极云霄，直上二百四十馀级。旋螺上升，中间极暗，秉烛而上，超升绝顶。四面回廊，宽四五尺许。凭眺巴黎全城，皆在足底，遥与铁塔东西对峙，然其高度仅及铁塔三分之一耳。塔上题名者纵横满壁，或用铅笔，或用粉笔，或以钢刀划铜作字，几无隙地。铁塔上亦然，驯至升机中玻璃窗亦镌字焉。此极可厌而不雅观，美国华盛顿塔悬为厉禁，犯者罚美金四十元。上海辛氏松柏园另备纸笔，以供游客之书名或题咏，而禁止搿壁。凡有游观之所，二法必取其一，斯为得也。

巴黎大狱故址

二十二日（西历三月二十二号）　刘钦使招饮。座有吴应乾、朱冠薇二君。吴君从罗马来，朱君从中国来也。夜译书。

二十三日（西历三月二十三号）　观巴黎赛会。由浣衣局醵资为之，选浣女三人，有姿首者为皇后，乘宫车环游于市，持彩花掷人以为笑乐。盖贫女艳羡天家之乐，于赛会时扮演之，聊以极一时之快意云。中选者亦称一时之荣耀焉。间以各种杂剧，或涂面，或带面具。间以纸糊

洗衣妇选美

人物、禽兽之属，矜奇炫异，色色翻新。有真空纸糊人及大龟，缚于车中，行至中途而放之，突尔上升，徘徊空际，观者无不仰天大笑。又以五彩纸剪如榆钱，女郎、幼孩争购之，随意掷人，被掷者不得生嗔。盖以为佳节，宜行乐也。可见“百日之蜡，一日之泽”，“一张一弛，文武之道”，中西有同情焉。

二十四日，阴，甚寒（西历三月二十四号） 游克罗尼博物院。所藏法国旧服器甚夥。銮舆皆丹漆饰金，拿破仑及路易十六世乘舆皆在焉。法之大革命杀人如草，而路易十六世之宫车独无恙，物之存毁，故有数存乎其间欤？壁间悬织丝毯，为法国出产，极精细。意大利摩色画数十幅。仿中国瓷器数笥，但釉色终觉少逊。女鞋无数，皆翘底而锐首，竟有尖如中国女鞋者。可见女子以小足为美观，中西同此习尚。今西妇跳舞之鞋，皆底甚高而头甚窄。《史记·货殖传》有“蹑利屣”之文，《集解》云“舞屣也”，“利”即有尖锐之意。至如“云裹蟾头，露浸鸦袜”，唐人韵语类多摩写。尖形浸淫二千年之久，而成为缠足之积习者，其所由来者渐矣。夜观影戏，与留声机器合演，作雄鸡三唱，弥觉有声有色。然现在三色照相日益发明，将来能合三者而为一，必更有可观者耳。

二十五日，雨雪，寒（西历三月二十五号） 观照

摄影展

相赛会。山容则烟霭空蒙，水色则沧波绵渺，以至月光灯火，皆能以摄影传神，真进乎技矣。大致照相如作文然，以同中见异者为贵，所谓众趋弗趋，众避弗避者是也。又

3,2,26

观油画赛会。画不甚多，新者皆以粗枝大叶见长，甚或以模糊取致，如八大山人、石涛和尚一派者。盖一变从前精湛严整之习矣。出至中国瓷器铺，无甚佳品。有广漆围屏八扇，上画外国故事，内一扇为化人国。店主人问化人国见于中国何书，举《列子》所述化人之说以告之，意甚欣慰。夜至车站送吴应乾赴罗马，托购桉树子。桉树出于澳洲，罗马亦有之。吴挹清星使尝译为《桉谱》，述其功用并以入告，特托购归，将为十年树木之计也。

印象派油画

二十六日，雪（西历三月二十六号） 复船西书。午后至述勤处译书，夜在述勤处作连珠诗。每人出二字题《蛱蝶图》，三妹所绘也。诗云："万花（仁）深处（拱）蝶争（述）飞，丛（陶）薄春（仁）阴送（拱）夕晖（述）。偶向（陶）红栏（仁）西角（拱）倚，闲（述）看逐（陶）队抱（仁）香归（拱）。"复作《春驹》联句一首云："野鸟争飞丽日长（拱），红尘一骑入花乡（仁）。半生瞬息流光过（述），千里空劳梦境忙（陶）。香国知音逢伯乐（拱），蘧园物化幻蒙庄（仁）。轻驮玉蕊时成队（述），空谷幽兰自在芳（陶）。"

二十七日，阴（西历三月二十七号） 往访微希叶，法国研究东方学博士也，能操北京语，并善行书，询及高宗纯皇帝"八征耄念之宝"是何取义，举《尚书》"八庶征"及"耄耆倦勤""念兹在兹"之说以告之。又问"五福五代堂"之印，当时亦必有取义。告以《洪范》"九五福"，及高宗"七旬天子古六帝，五代孙曾予一人"之

拜访法国汉学家

玉玺流落海外

句。盖此二玺皆庚子之役流落海外也。然于此可见外人之随处留心矣。

二十八日，晴（西历三月二十八号） 三妹分娩，临盆甚难，腹痛至一昼夜之久。幸延西医产科甚精，十一钟时举一雄，大小均平安无恙，深可喜也。

二十九日，晴（西历三月二十九号） 锐善如来，午后到述勤处。夜观电气室，系法国电学专家普那所创。

电气化居室

一室中凡烹饪洒扫之事，皆以电气为之，可不需人。卧室中有德律风在枕畔，所需何物，按铃即可通语。询现在何时，则室顶自鸣钟即放电光。曰要饮茶，少顷茶杯、咖啡即从茶几中送出。饭厅中设一长桌，桌下方有一圆孔，上盖盖，开则盆碗刀叉皆由此递至，依桌盘旋，每止一座则稍停，听各人自取一份。食毕时，空盘复环行桌上一周，盆碗刀叉等收毕，复至原处下降，盖仍自合。复观电影，系将小虫放大八千倍，蝇须虫臂皆大如椽，不止虱如车轮矣。据那氏之说，以为将来电学进化，人之死者皆可使之复生。未知果能达此境界欤？抑为科学家之空理想欤？非今日所能臆断也。

三月初一日，晴（西历三月三十号） 至述勤处吃汤饼筵。夜与敦民、干济诸人作诗钟。敦民咏“翠”“笔”二字鹤顶格云：“翠柳有情依画阁，笔花无色愧诗囊。”干济云：“笔力有声摇五岳，翠痕无赖锁双峰。”仁山咏“梅花”“汤婆子”一联云：“夜来清浅三更影，老去温存一片心。”皆极浑脱。

3,3,2

初二日，晴（西历三月三十一号） 午刻赴英。因误记钟点，须下午四钟时方开，乃与述勤同至盎万斯游览。此地平时为游人祓禊之所，每年赛花会一次，所有船只皆以花扎成，花系某色则舟中人亦着某色之衣。溯洄湖中，彼此互掷鲜花以取乐。惜距赛会时尚早半月，不及躬逢其盛耳。四钟动身。夜十一钟到英国。闻徐子蔚因跳车压死，深堪惋惜。 至英国

初三日，晴（西历四月一号） 到老施店，往访勒罢及罕必里。罕必里君他出，未见。下午至使馆，因系星期六，故司事均散，与刘星使谈甚久，约至咖啡馆品茶。夜，率尔福尔来，商酌作照相铜板事。

初四日，雨（西历四月二号） 因星期未出门，缮发家书及各处函件。

初五日，晴（西历四月三号） 往访旧友勃朗，设法筹措回华川资。答以可自至银行交涉。盖虽不拒绝，而意实不允。故另访他友设法。下午往访留学生监督钱青士，适张燕南、徐子璋均在彼，同出品茶并晚餐。 筹措回国川资

初六日，晴（西历四月四号） 往访白兰登夫人，未遇。至银行磋商川资，未成。往寻旧友薛勃，约至餐馆晚膳，并请观剧。夜雨雪。

初七日，阴（西历四月五号） 积雪二寸许，途中甚滑。再访薛勃，偕至麦加利银行。因该行多方推委，由薛勃代向伊本行中借英金二百镑。夜，燕南来谈。

初八日，晴（西历四月六号） 得勒罢来函，本约

今晚大餐，因伊经手之铁厂铁锅炸裂，死四人，心绪恶劣，只能作罢云。午后往访旧友辛克赉。出至坎新登所设瓷器博物院，然较诸美国则不逮其精，较诸法国则不及其富也。

初九日，晴（西历四月七号） 往寻楠芳未遇，大约尚未到也。夜至伟勃司得处叙谈良久。

初十日，晴（西历四月八号） 幼甫来谈竟日。下午同出，与楠芳相遇。

十一日，晴（西历四月九号） 幼甫来谈。午后至率尔福尔处，见新发明之印刷机器。有一种美术铜板，名格拉维稚者，向来系用手印，每日止能出二千张，今改用机器，每一钟能出五千张。盖速率加至五十馀倍矣。

新式印刷机

十二日，晴（西历四月十号） 夜，勃朗邀饮，系进步党人公请。学务大臣席次演说，略谓："为教习者，贵能周知学生之性情，因材施教。而学务大臣之职，当注重于教育之普及，而不当偏重一种专门。外间虽有攻击，当不辞劳怨，抱定此旨而行也。"本定明晨动身回巴黎，因勃朗及其友知予系调查监狱而来，谈及英国监狱专家曰马利生，不可不往一见，并为予作介绍函，因改留一日。

十三日，晴（西历四月十一号） 至各店结账，发电话与马利生，约下午往见，适值他出，须明日始可往访也。夜与楠芳偕饮。

十四日，晴（西历四月十二号） 往见马利生。因事甚忙，略谈少顷，以所著书见赠。问以德国每监以五百

监狱专家谈

3,3,14

人为限之制可否仿行，答云："重罪以五百人为限甚妥，若轻罪刑期较短者，多收若干人似亦不妨。"又问对于不定期刑之意见何如，答以："一国之内巡警制度不周密者，骤用此法恐不能无弊。"又问幼年裁判所，答以英国尚未通行。问幼年监狱办法，则谓："最好莫如多设蒙小学堂，以防于未犯之先，若犯罪之后而恃监狱之感化，其收效亦仅矣。"马君现在正创办一幼年学堂也。又问："律师之设益处固多，然流弊亦甚大。拟设为定制，如陪审之法，每季选定律师若干人，遇有案件则用掣签之法，因案情之大小，派定人数，原告几人，被告几人，如是则律师可免偏袒之弊，而原被告之讼费亦较省。此法亦可行否?"答以："各国之延请律师，以其能素悉原被告之情形也。今用此法，律师皆由官设，恐于本人之情节或不能深知底细。且各国习惯相沿，已成之局，断难更改。中国向无律师，创办之始试用此法，亦未尝不可也。"又问："累犯罪者往往难期改悔，如近日见报，有一五次犯罪者，裁判官判以三月监禁，出狱时嘱巡警给予英金一镑，又为之荐一地方，每月可得二十仙令。乃未及三日，已预支二十仙令而遁去。鄙意以为似此类怙恶不悛之徒，当专定一律，处以久长之监禁，使之工作，一则可免贻害社会，二则可免其人出狱而犯大罪，则爱之适以害之矣。"答以："为防再犯大罪及贻害社会计，于四五次犯罪者处以久长之监禁，未为非计。盖此等人以犯罪为职业，难期改过自新也。然监狱学家以慈善为主意，终存万一之希

律师之设

望，必不肯倡此议论耳。”

十五日，晴（西历四月十三号） 回巴黎，火车迟到一钟。六钟时，述勤、善如、仁山在车站相候，不见而归。越一钟而余始至焉。

十六日，晴（西历四月十四号） 至述勤处译书。致幼甫、子璋函。

十七日，晴（西历四月十五号） 至述勤处译书。

东方学会 午后往访李幼丞、微希叶。希君创设东方学会，因劝余入会焉。拟请沈砚裔星使为名誉会员，因会中有关于东方之考证，得便以咨询云。

十八日，晴（西历四月十六号） 英国旧友威尔敦之妻及其子女来法，约至述勤处茶叙。偕游名贤祠，余去岁已曾来此，今再至矣。出至博物院，门已闭。下午，威尔敦夫人约茶叙，挺斋、敦民、汉波、景夫、丽生诸君来，均未见。

十九日，晴（西历四月十七号） 为法国节气，市上皆闭门休息。午刻，奥国画师道勃尔好夫为予画小影。钱嘉平来，未见。下午偕述勤、干济、善如、仁山至林间散步。

二十日，晴（西历四月十八号） 子峰、兰生来。午后至使馆辞行。缮发大理及刘堂、沈子惇姻伯处三函。夜十钟二十分动身。述勤及使馆诸君至车站相送者，十有二人。宿车中。

二十一日，晴（西历四月十九号） 一路梨桃甚开，

3,3,22

妃红俪白，春色宜人。下午六钟到及诺阿，发电话与中国名誉领事，因有赛会品托交吴挹清星使也。

二十二日，晴（西历四月二十号） 十一钟下德公司轮船，十二钟开行。船名道福林加，载重九千〇六十吨，因须过苏彝士河，故船身不能过大也。遇美国留学生陈汝湘，粤人也，乃天津大学堂咨选出洋，毕业回国者。所习系铁路建筑。午后，缮发法国、英国各友明信片二十六张。 乘船回国

二十三日，晴（西历四月二十一号） 十二钟到乃波里，得吴星使来函，并承转寄到照相木箱一只。午后偕仁山上岸，雇车至市上环行一周。遥望啀苏威火山及邦滭故城，已历历为旧游之境矣。六钟回船，夜舟泊海滨。有乘小船傍轮船弦歌以歛钱者，歌声韵水，琅琅可听。夜半十二钟开行。

二十四日，晴（西历四月二十二号） 舟行当经线北三十八度〇三十七，纬线西十五度〇二十八。午正计行一百四十五海里，去波赛尚九百六十五里也。十一钟时经过司托郎姆蒲里火山。山顶烟气蓬勃，而山脚居民比栉，燕巢于幕，雀处于堂，危险极矣。傍晚舟旁两岸见山甚近，盖过此已出意大利境界矣。 出意大利境

二十五日，雨（西历四月二十三号） 舟行当经线北三十五度〇五十六，纬线西二十度〇四十七。午刻计行三百十八海里，去波赛六百四十七里。寄赠巴黎诸友诗一首云："旅雁南飞有所思，孤舟风雨又天涯。萍踪乍合翻

难别，芝宇频亲恨识迟。欧北春深迷柳絮，江南波暖长莼丝。何时故国重携手，一涤征尘把酒卮。”

二十六日，破晓大雨，旋放晴（西历四月二十四号）舟行当经线北三十三度〇三十三，纬线西二十四六度〇三十六。午刻行三百二十一海里，去波赛三百二十六里。

遏罗领事裁判权之变动

遇英人白捺特威，乃暹罗政府之法律顾问官也。从前暹罗政府亦有领事裁判权，如本国人与入英国籍之人涉讼，英籍之人初不自言，迨败诉后，则声明系入英国籍，暹罗裁判官即不能定罪，流弊滋大。暹罗政府欲收回此权，故招致法律顾问官，订定新律。系以日本律为蓝本，刑律已实行二年，民法尚未订定。以英国顾问官五人为起草员，用英文起草，而译为暹文，译出后则以暹文为主。威君言虽以暹文为准，然既从英文译出，如有龃龉，恐仍属英文不错耳。法律修订后，顾问官代为报告英国政府，言暹律与英国已无大差池，故于一千九百〇九年三月十号英与暹罗订立新约。所有英人涉讼均归暹政府裁判，惟暹罗法庭关于交涉案件，必须用英顾问官二人同审，认可画押后方能有效。领事亦在旁听审画押，但止能听审而无裁判之权矣。英人监禁亦在暹罗狱中，然以饮食起居不能习惯，故于条约中订明凡监禁英人之处，必须照英国监狱之式。英国顾问官亦得至监狱中查考。

此项顾问官每年薪水一千二百镑，五年以后若无故辞退者，暹政府须赔偿一年薪水，十年以后须赔偿二年薪水，十五年以后须赔偿三年薪水。若任职二十五年以后，

3,3,26

每年约可得养老费五百镑，三十年以后每年可得养老费六百镑，适得薪水之半数。

闻美国亦拟照办云。法国在暹罗则办法又自不同。其真正之法国人则全归法领事裁判；在蒙自一带属地之法人，则全归暹政府裁判。故暹罗人控告法人，则须向法领事起诉；法人控告属地之法人，则须向暹政府起诉也。

威君言闻中国亦有仿办之意，此实西人言餂之术。此项办法大为不妥。暹英条约虽附有条件，如将来法律改良，尚须另订条约。英国答复亦云极愿意，以预伏将来收回全权，不用客卿之根。然其词含浑，殊不足恃。且审理交涉案件，须得顾问官之认可，其法权仍缺而不全，与领事裁判所谓唯之与阿相去几何矣！且领事仍在旁听审画押，名为撤去领事裁判，实则于领事裁判外又多一顾问官之干涉，其不可者一也。任用客卿，而辞退时须与以赔偿，不但司法权为外人干涉，而国家用人行政之大柄亦受制于外人，而不能自主，其不可者二也。一国既设有顾问官，各国从而效尤，必至一国之中有多数客卿干涉裁判权，则司法必至大扰，且政府一年支出之薪水亦复不赀，其不可者三也。波兰之亡，以客卿势盛之所致。今以亟欲收回领事裁判权之故，反令国中多无数之客卿干预裁判权，其流弊或较诸领事裁判为尤甚，亦未可定，其不可者四也。

暹罗之举大为不妥

暹罗蕞尔小国，或出于不得已之所为。中国欲收回领事裁判权，务必审之又审。若谬听外人之甘言好词，而蹈暹罗之覆辙，名为收回司法权之新法，实即领事裁判权之变相。鄙人期期窃以为不可矣！

埃及塞得港

二十七日，晴（西历四月二十五号）午刻到波赛，拟往开卢一行，因时促不果。偕仁山及陈君汝湘登岸一游。此地旧属土耳其，今为英领土，人甚多而贫，途有乞丐。埃及妇女亦以巾蒙面，与土俗同。女子已嫁者，蒙面巾上加一圆形铜管，长寸许，扣于蒙面巾上，着于眉心鼻准间，亦异俗也。人极朴僿，见役于人，深堪怜悯。埃及为地球最古文明之国，今凌夷一至于此也，噫！

苏伊士运河

二十八日，晴（西历四月二十六号） 十二钟出苏彝士河。按苏彝士河海颈为非、亚两洲交界之地，其最狭之处宽七十英里，南面为苏彝士河海湾之水势淘刷而深。其两岸一面为亚洲，一面为非洲。苏彝士河之开浚并非一人发出之特别思想，乃地势当然之理。然使商务不繁盛，机器不发达，各国交涉未订妥协，虽欲开办亦无从着手，即开办亦不能获利，故迟之又久，而大功始克告成也。

运河开凿沿革

西历前五百九十三年至六百〇九年，埃及臬可王拟由奈尔河开至地中海，一面开通以达红海。埃及人开此河工而死者十二万人。或说埃及王云此河开通，野蛮人将得利，因之停工。百年以后，达利思王将此河开成航路，与现在之淡水河相近，其宽可容二小舟打桨并行，计程四日。造纪念碑若干于河滨，至今犹有掘得者。及西历前一百年时，此河因失修浚，渐至淤塞。迨西历九十八年至一百十七年时，脱来仙王又复修之，一面通至开卢，一面至苏彝士河海湾止，因名之曰脱来仙河。自此以后，阿拉伯

3,3,28

人战胜埃及，占据其地，欲令阿拉伯之航路与红海相近，乃复浚达利思王所开之故道以运粮食。至西历八百年时，河道复淤。后斐尼斯人来居于此，欲至好望角经商，时时思修浚旧航路，然卒未成。及一千六百七十一年，法国路易十六世时，有来勃谊处者曾上开河之策，且亲至该处考察，亦未有成效。其时埃及王扫而登末斯塔发第三及阿里培与蓬捺拍脱，皆以此策为然。故至一千七百九十年时，又经测量开工，然亦未竣。此时因蓬捺拍脱之总工程师曰里波爱尔测量致误，以为红海之水线高出于地中海者三十三尺，故未敢施工。至一千八百三十六年，有番痕脱里思克者，年三十一岁，至开卢，仅一领事馆之学徒耳，曾发大愿，并上一说帖，请将两海间之航路开通。居二年，于该处遇一人曰里脱，乃欲由欧罗巴至印度觅一航路者，道出埃及，因相与著一书，曰《里波爱尔之纪念》，盖欲竟前人未竟之功也。其后有总督水利机器师曰林敦培及施谛文生与奈格里哀尔蒲达鲁三人，始算出从前里波爱尔测量之误。一千八百五十四年，脱里思克始绘图呈诸总督山夺拍萨，而兴工焉。英政府阻之，至一千八百五十六年六月五号，始得英驻埃及总督之许可。又久之，而股始集成。越三年，四月三十号为实在经始之日。

测量致误未敢施工

作工者二万五千人，总督监工程兼理财政，工人皆归公司赡养。但每三月须停工一次，因沙漠之地水少，饮料不足之故也。其时做水桶四千只，用骆驼一千六百只，络绎负水，以供日用。开河经费，每月费金钱八千佛郎。至一千八百六十三年十二月二十九号，而淡水河开成，公司中始有饮料以养工人焉。此后乃用二万二千匹马力之机器开浚，而人工渐少矣。至一千八百六十九年三月十八号，始将地中海之水渐渐放入。其水线较地中海低二十六尺至四十尺之谱。其南岸之苏彝士河，直至是年十一月十七号始行开竣。尔时波斯太子、奥国君主、德国皇后及他国皇太子皆临观焉。计开此河共费十九兆镑，长一百英里，东岸每隔五启罗迈当辄立一牌，一百英里（合一百六十启罗迈当）共计三十二牌。河身最深处三十一英尺，故吃水二十八尺之船皆可通过。最宽处三百六十尺至二百三十尺。河底窄处一百六十八尺，其最窄之处不能两船并行，遇有来舟，须停泊宽处相待。昨晚黄昏进口时，与格罗司可尔披司脱轮船彼此交错。此船亦德公司开行澳洲者，相距数十丈而近，舱客皆脱帽挥巾，鼓掌欢哗，以相招呼，亦萍水相逢之一乐也。

（机器开浚人工渐少）

二十九日，晴（西历四月二十七号）　舟行当经线北三十五度〇十一，纬线西三十五度〇三十八。午刻行三百三十三海里，去亚丁九百八十一海里。与德国博士威廉克思脱谈德国学制甚详。威君将至青岛为教习者也。兹录其所述如下：

德国学制，无论男女，六岁必须入学，惟有病者得迟至七岁。如七岁尚不入学，则父母须处罚。初则罚金，若仍不从，则父母须监禁于狱。然定律虽如此严厉，而事实则甚少也。德国学校制度，小学三年，中学九年。小学分

（德国学制）

3,3,29

三种：一为官立小学，最居多数，不收学费。二为私立小学，亦有时由地方捐款，立一兼中学之学校。私立小学之收学费，自一百马克起至一百五十马克止。三为个人私立之学堂，即一人设立之学堂，或自课子弟，然必经国家之考验许可，始得设立，此等学校居最少数也。三年中所习者，不过识字、读书、写字，最浅近之算法，默书、唱歌、宗教等事而已。

从第一种学堂出者，必须考试始得入中学，然所考者亦极浅近也。由第二种学校出者，得径升入中学，不必考验。因第二种学校如程度不够，教习得令留校一二年，再行升入中学也。第一种学校三年毕业者，或不升入中学，即留本校再习五年。因无论如何，必须读书八年也。若有钱读书者，则可考入九年之中学堂，以期深造。又凡在公立学校者，国家只管至十四岁为止。若年限已满而不能造至第八年之程度者，即可中途出校（英国制度小异于是，必须造至第六级为止。如至十四岁尚不能及格者，得留至十六岁为止）。其女子学校，则中学三年毕业后，得升入再习七年之学堂。如欲深造，另有一种两年学校亦可升入，皆须缴费。

官立中学后五年所教者，为德文、历史、地历、浅近之理化、体操、宗教、算学、图画、唱歌等课。惟罕痕勃省须加英文，与他省不同。其入九年之中学者，各种学校制度不一。大概分为三种：第一种与英国文法书院同，以腊丁文为主，馀与七年之中学相同，但程度较深耳。九年中学之前三年，外国文字专习腊丁文，后三年兼习希腊文。此类学堂偏于考古者居多，故所读多罗马古史之类。第二种前三年与第一种同，以后注重现时学问，故第三四年即习法文，五年以后兼习英文。此种学堂偏重动植物、矿质学者居多。第三种止兼习英、法文两种，而所造较深，其物理、化学及本国文亦较讲究也。前三年专习法文，三年以后英、法兼习。所以注重法文者，因古文而外，法文之文法较诸英文为完备，且德国向来习惯亦以习法文者为多也。三者以第三种为最适用，然第一种虽不切实用，而相沿积习以古学为高，故大家子弟多送入此校，实则不如第三种为有用也。依此等学校程度，至十八岁为止，然中间不能无作辍，故大致须至二十岁毕业也。以上三种学校，组织不同，如学生欲半途改入他校，势必不能。勿兰克考脱之教习乃另设一种学堂，前三年专学法文，第四年习腊丁，第五年加英文，此二年中或习希腊文，或全习英文，可听学生自便。如是则不论何时可入以上第二、第三两种学堂矣。地方偏僻之处，无经费办理各种学校者，则止有前三年而无后三年之功课。若毕业后自愿深造者，可入他处大学校中也。然学生大概学至六年而中止者居多数也。

外文最重法文

毕业后由学堂考试，给与文凭，得此项文凭之人，照例须当兵三年者，止须当兵二年。九年毕业者不必考试，止有一年当兵义务矣。此项兵士与寻常兵卒不同，不驻营篷，可另行租屋居住。九年之后考取者，可得学位，其制

3,3,29

与英国不同。英国须入大学者方能得学位，德则高等学堂即可得学位也。大致德国高等商人皆须得有学位，约每年考试一次，人数多时或每年考二次。由学堂考验，而国家派员监督之。

高等商人皆有学位

大学大概有二十处，科目约分四种：一曰宗教，造就牧师，此为最少数。二曰科学，造就格致、化学教习及各专门家。三曰医学，兼内、外各科。四曰法律，第一类须五年毕业，第二类三年，第三类五年，第四类三年。四者以第二种为最多。其习法律者须经过第二次考试，方得为裁判官。盖三年考试后再实习三年，后考试录取者方为毕业也。学律师者毕业后亦须入律师会实习，方许为人辩护。五年毕业者，以二年为第一次考试，五年为第二次考试。以上四类为文科。

大学分科设置

文科

实科分三大类，最新者分四大类，因机器一门其用日广故也。一曰建筑，二曰机器，三曰工程，四曰造船。造船一科由第二项内析出。分为四科之学堂止二处，一在柏林，一在德国东方但痕积西省，毕业须五年以上。但文、实两科，大学堂考试后不过得一教士教习名目，如欲得博士学位者，须另行考试，且须有著作、能发明新理者，经大学博士会之许可，方能得之。实科考试大约归学会，文科考试由学堂考验后再由文部省派人复试也。惟医学一门，必须得博士文凭者方能行医。泰西医士无不得有博士文凭者，其取得亦较他科为宽矣。

实科

海陆军人员，三年中学毕业后，另有军学学堂，其功

军事学院 课与以上第二类相似，但体操较多，须着军衣，兼在学堂住宿。其不愿住宿者，可入九年学堂，毕业后再行升入。其在第八年级升入者，须经考试。入海陆军一年，即可得一初级军队指挥官之职，然非体格合式者不能入也。习海军者再入高等海军学堂学习一年，然后至兵舰为实地练习。至商务高等学堂，则德国共有三处云。

三十日，晴，甚热（西历四月二十八号） 舟行当经线北二十度〇十，纬线西三十八度〇四十九。夜与仁山课诗钟，拈“风扇”二字，鸢肩格。予云：“杨柳风前吹短笛，桃花扇上写新诗。”仁山：“春暖风和修禊事，秋凉扇影写宫词。”又“出浴衣”三字，鼎足格。予云：“夜听捣衣愁落叶，晓看出日浴扶桑。”仁山云：“荷芰为衣思帝子，芙蓉出水浴杨妃。”“马车”二字，卷帘格。予云：“春风马帐弦歌乐，明月羊车禁苑愁。”盖舟中无事，借此以供消遣也。

四月初一日，晴（西历四月二十九号） 风自东南来，较凉爽。舟行当经线北十五度〇二十一，纬线西四十四度〇十九。午刻行三百三十六海里。见五小岛，横于舟左，中有一岛上有灯塔。傍晚舟左旁又见一山，盖去亚丁仅二百九十六里矣。

初二日，晴（西历四月三十号） 九句半钟到亚丁，

亚丁 停两小时。两面山势斗峭如削，时有苍鹰绕船，掠波而下。印度人持驼岛羽及羊角、鱼骨、蒲篓傍舟求售者甚夥，或在轮船头舱跳舞以流敛钱，人皆愚蠢可怜。佛教尚

3,4,3

慈悲，一切众生皆平等相待，卒以自墟其国。摩西倡教于犹太，而犹太亦亡。此亦兼爱极端之流弊也。摩罕默得以战立教，虽不合人道，然十字军九次东征，不遗馀力，卒以无功。土耳其虽弱，尚能立国。有强权而无公理，实竞争世界之公例。墨子之教尚同，视人之父兄如己之父兄，与耶、佛同旨。而孟子独力攻之，岂无故哉！世界未进大同，而遽欲破除国界，视人如己，所谓引狼入室，自遭残食而已。印度、犹太其殷鉴欤！十一钟三十分开行，舟行当经线北十二度〇四十三，纬线西四十五度〇十一。至午正行十五海里，到高浪坡尚馀二千〇八十七里。夜，舟中开跳舞会。 有强权无公理

初三日，晴（西历五月一号） 舟行当经纬北十二度〇四十九，纬线西五十五度〇五十四。午刻行三百三十四海里，至高浪坡尚馀一千七百五十三里。夜与仁山课诗钟，“红”“海”，鹤膝格。予云：“青鸟不来红豆冷，黄鹂无语海棠娇。”仁山云：“珍珠酒满红螺酌，玳瑁梁高海燕栖。”“贝叶”“桃花”，分咏格。予云：“研露焚香书佛典，春风流水记仙源。”仁山云：“诗传南国歌花灼，书读东斋忆柳州。”

初四日，晴（西历五月二号） 舟行当经线北十二度〇二十六，纬线西五十六度〇四十二。午刻行三百四十二海里，至高浪坡尚馀一千四百十一里。午后，邻舟来一无线电云：彼舟中已凑集六十马克作为电报费，我舟如乐从，请于空际用无线电下棋一枰。我舟亦醵赀得六十马 无线电弈棋

克，复电允许。然两舟相去甚遥，远镜窥之尚不能见，可谓奇矣。

初五日，晴（西历五月三号） 舟行当经线北十度〇五十七，纬线西六十二度〇二十四。午刻行三百四十七海里，至高浪坡尚馀一千〇六十四里。夜，舟中开乔装会。或为希腊、土耳其装束，或效帝皇、后妃，或作流氓、乞丐。荷兰殖民部副大臣某借予蟒袍，扮为华人。荷兰女士某作日本妆，令船上中国水手鼓吹持灯，如新婚状，绕船周行，以取快乐。予与仁山亦衣中国服预会。旋作乐跳舞，并摄影以留纪念。盖长途久在舟中，故船主设此为客解闷，亦良法也。

化妆舞会

初六日，晴（西历五月四号） 舟行当经线北九度〇三十三，纬线西六十七度〇五十九。午刻行三百四十海里，至高浪坡尚馀七百二十四里。夜与仁山课诗钟，"信封""牛角"，分咏格。予云："怪事深源书咄咄，悲歌宁戚扣乌乌。"仁山云："来禽致子传王帖，叱犊何人挂汉书。"又"汉书""围棋"，分咏格。予云："数卷梅花供细嚼，一枰江月已敲残。"仁山云："文章千古壶卢闷，世界双枰橘叟闲。"

初七日，晴（西历五月五号） 舟行当经线北八度〇七，纬线西七十三度三十四。午刻行三百四十七海里，至高浪坡尚馀三百七十七里。亭午时，舟左见一小岛甚近，绿树葱笼，中峙白塔，与海波掩映，风景颇佳。傍晚观海中落日，一轮火镜倒浴沧波，暮色苍茫，云霞五色，

3,4,8

飞鱼逐队跃出波心，亦画中胜境也。前初四日与邻舟约用无线电下棋，至是一枰始毕。我舟因多剩一着获胜。盖下外国棋也。

初八日，晴（西历五月六号） 舟行当经线北七度〇五，纬线西七十九度〇一八。午刻行三百四十七海里，至高浪坡尚馀三十里。三句钟到埠，见我国海圻兵轮停泊海中，因摄一影。旋乘小舟上岸，游植物园。花木繁蔚，见肉桂、香蕉、波罗蜜等树。锡兰之竹丛生成簇，大盈拱把，与中国之竹不同。椰子树结实累累，购得一枚剖而食之，其甘如醴。其他茂树嘉卉，纷红骇绿，触目云霞。旋至庙中，见石佛莹白如玉。购贝叶经两册而归。但居民蠢蠢如鹿豕，妇女以红巾蒙首，耳鼻有钳嵌宝石以为饰者，岂宗教之迷信足以阻止进化欤？抑热带之民多蠢愚欤？何佛教之精深宏博，而卒致见役于人也。傍晚归舟，土人多有以宝石上船兜售者。然赝质颇多，不可不辨。夜十一钟开行。

海圻兵舰泊科伦坡

初九日，晴（西历五月七号） 舟行当经线北五度〇五十，纬线西八十二度〇二。午刻行一百八十七海里，至槟榔屿尚馀一千一百〇二里。与仁山作即事联句诗云：“征途三月发欧洲（拱），远驾长风万里遒。掠水文鳐轻似燕（仁），张帆画鹢淡于鸥。连霄曼舞迷灯影（拱），盛会乔装破客愁。无线遥传空际电（仁），沧溟对弈隔邻舟（拱）。”

初十日，晴（西历五月八号） 舟行当经线北五度〇五十三，纬线西八十七度五十三。午刻计行三百四十九海里，至槟榔屿尚馀七百五十三里。有小雨，旋即放霁。夜，二等舱开跳舞会。与仁山课诗钟，"双""文"二字，鸢肩格。予云："画梁双燕红襟湿，湘水文鸳翠羽寒。"仁山云："夕阳双塔林间影，秋水文波浦上愁。""凤尾蕉"，鸿爪格。予云："静品凤箫蕉月上，闲挥麈尾茗烟清。"仁山云："春尽凤城蕉雨冷，云开雉尾柳烟轻。"

十一日，晴（西历五月九号）　舟行当经线北五度〇五十三，纬线西九十三度〇四十八。午刻计行三百五十五海里，至槟榔屿尚馀四百里。午后，舟右见二山，上有灯塔。其最远一山高入云际者，即苏门答腊也。傍晚至船顶体操房观览，有各种练习体操器具。并有试骑马及骆驼，皆以皮为之，开其机即能自动，人坐其上，借以运筋骨，并不能行走也。每日晨七钟至九钟，下午三钟至六钟，皆得入而操演也。夜，头等舱再开跳舞会。因明后两日舟中客大半皆须登岸故也。夜半有雷雨。

体操健身房

十二日，晴（西历五月十号）　舟行当经线北五度〇三十八，纬线西九十九度〇二十九。午刻计行三百三十里，至槟榔屿尚馀七十里。下午四钟到埠。乘小舟登岸，游植物园。花木繁茂，蕉叶形如扇。绿树开红花甚鲜艳者，木棉也。瀑布泻春，山禽相语。四时天气均如秋夏之交，亦胜地也。此处华人甚多。统南洋群岛计之，华侨不下六百万，而管辖之权皆操诸英人之手。黄种之弱，于兹愈见。因时晚，即回舟。夜十二钟开行。

槟榔屿华人甚多

十三日，晴（西历五月十一号）　舟行当经线北三

3,4,14

度〇十四，纬线西一百度〇三十七。午刻计行一百六十三里，至新加坡尚馀二百三十二里。

十四日，晴（西历五月十二号） 晨七钟到新加坡，上岸寄信。南洋各岛洋车皆甚宽，可坐两人，亦甚特别。至领事馆，苏领事请假回籍，槟榔屿领事戴欣然在此代理。此地华人较槟榔屿尤多，然多不识字。至铺中买烟，见一中国人，询系某省，答以自祖父已侨寓于此，已不自知为何省人。问其姓，曰“谢”，然亦不能书中国字，盖为“夏”为“谢”已莫辨矣。其人能操英语，而不能操华语，以尚作华装，知为中国人耳。所宜于南洋群岛遍设蒙小学，推广中国之文字，其关系实非浅鲜也。全埠居民五年前二十五万，今增至三十二万。华人居十分之六，约二十万人。 新加坡 华人已不能华语

出至植物园，绿树森林，山径缭曲，鸟声虫语，凉似初秋。一鉴方塘，开红白蘋花数十朵，蜻蜓款款点波而飞。老树杈丫，松鼠上下相逐。时有竹鸡出没于篱落间。蝴蝶随人依依不去，致足乐也。傍晚归舟，林月已上树间，流萤点点，闪烁明灭。盖南洋群岛本有四时皆夏，一雨成秋之情景也。

十五日，晴（西历五月十三号） 九钟开船。舟行当经线北一度〇二十，纬线西一百四十四度〇二十四。午刻计行三十六里，至香港尚馀一千四百〇五里。夜，月色甚好，万里空明。与仁山作联句一首云：“沧海一叶送归航（拱），蓬瀛万里天风长（仁）。忆从客岁辞帝乡

（拱），中秋曾渡太平洋（仁）。举杯邀月醉流觞（拱），联吟斗押险韵强（仁）。欧美水陆驰星霜（拱），风尘鞅掌征夫忙（仁）。昕夕启处恒不遑（拱），顿缩诗胆与酒肠（仁）。风驰电掣惊流光（拱），蟾圆十度天涯望（仁）。冰轮倒印沧波凉（拱），广寒仙舞思霓裳（仁）。安得方士架虹梁（拱），遨游太清酌琼浆（仁）。钧天广乐奏铿锵（拱），仙娥尽冀紫凤凰（仁）。琼琚玉佩凌风翔（拱），斫却桂树属吴刚（仁）。斗觉百丈腾光芒（拱），晶宫万怪惑且惶（仁）。鲸波壁立飓风狂（拱），势拔山岳群龙骧（仁）。珊瑚摧折黑水扬（拱），姮娥匿影海若藏（仁）。高歌水调协笙簧（拱），及时行乐夜未央（仁）。科头露坐刻漏忘（拱），瞥见旭日开扶桑（仁）。”

南洋种橡胶

十六日，晴（西历五月十四号）　舟行当经线北六度〇十八，纬线西一百七十度〇二六。午刻共行三百四十八海里，至香港尚馀一千〇五十七里。舟中遇黄处达，粤省顺德人也。从前游宦广西，现在南洋一带经营种树胶之业。谈及南洋群岛栽种橡树，如领地播种，每官地一哀克须费三元，每一哀克约中国六亩。如每株相距二十迈当，则每一哀克可种一百〇八株。橡树之种，每二十元可买一万颗。用人工开荒，每一哀克须垦荒费四十元。五年以内，开垦之费每亩每月工资约一元半。所领之地，五年以内每年缴地租半元，五年以后每年缴二元半。种橡树至五年后，每株可取树胶半磅。以后每年可增半磅，多至八磅为止。树胶价极贵时，每磅可售十二仙令，现价每磅六仙

3,4,17

令，尚有馀利可营也。至于上海去年树胶股票之恐慌，则近于买空卖空之行为，实于树胶公司不涉。有种树甫及萌芽，而上海股票已涨至六七十倍者，此犹幼孩方扶床而行，而即欲与议结婚也。其致败皆咎由自取耳。凡事不根求所以然之故，而随一哄之市以相附和者，皆橡树股份之类也，可不慎欤！

十七日，晴（西历五月十五号） 舟行当经线北十一度〇二十二，纬线西一百十度〇三十四。午刻计行三百五十七海里，至香港尚馀七百里。傍晚倚栏闲眺，成诗一章，有“水浮云隙日，风卷浪中天”之句，盖即景语也。

十八日，晴（西历五月十六号） 舟行当经线北十六度〇九，纬线西一百三十度〇一。午刻共行三百五十九里，至香港尚馀三百四十四里。夜与仁山课诗钟，“易”“牙”，蝉联格。予云：“心香一片参《周易》，牙管双钩写汉碑。”仁山云：“杯珓占符焦氏《易》，牙旗影落汉家营。”“翁”“仲”，凫胫格。予云：“夕阳渔市一翁醉，夜雨柴扉二仲过。”仁山云：“蜀都民感文翁化，防邑君惩武仲要。”夜，雷雨有风。

十九日，雨（西历五月十七号） 十二钟到香港，与黄君处达同至中华酒店访其妹丈关少轩。出至广丰和栈。关君约饮于陶陶仙馆，久不尝中国菜，风味觉更佳也。夜寓中华酒店，饱啖荔枝。课诗钟，“瓦”“松”，蜂腰格。予云：“凝霜汉瓦双鸳冷，避雨秦松五马封。”仁山云：“釜雷鸣瓦嗤凡响，岭雪欺松耐岁寒。”处达云： 至香港

黄处达工诗

"那堪破瓦经狂雨，剩有寒松耐劲风。"黄君夙工吟咏，同舟三日，彼此未尝谈及，因托购《渔洋山人精华录》，始知定为风雅中人，联语亦雅有寄托。

二十日，阴，有微雨（西历五月十八号） 雇人力车游公园及各街市一周。归寓，将下船，遇姚君雨农，为浙省同乡，将乘道福林加船赴申，雇有小轮，因与同舟回船。五钟一刻开行，蒋君吉士，江苏人，亦由香港下船赴申者，谈甚畅。

二十一日，阴，有风（西历五月十九号） 舟行当经线北三十三度〇四十七，纬线一百十八度〇十一。午刻计行二百五十二里，至上海尚馀五百七十六里。夜与仁山课诗钟，"月涌大江流"，碎锦格。予云："江回大地潮初涌，月到中天影欲流。"仁山云："大海无风波自涌，沧江有月夜长流。"

二十二日，阴，有雾（西历五月二十号） 汽笛时鸣，舟行甚缓，小有簸荡。舟行当经线北二十八度〇九，纬线西一百二十一度〇七。午刻计行三百四十海里，至上海尚馀二百三十六里。夜因雾重，停轮。

二十三日，阴，微雾 晨五钟开行。午后三句钟抵吴淞。三、四两弟及陈静山、陈午山、俞霓裳、张弁群均在埠相候。计自去岁七月二十日首途，迄今为时十阅月，周行九万里，经历十有八国。所惜征途局促，直如走马看花，兼之袜线短材，学殖荒落，虽稍有记载，挂漏洪多，知必不足餍阅者之目，亦聊存鸿雪之印云尔。

回到上海

金绍城十八国游记

人名索引

七画

八画

九画

十三画

十四画

十五画

二十一画

金绍城十八国游记

译名简释

二画

乃阿哥拉

Niagara，尼亚加拉

乃波里

Naples，那不勒斯，意大利城市

三画

土乃斯

Tunisia，突尼斯

山岳党

Montagnard，山岳派

及伦的党

Girondist，吉伦特派

四画

开卢

Cairo，开罗

巴黎大狱

Bastille，巴士底狱

五画

可本海克

Copenhagen，哥本哈根，丹麦首都

卢森不尔厄

Luxemburg，卢森堡

仙令

Shilling，先令

幼塔省

State of Utah，犹他州

六画

邦溇

Pompeii，庞贝

托辣司

trust，托拉斯，垄断组织的高级形式之一

考斐斯

Corfu，科孚岛，希腊岛屿

西家郭

Chicago，芝加哥

那威

Norway，挪威

七画

麦灵根

Meiringen，迈林根，瑞士城镇

克隆

Krone，克朗

苏彝士河

Suez Canal，苏伊士运河

来因河

Rhein，莱茵河

里比利亚

Liberia，利比里亚

佛郎

Franc，法郎

沙尔台伐离台

Sultan Ahmed Mosque，苏丹艾哈迈德清真寺

沙发亚

Sofia，索非亚，保加利亚首都

汽斯

cheese，芝士

启罗迈当

kilometer，千米

阿乃斯塔但姆

Amsterdam，阿姆斯特丹

阿可洛拍力斯

Acropolis，雅典卫城

阿亚沙非亚

Hagia Sophia，圣索非亚大教堂

阿芬

Athens，雅典

阿普罗

Apollo，阿波罗

阿群丁

Argentina，阿根廷

八画

抱丝墩

Boston，波士顿

英王书院

King´s College London，伦敦国王学院

奈尔河

Nile，尼罗河

罗珊痕

Lucerne，卢塞恩，瑞士城市

罗然痕

Lausanne，洛桑，瑞士城市

委内瑞辣

Venezuela，委内瑞拉

波赛

Port Said，塞得港

泼来麦次

Plymouth，普利茅斯，英国城市

孟脱留乌

Montreux，蒙特勒，瑞士城镇

九画

珊乔万尼教堂

San Giovanni in Laterano，圣乔万尼教堂

珊纳湖

Lake Thun，图恩湖

勃夫落

Buffalo，布法罗

勃兰地

brandy，白兰地

勃灵址湖

Lake Brienz，布里恩茨湖

勃灵提西

Brindisi，布林迪西，意大利城市

威司克

whisky，威士忌

哄都拉斯

Honduras，洪都拉斯

科仑比亚

Colombia，哥伦比亚

科鲁斯斗兽场

Colosseo，罗马斗兽场

保罗庙

Pantheon，万神殿

哀克

acre，英亩

哀克司光

X－ray，X 射线

阁脱阿哀痕岛

Goat Island，山羊岛

十画

莺脱拉根

Interlaken，因特拉肯，瑞士城镇

格兰痕特岛

Grand Island，格兰德岛

高浪坡

Colombo，科伦坡，斯里兰卡城市

海抛脱罗姆

Hippodromme，古罗马赛马场

海姆勃克

Hamburg，汉堡，德国城市

涕泪桥

Ponte dei Sospiri，叹息桥

桑萨耳瓦多

El Salvador，萨尔瓦多

十一画

康巢海古监狱

Conciergerie，巴黎古监狱

康斯坦丁

Istanbul，伊斯坦布尔

密脱

meter，米

十二画

斯毕止

Spiez，施皮茨，瑞士城镇

斐尼斯

Venice，威尼斯

喀披尔

Chapel Bridge，卡佩尔廊桥

奥克司弗夺学堂

University of Oxford，牛津大学

腊丁文

Latin，拉丁文

十三画

蒲达推司

Budapest，布达佩斯，匈牙利首都

雷青白克瀑布

Reichenbach Falls，莱辛巴赫瀑布

唾苏威火山

Vesuvius，维苏威火山

锡兰

Sri Lanka，斯里兰卡

新泼山洞

Simplon Railway Tunnel，辛普朗隧道

满痕海得岛

Manhattan Island，曼哈顿岛

福夺

foot，英尺

福里福夺

Herefordshire，赫里福德，英国城市

福禄伦斯

Firenze，佛罗伦萨，意大利城市

十五画

暹罗

Sayam，泰国

德律风

telephone，电话

摩色

mosaic，马赛克

走向世界丛书一百种

初编三十五种以＊标出

谢清高 **海录**
＊ 容　闳 **西学东渐记**
＊ 林　鍼 **西海纪游草**
＊ 罗　森 **日本日记**
＊ 斌　椿 **乘槎笔记**
＊ 张德彝 **航海述奇**
＊ 王　韬 **漫游随录**
＊ 志　刚 **初使泰西记**
＊ 张德彝 **再述奇**（欧美环游记）
＊ 张德彝 **三述奇**（随使法国记）
王　芝 **海客日谈**
＊ 祁兆熙 **游美洲日记**
＊ 李　圭 **环游地球新录**
＊ 郭嵩焘 **伦敦与巴黎日记**
＊ 张德彝 **四述奇**（随使英俄记）
＊ 黎庶昌 **西洋杂志**
＊ 刘锡鸿 **英轺私记**
李凤苞 **使德日记**
钱德培 **欧游随笔**
＊ 何如璋 **使东述略及杂咏**
＊ 张斯桂 **使东诗录**
黄遵宪 **日本国志**
＊ 黄遵宪 **日本杂事诗**〔广注〕
陈兰彬 **使美纪略**
＊ 曾纪泽 **出使英法俄国日记**
＊ 王　韬 **扶桑游记**
＊ 徐建寅 **欧游杂录**
谭乾初 **古巴杂记**
王之春 **谈瀛录**
＊ 李筱圃 **日本纪游**
池仲佑 **西行日记**
蔡　钧 **出洋琐记**
袁祖志 **瀛海采问纪实**
张祖翼 **伦敦竹枝词**
王以宣 **法京纪事诗**
潘飞声 **西海纪行卷**
潘飞声 **柏林竹枝词**
潘飞声 **天外归槎录**
张荫桓 **三洲日记**
邹代钧 **西征纪程**
王咏霓 **道西斋日记**
张元济 **环游谈荟**
余思诒 **楼船日记**
缪祐孙 **俄游汇编**
张德彝 **五述奇**
＊ 傅云龙 **游历日本图经馀记**
傅云龙 **游历美加等国图经馀记**
洪　勋 **游历闻见录**
崔国因 **出使美日秘国日记**
＊ 薛福成 **出使英法义比四国日记**
＊ 薛福成 **出使日记续刻**
陈道华 **日京竹枝词**

* 严　修 **东游日记**
* 姚鹏图 **扶桑百八吟**
* 凤　凌 **游馀仅志**
* * 黄庆澄 **东游日记**
* 吴宗濂 **随轺笔记**
* 宋育仁 **泰西各国采风记**
* 王之春 **使俄草**
* 伍廷芳 **美国视察记**
* * 蔡尔康等 **李鸿章历聘欧美记**
* 张德彝 **六述奇**
* 刘学询 **考察商务日记**
* 黄　璟 **考察农务日记**
* 罗振玉 **扶桑两月记**
* 罗振玉 **扶桑再游记**
* 丁鸿臣 **东瀛阅操日记**
* 沈翊清 **东游日记**
* * 梁启超 **新大陆游记**
* 张德彝 **八述奇**
* 载　振 **英轺日记**
* 吴汝纶 **东游丛录**
* 双　寿 **东瀛小识**
* 缪荃孙 **日游汇编**
* 周学熙 **东游日记**
* * 单士厘 **癸卯旅行记**
* 凌文渊 **籥盦东游日记**
* 张　謇 **癸卯东游日记**
* 蒋　煦 **西游日记**
* 王景禧 **日游笔记**
* 陈　琪 **环游日记**
* * 康有为 **意大利游记**
* 康有为 **德意志等国游记**
* 康有为 **英国游记**
* * 康有为 **法兰西游记**
* 韩国钧 **实业界之九十日**
* 李濬之 **东隅琐记**
* 盛宣怀 **愚斋东游日记**
* * 戴鸿慈 **出使九国日记**
* 金　鼎 **随同考察政治笔记**
* * 载　泽 **考察政治日记**
* 程　淯 **丙午日本游记**
* 康有为 **西班牙等国游记**
* 杨泰阶 **东游日记**
* 文　恺 **东游日记**
* 左湘钟 **东游日记**
* 吕珮芬 **东瀛参观学校记**
* * 林汝耀 **苏格兰游学指南**
* * 单士厘 **归潜记**
* 金绍城 **十八国游记**
* 附 艾儒略 **职方外纪**
* 附 南怀仁 **坤舆图说**
* 附 丁韪良 **西学考略**
* 附 艾约瑟 **西学启蒙**

图书在版编目(CIP)数据

十八国游记/(清)金绍城著.—长沙:岳麓书社,2016.12(2022.6重印)
(走向世界丛书/钟叔河主编)
ISBN 978-7-5538-0680-8

Ⅰ.①十… Ⅱ.①金… Ⅲ.①游记—作品集—中国—清代
Ⅳ.①I264.9

中国版本图书馆CIP数据核字(2016)第234533号

SHIBAGUO YOUJI
十八国游记
作　　者:金绍城
校 点 者:鄢　琨
责任编辑:鄢　蕾
责任校对:舒　舍
封面设计:吴颖辉　贺红梅

岳麓书社出版发行
地址:湖南省长沙市爱民路47号
直销电话:0731-88804152　0731-88885616
邮编:410006

版次:2016年12月第1版
印次:2022年6月第2次印刷
开本:890mm×1240mm　1/32
印张:6.625
字数:148千字
ISBN 978-7-5538-0680-8
定价:35.00元

承印:北京虎彩文化传播有限公司

如有印装质量问题,请与本社印务部联系
电话:0731-88884129

国家出版基金项目
NATIONAL PUBLICATION FOUNDATION
十二五国家重点出版物出版规划项目

走向世界丛书

主编　钟叔河　曾德明　杨云辉

FROM EAST TO WEST

凤凌游馀仅志

杨向群　校点

岳麓書社·长沙

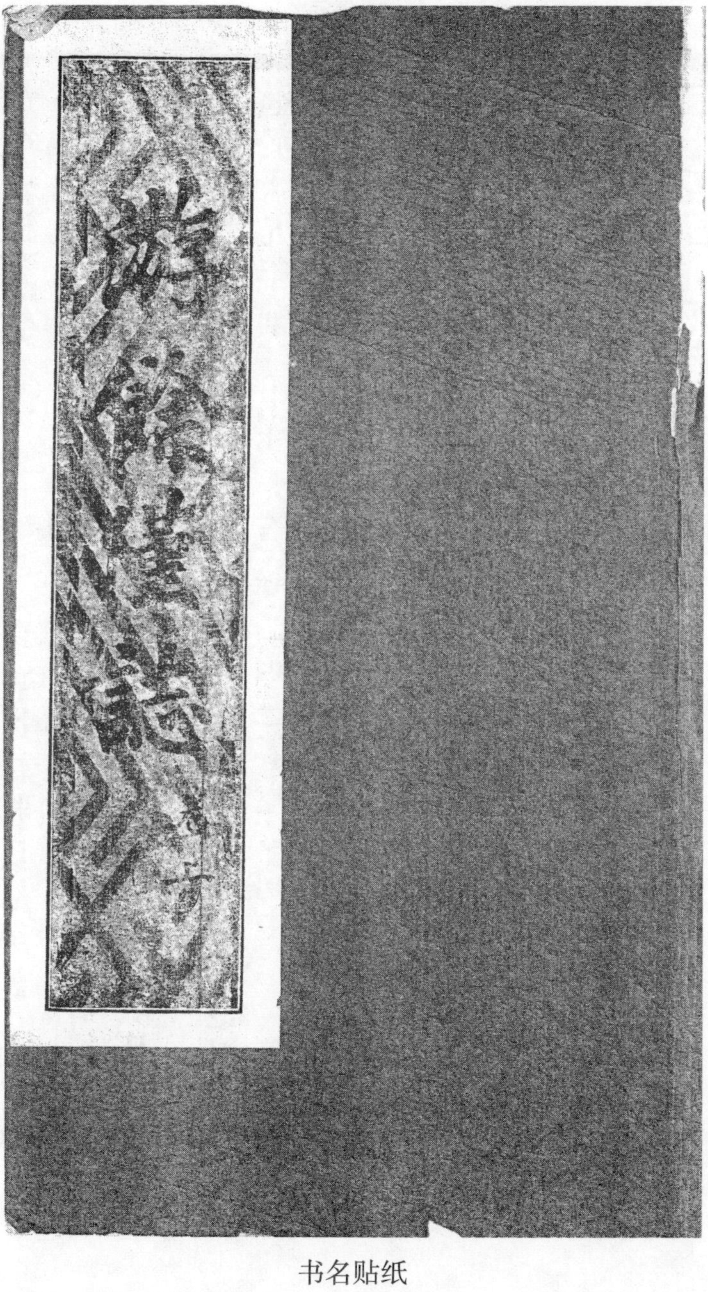

书名贴纸

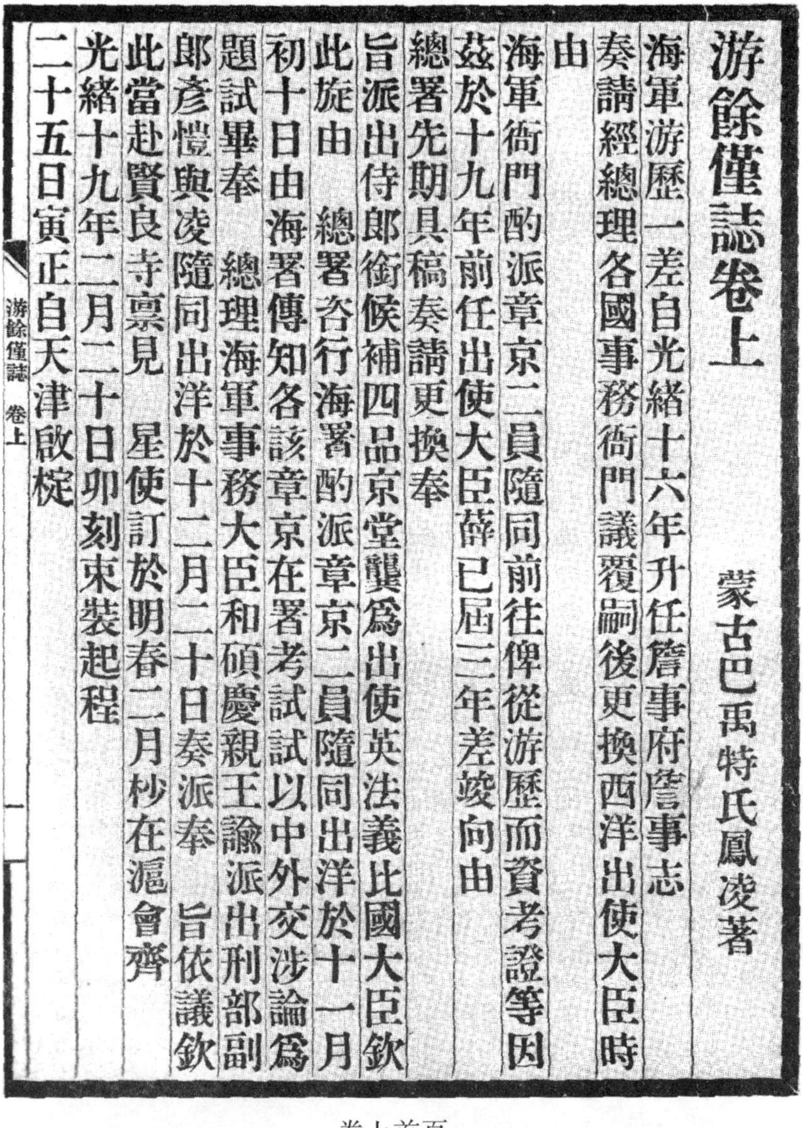

游餘僅誌卷上　　蒙古巴禹特氏鳳淩著

海軍游歷一差自光緒十六年升任詹事府詹事志

奏請經總理各國事務衙門議覆嗣後更換西洋出使大臣時

由

海軍衙門酌派章京二員隨同前往俾從游歷而資考證等因

茲於十九年前任出使大臣薛已屆三年差竣向由

總署先期具稿奏請更換奉

旨派出侍郎銜候補四品京堂龔爲出使英法義比國大臣欽

此旋由　總署咨行海署酌派章京二員隨同出洋於十一月

初十日由海署傳知各該章京在署考試試以中外交涉論爲

題試畢奉　總理海軍事務大臣和碩慶親王諭派出刑部副

郎彥愷與淩隨同出洋於十二月二十日奏派奉　旨依議欽

此當赴賢良寺稟見　星使訂於明春二月杪在滬會齊

光緒十九年二月二十日卯刻束裝起程

二十五日寅正自天津啟椗

游餘僅誌　卷上　一

卷上首页

凤凌像

凤凌光绪丙申（1896）摄于伦敦

风凌与外国友人合影

1896年凤凌（左二）与吴宗濂及外国友人合影

本册总目□

□

凤凌游馀仅志

丛书新序

钟叔河

二〇一三年十月

“走向世界丛书”一百种，只收晚清时期 from east to west（从东方到西方）的记述，这并不等于说，只有十九世纪末二十世纪初的中国人，才需要面对走向世界的问题。

纵观人类历史，走向世界决不是什么地区性和阶段性的活动，而是不断出现在全人类发展进步过程中并与之同步的历史现象。一百万年前，人类开始从非洲进入亚洲和欧洲，一万年前，又从亚洲进入北美洲和大洋洲，就是在不断地走向世界。

从有史以来的文献、文物看，三千多年前的《奥德赛》和《出埃及记》，说的是古希腊人和以色列人走向世界——走向地中海和巴勒斯坦。两千多年前的《史记》和《汉书》，写了张骞和后来汉朝“益发使”走向世界——曾走到罗马在西亚的边陲。一千三百年前的《大秦景教流行中国碑》、七百年前的《马可·波罗游记》和四百年前的《利玛窦中国札记》，记下了阿罗本、马可·波罗、利玛窦的 from west to east，这和 from east to west 一样，都是在走向世界。

人类曾因地理、种族、制度、意识形态等原因而互相分离，甚至隔绝。夜郎国的君长初见汉使时问：“汉孰与我大?”当是时，夜郎的世界僻处黔西，其“大”可知；连夜郎都未入版图，则汉之“大”亦远不如今之中国。但人为万物之灵，为了求生存谋发展，总不能老守着自己的一亩三分地，总会要想方设法走向世界——走向更广阔的外部世界。于是，汉要“通西南夷”，要前往原来“道险终不能有”的夜郎；夜郎要问“汉孰与我大”，要想改变原来“不知汉广大”的状况。由互相隔绝变而互相接近，互求了解，这就是走向世界。

走向世界，无论是自己走出去还是让别人走进来（总比让别人杀进来好），无论是主动的还是被动的，从总的历史进程看，用大的历史眼光看，都有利于发展，都是一种进步。对汉朝来说是如此，对夜郎来说亦是如此。两千年前是如此，两千年后亦是如此。上世纪七十年代末开始编辑出版“走向世界丛书”时是如此，如今来继续编辑出版这部丛书时亦是如此。

今天的中国已不再是七十年代的中国，虽然仍称发展中国家，经济总量却早已“超英”，正在“赶美”，但走向世界的路还“漫漫其修远”。时至现代，走向世界当然是要走向现代化的世界，也就是要高度现代化，全盘现代化。“四个现代化”的“四个”——工业、农业、科技和国防，已经“化”出了很大的成绩，而我们的管理现代化，我们的服务现代化，我们的制度现代化……要走的路的确还很长。

现代人走向世界，首先要使自己成为能接受全球文明，有世界知识，有世界眼光，有世界理想的人。“走向世界丛书”杰出的作者，如郭嵩焘、黄遵宪……又如邹代钧、金绍城……他们看到的新技术还是德律风（送话器和最早的手摇电话机）、火轮车（蒸汽机车）……我们如今却已经用上了智能手机、坐上了波音飞机……但在思想层面上，我（不敢称我们）反省自己的世界眼光和世界理想，甚至在世界知识的某些方面，比起一个多世纪以前的郭、黄他们来，差距实在还不小。在这方面，也就是人的现代化这方面，要走的路就更“漫漫其修远”了。

五年前北京奥运会的成功举世公认，它已经成为中国走向世界的一大标志。它的口号：

ONE WORLD，ONE DREAM

“同一个世界，同一个梦想”，这也应该是现代人走向世界的志向和目的，是我们继续编辑出版“走向世界丛书”的志向和目的。

丛书原序

钟叔河

一九八〇年七月

人们常说，今日之世界，乃是一个“迅速缩小的世界”（rapidly shrinking world）。在电视卫星、激光通信和喷气式客机的时代，地球之上各地之间的距离，确实好像越来越短，人们相互间的接触和交流，也越来越方便和密切了。

可是，仅仅在几代人以前，异国还显得那样的离奇和遥远。古代欧洲人说，中国人用小米和青芦喂一种类似蜘蛛的昆虫，喂到第五年虫肚子胀裂开，就从里面取出丝来（Pausanias《希腊纪事》）。古代中国人则曾经相信，西方有种羊羔是从泥土里生长出来的，脐带还连着大地（《旧唐书·西戎传》、《渊鉴类函·边塞部九》）。这类海外奇谈，今天听起来简直不可思议，而在过去上千年中，却一直被当作可信的资料，记载在欧洲和中国的史书上。由此可见，人类文明的发展，经历了一条何等漫长曲折的道路。

为了探索和开辟外部世界，丰富自己的物质和精神生活，各国人民都作过许多贡献。人类文明史像叙说伟大的发明家和著作家一样，将永远铭记着张骞、玄奘、马可·波罗、哥伦布等不朽的名字。我们甚至可以这样说：一个民族从中世纪到现代的历史，也就是它打开眼界和走向世界的历史。

历史的发展从来是不平衡的。当黄河、长江已经哺育出精美辉煌的古代文化时，泰晤士、莱茵和密西西比河上的居民，还在阴暗的原始森林里徘徊。而自从地理大发现和产业革命以来，中国却相对地落后了。在西方实现资本主义的现代化以后，中国还是一个基本上同外界隔绝的古老国家。是鸦片战争打开了中国的大门，也打开了中国人的眼睛。人们称林则徐和魏源为清代最早“开眼看世界”的人，因为西方的坚船利炮打到中国来时，他们首当其冲，亲身感到这个世界在缩小，距离和壁垒再也不能将异国隔离开了。

过去时代的中国读书人，在“严夷夏之大防”的社会里度过了上千年。封闭的外壳被打破后怎么办？守旧派的办法是把脑袋钻进沙子里学鸵鸟，像慈禧太后的大学士徐桐，见到洋人就以扇遮面。就是这个徐桐，在庚子年间焚香叩请骊山老母下凡来“杀尽洋人”，结果骊山老母没有下凡，他自己的老命却白白送掉了。而林则徐和魏源则不同，提出要“师夷长技以制夷”，主张学习外国的长处，以对付外国的侵略。要学习，先得了解，于是林则徐编了《四洲志》，魏源编了《海国图志》。虽然他们未能亲身出国去考察，书的材料靠间接采辑而来，难免有许多谬误，但无论如何，地里长羊羔之类的神话毕竟不得不逐步让位给常识了。

林、魏之后，中国才开始有读书人走出国门，到欧美日本去学习、访问和工作。容闳、王韬、郭嵩焘、黄遵宪和严复等人，要算是最早的。接着出国的人渐渐多了起来，尽管其中不少是奉派而去的政府官员，但既然去了，就不会不接触近代—现代的科学文化和政治思想，也就不可能不在中国发生影响。

“走向世界丛书”专收一九一一年前国人亲历

欧美和日本的记述。自从一八四〇年鸦片战争失败那时起，先进的中国人，经过千辛万苦，向西方国家寻找真理。应该说康有为和在他之前的郭嵩焘、王韬、容闳等人，的确代表了近代中国向西方寻找真理的一派人物。当然，丛书所收的，也并不全属先进的人物的作品；但总而言之这些都是中国人从东方走向西方的实录，自有其文化的意义和历史的价值。

必须指出的是：从鸦片战争到五四运动这一历史时期中，西方国家虽在许多方面比中国先进，值得中国人学习，但国家利己主义的本质，却总是要压迫剥削比他们落后的民族的。中国人走向世界、接触西方，既有一个学习外国长处的问题，又有一个抵抗外国侵略的问题，盲目排外和盲目崇外都是错误的。对于某些作品中不免流露的这类观点，我们将在为各书撰写的叙论中，适当地作些分析，供读者参考。

“洋为中用”是我们今天的主张，也是十九世纪先进的中国人的主张。“师夷长技以制夷”，不就是“洋为中用”吗？当然，随着接触和认识的逐步深入，人们慢慢地看出：仅仅学一点“长技”，搞一点坚船利炮，还是不行的；要救国，只有维新，维新行不通，就只有革命。伟大的革命先行者孙中山，用他自己的话来说，也是在一八七八年出国以后，“始见轮舟之奇、沧海之阔，自是有慕西学之心，穷天地之想”，才树立了推翻清朝建立民国的大志和信心。历史无情亦有情，后人的思想和事业肯定要超越前人，但前人的足迹总可以留作后人借鉴，先行者总是值得纪念的。

今天的世界已不是十九世纪的世界，今天的中国更不是清朝末年的中国。今日之中国，已经逐渐以现代的面貌，出现在世界的东方。但是，世界的进步越来越快，中国的经济和文化等许多方面还需要不断地发展和提高；这就必需继续打开眼界、走向世界。打开眼界以后，还要学会分析，分清好的和坏的。一切好的东西，要拿来为我所用；一切有害的东西，要实行抵制和预防。在这方面，前人的经验和教训，有一些也仍然值得我们注意。

谨将这套丛书奉献给爱好历史和文化、关心中国和世界的读者，希望它能在中国现代化的过程中，起到一点微薄的作用，是为序。

丛书凡例□

一、"走向世界丛书"一九八六年前已刊三十五种，二〇一五年起仍按原定一百种的计划继续刊行，仍然专收现代以前用文言写作的国人考察西方（含开国后的日本）的记述，仍以亲身经历、直接闻见者为限。

二、丛书按作者出国年月排列次序，尽量单行，即以一种为一册；字数过少无法单行者，才以两种或数种合订成册。合订本尽可能以类相从，按第一种出国年月排序；其各种均在封面列出书名，书脊则只列出第一种书名，并在其下注明"等几种"。

三、每种（册）书前，均由编校者撰写导言（叙论），介绍作者有关背景和书中重要内容，酌加评论分析，以供读者参考。

四、丛书均经编校者校订，标点分段，并加边批。边批的内容主要包括三个方面，兹以《随使德国记》为例，举示如下：

1. 标题、提要和说明，如“星使由苏州来”、“普鲁士分一十二省”、“演八十日环游地球的故事”、“如夫人即赛金花”、“‘人工’今皆称工人”。

2. 书中较重要的译名（加括弧注出原文或今译），如“德璀琳（Detring）”、“毕驷马（俾斯麦）”、“布莱门（不来梅）”、“德利风（电话）”。

3. 原文的订正和存疑，如“‘公司船’原无船字”、“‘骁勇’原作‘骑勇’”、“‘薛福成’成字原作辰”、“奥京立斯本应是维也纳”。

五、每种书后，均附人名索引，人名依首字笔画和一丨丿丶乚排列，按年、月、日三节数字查检（正文单页码下均有年、月、日三节数字备查）。如德璀琳之“德”字为十五画，于索引

“十五画”内检得其名下首列“13，8，17”，查正文“13，8，17”在P.3下，即可在P.3上找到（光绪十三年八月）十七日“乘肩舆往拜税务司德璀琳”的记载。

六、每种书后，一般附有译名简释（今昔译名对照，必要时并加说明），亦依首字笔画和一丨丿丶乚排列。如“卜兰墩浦 Brandenburg，勃兰登堡”，又如“勺勾腊 chocolate，巧克力”。

七、人名索引和译名简释的条目，并不限于边批中所举者；边批中所举者，则必皆收入索引和简释。

八、人名索引按年、月、日三节数字查检，其原书不著年、月、日者，则按篇章序号或页码查检。

九、原文因排印（抄写）而出现的明显的文字错误径予改正，不在边批中注出。

十、原文中同一外国地名而作者译法多样，

如缪祐孙《俄游汇编》中“彼得堡”就有“比得堡”“彼德堡”等异文，“莫斯科”也是如此。此种情形，无碍阅读，故一仍其旧，不作统一。

十一、原文中之统计数字均一仍其旧。少量表格中之统计数字，为方便读者阅读，改为阿拉伯数字。个别已经失去时效、并无参考价值的资料，则在说明情况后予以删去。

（十二）丛书均以简体汉字印行；除总序、凡例外，编校者所作导言（叙论）、边批、索引中涉及的数字均按现行规定采用阿拉伯数字。

叙论：甲午战争前后游欧的深观细察

杨向群 宋德华

对于近代中国人来说，1894 年（光绪二十年，农历甲午）具有转折性的意义。此年与日本一战，清朝惨败，不仅宣告了洋务运动的“破产”，而且给尚弥漫于国人脑中的自大无知、因循守旧、苟且偷安等痼习以沉重一击。照梁启超的说法，就是此前中国人还在“鼾睡”，此时才真正被“唤醒”。(《戊戌政变记》第一篇《改革实情》、附录一《改革起原》)

“睡”与“醒”的比喻非常形象贴切，它将国人由懵懂愚顽到明白自觉的转变，形容得恰到好处。当然，自鸦片战争之后，中国就一直有人在“醒”，“醒”的范围也逐渐扩大，程度不断加强，在“睡”与“醒”之间，并无铁定的界限和绝对的标准。不过，无论如何，甲午前后数年，都是国人转变最为显著的一个阶段。其标志性的史实，有郑观应撰写《盛世危言》，康有为发动“公车上书”，孙中山成立兴中会等等，从不同侧面印证着国人思想的跃进，表明了新一轮变革的即将到来。

这样的历史变化，在国人走向世界的历程中，也有十分清晰的反映。甚至可以说，由于处于开放的最前沿，那些直接与西方相接的中国游历者们，对外部世界的体验和认知，特别是对中国应怎样向西方学习，还更多他人所不及的独到之处。1893—1897 年（光绪十九年至二十三年），一位名叫凤凌的清朝官员，奉命游历欧洲，写了《游馀仅志》一书，就是一份领变化之先、显变化之深的珍贵记录。

专职游历

清朝最早派官员出洋游历，是在 1866 年（同治五年）。之所以有此破冰之举，是因为自 1858 年（咸丰八年）《天津条约》定下外国公使可驻华的规矩后，各国使节迅即联袂而至，再次抢占“知己知彼”的先机，给朝廷造成了极大的压力。在遣使仍顾虑重重，而自闭又绝无可能的窘况下，为了探路，朝廷小心翼翼地派出斌椿带着三名同文馆学生，先对欧洲作了一次观光性的旅游。

过了两年，彼明我暗、彼通我塞的情形更加严重，朝廷不得不下决心遣使出国。可惜的是，中国近代第一个正式的外交使团，却由一位外国人率领，人称“蒲安臣使团”(蒲为前美国驻华公使)。尽管开了遣使的先河，也不无有益的作用，但毕竟局限性很大。直到 1875 年(光绪元年)，清朝痛定思痛，才终于钦点郭嵩焘作为首任驻英公使，与各国互派外交使节从此成为常态。

1887 年(光绪十三年)，为了更多地了解世界，清政府首次通过考试，从六部保送的官员中，选取 12 名任海外游历使，派往 20 多个国家，进行为期两年的游历考察。1890 年(光绪十六年)，根据詹事府官员奏请，朝廷同意海军衙门也选派两名章京，专任海军游历之差，随下届出使大臣一道出洋。为此，海署特地于 1893 年底组织了一场考试，以《中外交涉论》作为考题，结果有两人脱颖而出，凤凌就是其中之一(另一名是“刑部副郎”彦恺)。

凤凌，字瑞臣，蒙古族人。考中“游历”时，任兵部笔帖式，是一名低级的文职官员。1897 年游历差满后，又于 1899—1902 年(光绪二十五年至二十八年)被派充驻法使馆三等参赞，经保奏加二品衔。次年，由吏部派往湖北任道员一职。由此升迁，可见朝廷当初确实选对了人才。在他人所作书序中，凤凌被称为“观察”(“道员”的尊称)，也因此而来。

凤凌所跟随的“星使”，为出使英、法、意、比四国大臣龚照瑗，其前任则是著名的早期维新思想家薛福成。游历期间，凤凌坚持写日记，《游馀仅志》就是其中内容的选录。入选日记的年份，书中标出了三个：“卷上”的

"光绪十九年"即1893年，"卷下"的"光绪二十年"即1894年和"光绪二十一年"即1895年。所有的月和日，都系于这三年之下。该书由作者手订，游历时间也不算长，按理说年份不应有误。可是，仔细核查，三个年份中两个都有问题，另一个则排错了顺序。

先看1893年。据书中所言，在确定游历人员之前，凤凌参加选拔考试的时间为"十一月初十日"，而考毕由海署上奏报批的时间为"十二月二十日"。由上下文判断，这明显是在1893年。奉旨后，作者"禀见星使，订于明春二月杪在沪会齐"。这里的明年，就应该已是1894年。因此，书中所记"光绪十九年二月二十日……束装启程"、"二十八日……至上海"，四月"十三日……行抵马赛"、"十六日……至巴黎里昂车站"等，年份都应为"光绪二十年"。

龚照瑗出使，是为了接替任职期满的薛福成。两人的交接，后者在《出使英法义比四国日记》"光绪二十年甲午"之下，有这样数条记载：二月十二日，抄录总署寄到英国的辞行国书，主要内容是通告薛"出使任满，特召回国"，并已另派龚前往接手，其落款为"光绪十九年十一月十五日"；二月二十七日，知新任龚星使因事"不能早来"；四月二十三日补记，闻龚星使将到，即派人迎于马赛，"余于十五日晨搬至大客店中，十六日晨复赴使馆。待至巳刻，仰使（按龚照瑗字仰蘧）率参赞随员等到馆"，顺利交割。"四月十六日"龚星使到达使馆这个日子，与《游馀仅志》的记载完全吻合。

再看1894年。非常清楚的是，既然卷上所记应归于1894年，那么卷下之事，肯定就在别的年份。但究竟是在哪一年呢？检索书中所记该年时事，其中有两件最为出名，作者的相关记录也最多。一是李鸿章的欧美之行，先是贺俄皇加冕，接着是由俄至德、法、英、美等国进行访问（见正月初五日，四月二十六日，五月初四、十六日，六月二十三、二十五、二十六、二十九日，七月初二、初五、初六、初七、初八、二十、二十三日，八月初一日等所记）；二是孙中山在伦敦被清使馆诱捕（见九月初五日、十八日、十九日、二十日，十月初二日，十二月二十九日等所记）。这两件事，为治史者所熟知，皆发生于1896年。（参见郭廷以编著《近代中国史事日志》下，第六段1896—1905）也就是说，书中所标示的1894年，实际上应为1896年。

至于1895年，年份未错（此年中，记载了“闰五月”的活动，这几年只有该年才有闰月），但却排在了1896年之后，颠倒了前后顺序。

由上可知，《游馀仅志》所选录的日记，应分别为1894年、1895年和1896年。其中，1894年起自“二月二十日”，迄至“十二月二十三日”，共选132天的日记；1895年起自“正月初一日”，迄至“十二月二十五日”，共选84天的日记；1896年起自“正月初一日”，迄至“十二月二十九日”，共选119天的日记。加起来，全书共选录了335天的日记。

“游历”之事，虽然听起来像旅游，实际上它是一项任务很重的专差，“游”得一点都不轻松。按照章程规定，“海军游历一差”有以下任务：

> 凡有关系武备之厂埠，游历之员皆应随时登记。且目睹与耳食不同，纵未能窥制造之精微，庶可得武备之大略。……谨将各该国照准应游之各海口、兵房、炮台、船澳，及各军火制造厂埠、水陆武备学堂，均经先后往游次第考察。当其时，则默记铅题；回署后，则逐事考求，详加绎述。于各要隘形胜、水陆军情、船炮制造，随所见闻，据实纂记游纪。体例虽各不同，游历各员，应抒所见。（凤凌：《四国游纪·序》）

与凤凌一道派出的彦恺，就因为感到“游历之差，如此苦累，殊难忍受”，而于到达欧洲不久，适逢“丁外艰”，请假百日，此后“不复来洋”。作者则谨遵章程，“……于游览之馀，即所目睹亲经，笔之于书。或当时探问，或事后追思，或系臆度，或据传闻，于游纪中自备一格。但期了然心目，亦不过蠡测管窥，聊具刍荛之一得耳”。（凤凌：《四国游纪·序》）他先是完全按规定写出了《四国游纪》，并于1902年付印。接着，深感意犹未尽，于是又继续撰成了《游馀仅志》。

该书稿编成后，凤凌曾于1904年（光绪三十年甲辰）春，托友“校雠”并“印刷数百部”。印出后，却发现原书名《游馀仅志》被改成了《游欧摘要录》。作者“以书已印成，无法改正，乃手写‘游馀仅志’四字，笺粘书面，遍赠知交，然心终未惬也”。到了1929年，凤凌之子为使该书继续流传，“兹就家藏原稿，重行付印”，同时也恢复了本来的书名。

凤凌不愿更换书名，是有道理的。“仅志”二字，虽不是一个固定的词语，却有其内在的要义。韩愈在《感二鸟赋》中写道：“其行己不敢有愧于道，其闲居思念前古当今之故，亦仅志其一二大者焉。”作者命名，很可能取自于此。大致说来，“游馀仅志”的意思，就是游欧之后，经过深思熟虑，只挑选一些最紧要的东西来记叙。相比于“游欧摘要”主要表示删繁就简，前者显然要意味深长得多。

这种意味深长，体现在书中的很多地方，尤以对欧洲制造、制度、文化、社会等方面深入细致的观察为代表。在甲午战争清朝一败涂地、《马关条约》带来奇耻大辱的背景（尽管书中几乎闭口不谈）之下，作者的观察和思考不仅具有鲜明的针对性，而且在很大程度上成了国人新觉醒的先声。

制造的新奇

作为海军派出的专职游历，考察军事尤其是海军建设，无疑是最重要的使命。其中制造一业，直接制约着军备发展的规模和水平，堪称重中之重。游历期间，凤凌专程参观了很多枪炮厂和船厂，将了解欧洲军事制造业的最新情况，作为首要的职责。

自鸦片战争以来，国人对西方船坚炮利的高度关注，一直没有中断。从一味惊叹其威力无比，到不惜重金购买和仿造，再到学会在实战中使用，中国逐渐拉近着与外国先进军事工业的距离。然而，绝对的差距，仍然很大。到甲午年为止，清朝搞了数十年的军事工业，还是显得那么没有底气和难以与人抗衡。个中原因为何，欧洲制造有何长盛不衰的密钥，这是凤凌在游历中，试图解答的一个关键问题。

用心考察之后，他给出的答案其实很简单，就是西人始终能坚持在"新奇"二字上大做文章。书中举出了不少具体的例子，如法国，正在突发奇想地"实验"潜水艇：

> 法国制造愈奇。闻新造电气一船，能于水底行八点钟。船内置水雷、电炮，舱内只容四人。船面制有水镜，能于水中遥望，如遇敌船，对准发炮，可击破敌船之底，使之沉没。此船发炮后，即避于远处观望。今已试验矣。

如英国，其著名的马克心罗登飞炮厂，革新旧炮，造出了当下最先进的"枪式百子炮"：

> 马克心专造枪式百子炮……每分钟时能发五百弹。……一按机关，弹若骤雨。……一按一起，弹即脱手而出。按而不动，则声若连环，弹尽而止。凌连试二炮皆然，洵当行出色。有是项大号之炮，制式相同，一带不过二三十弹，且体重而笨。惟小式者捷，而尽一炮可抵百枪。故近今机器快炮，咸推马克心为最。

如比利时，兵工厂中多有新炮新枪：

（官炮厂）厂不甚巨，而制造规模，迥非各商厂所及。……厂中新旧炮式，种类颇繁。又有试炮机器，凡各商厂造炮，皆来是厂试验，方保无虞。观新枪厂，枪发五响，极其灵捷。火门机器，分计五块，枪式类毛瑟，谓之比利时新枪。

如意大利，独出心裁，将铁甲船与快船的长处合二而一：

往游昂萨度船厂……所造两腰护甲穹面快船，卓尔不群。缘他国所制之快船，但于各船要害处有护甲，两翼独无。取其轻灵，以便探信，截夺商船，可与铁甲相辅而行。然遇战事，触弹即伤，非有铁甲，难济成功。昂萨度所造快船，可以权作铁甲，亦可作侦探信息之用。

对欧洲各国军事制造的争新斗奇，凤凌作了这样的总结和描述：

西国制造军械，翻新出奇，变而加厉，要以快便致远为利。……自德之克虏伯后膛巨炮一出，各国皆用其式，变法仿造，旧式之炮，皆弃弗用。机器快炮，近今皆用马克辛所制之式，若霍司盖司及梅花式炮，亦既相形见绌。至于军枪，则一国有一国所秘制。如法之勒培尔，英之离司配得，商厂概不得仿造。如准商厂兼造，则国家当更有新出秘制之式。

又说：

西国兵商各船，皆以行率之速争胜。如法新制一船驶行海面，必探英国最速之船在某埠何时起，则新船亦即驶行，以海程远近时候迟速计之。孰先孰后，比较可知。倘法船胜于英船，英必设法更造一船，以开其先。是以船日行而日速，器日变而日精，而终无止境也。

这种唯恐落后，不断“变法”，使新奇“终无止境”的精神，正是西方制造得以充满活力、日新月异的精髓所在。

追求新奇，何以能在西方国家大行其道呢？作者对此未作专门的探讨，但也不是没有自己的思考。

在会见比利时王太子阿拉伯之时，凤凌记下了该王子对世界局势及本国方略所说的一段话：

> 今地球诸国，竞尚富强。本国创建维新，诸友邦同心践约，不相侵扰。现虽相安已久，而于武备、制造、商务诸大政，不敢稍有懈弛。在我国无所贪求，倘彼借端寻衅，虽有约章，亦不足恃。惟日事励精求治，以期自保无虞耳。

全球无时不在竞争，“约章”不能确保国家安全，只有居安思危、“日事励精求治”，才是根本之策，——这种清醒的认识，何尝不也是作者得出的结论。

在另一段日记中，凤凌谈到了“专利”对制造创新的保证作用：

> 西国制造之盛，非必皆官厂所出。如造一炮，官厂之炮不及商厂，则必购于商厂。但用自造之机簧，概不得仿造商厂之式，以夺权利。若官厂自出新奇利器，禁止极严，商厂更无从仿制。制造兵船亦然。倘商民自出新奇制造，必预报国家验试，给与凭证，利则专归一人，无他厂能夺其利。

无论官商，皆享有专利制度所保障的权利，创新自然就有内在的动力。反观清朝办洋务制造的官办、官督商办和商办三种模式，核心还是以官权、官利和长官意志为本，“商厂”和“商民”处处受官操控，要想创新，实在不易。对此，作者虽未明言，其用意不难想见。

由于可获“专利”，求“富贵”因而也成了创新的重要推手：

> 英盛称近有本国武员，自出心裁，秘制机器一炮。其灵捷及远，尤属神奇。一二年间，当即出世。此炮一出，而马克心炮当作废铁矣。查西国讲求制造，苟能出奇制胜，可致无穷之富贵，是以人人思奋，愈出愈奇。

不以言利为讳，反而正大光明地用创造力使自己“富贵”起来，这正是一种现代的价值取向。作者称之为“人人思奋，愈出愈奇”，显然给予了正面的、充分的肯定。

通过对欧洲军事制造业以“新奇”为本的考察，凤凌清楚看出了清朝“与西国竞言武备”的一个要害性的弊病，这就是“船炮器械，不过步其后尘”。针对此弊，他提出了“务使一切军火，独得其奇，胜彼一着，乃可言战也”的主张。这一主张，要求极高，充满理想，与其说是对当时人的规劝，不如视为给后来者的忠告。

优良的制度

不论军事制造本身如何重要，它都并不是西方富强的根本，学西方不能停留于仅学其“器物”，还要学别的更深层的东西，——这种看法，在甲午年前后，已成为先进中国人的共识。凤凌在《游馀仅志》一书中，与此共识完全合拍，其最显著的表现，就是于制造之外，还非常注重考察“制度”。

作者所记叙的制度，涉及面相当广泛。其中有几项制度，长处更为明显，现实针对性也更强，书中给予了更多的关注。

（一）官制。该制内容丰富，书中多处记载，皆以此为题。如言官员的设置和俸禄：

> 闻泰西各国官制简而受禄丰，办公皆实任。人员候补、候选，各有本任原官，如在任、候升之例。致仕逾岁之员，给食半俸，仍听自谋生计。马克心厂司事塞门，前在兵船三十馀年，官如千总，今充是厂总办，除食半俸外，国家每日尚给三先令云。

“简”的反面为“繁”，“丰”的对应为“薄”，此二者都是中国官制出了名的毛病。作者的靶向，可谓不言自明。关于“西国官禄之重”的详情，作者还特意讨教过西人：

> 彼谓禄分等级，足资养赡，毫无馀润。所办公务，皆分内应办之事。同属一官，更无肥瘠之分，亦无请托之例。至关税，随时增减，无所谓正额盈馀。此弊之所由鲜，国之所由富也。

将官员的薪水给够，同时用制度堵塞一切可能滋生贪腐的漏洞，此被作者认定为弊少而国富的一大缘由。又如，伦敦府尹（市长）的更替，从规则到仪式，都富有英国特色：

> (1895 年) 西历十一月九号，伦敦更换府尹。每任一年卸事，由议院公举一人接任。然必品行端正，身家殷实。任此缺者，须赔数万英金，为英人极荣耀之官，总理伦敦大小商务。当上任时，君主执授印钥。其出宫乘六马官车，乐军引导，马步各军摆队向前，又有炮车、炮兵队护送……驰往

所经之路，各铺店皆悬旗结彩，晚则张灯。铺户楼房，租赁一空，观者塞途……

一年一换，议院公举，不赚“雪花银”而反赔“数万”金，以“荣耀”为至上，有盛大庄重、万民同贺的上任之礼……在在与清朝不同。再如，法国对官员的婚姻，也要进行监督：

法国有稽查订婚委员。凡文武官弁，及各制造官厂头目、注明官册之工匠，一体稽查。各员订婚之时，须呈实据，知其将娶之妻，所带嫁资，每年有若干存项利息。刻下，此例又推及制造军械厂中矣。

对官员的严格管理，由此可见一斑。

（二）币制。作者十分赞赏货币的统一，认为“钱法本流通于天下，讵有此用彼弃之理”，介绍“外国用金、银、铜三项，而无二制”，“西国钱制甚善，虽有银行、钱号，而银钞、钱票皆由国家制造。钱制一定，而号无关闭之患，银无成色折扣之亏”，明确主张中国应当仿行，并提出了具体办法：

中国但能仿行，非第利国便民，且不别生枝节，使民惶惑。然创办之始，当先购英国喜敦厂之印票造钱机器。分类铸成后，颁发上谕，布告天下，自此出款，概用新钱。更于京师设立银行，再于各行省建设分行，皆由总行分拨。然后收买民间整碎金银，按其分量，易换票钱。然尤必严定章程，倘敢偷造伪票私钱，杀无赦。

将此主张置于维新派的变法条陈之中，也一点都不逊色。

（三）关税稽查制。中外皆查关税，而欧洲特别严格，给作者留下深刻印象：

> 外国关税，稽查维严。凡行客于车站下车，所携衣箱皮包，皆经税局查验，一无偷漏。所设税局，为行人所必经，非贴验票，不得入关，故无一人幸免。倘有烟、酒、茶叶，一经查出，例应系狱一月，折罚英金七镑。私货入官，归局拍卖。

本来，使馆人员物品，按惯例可免关税，但也核查很严。凤凌本人就有这样一次遭遇："前由沪托寄水烟五斤，竟被扣留，非由星使函知外部，转致税关，不能领取。然尤须问明何物，分量若干，或包或匣，签写字样，大费周折。"相比之下，"若北京税关，但有货物签书洋字，或有洋人跟随，并不开箱查验，便即放行"。两种做派，反差立见。作者以为不妨也学一下外国的做法，"此亦整顿税课之一道"。

（四）巡捕制。欧洲社会治理，素以井然有序著称，作者将此归功于有一个好的巡捕制度：

> 外国居民，良莠不一。其所以鲜窃盗而寡词讼者，实缘法制之严，巡捕之善耳。如遗失财物于市，或遗失车上，拾者将物送至捕房，待人来取。倘逾限不来取，物归拾者领受。如隐匿不报，一经查出，罚款甚巨。灯火彻夜通明，巡捕分段稽查，立于街巷，无一时偷安。犯者无论何人，一体惩办。据理论断，更无袒护徇私之弊。

凤凌还作过一回现场体验，去逛"三先店"（店中货物一律只卖三先令）时，见"街有巡捕中立，以手指挥，前后无敢强进者，故无拥挤难行之弊"，并进一步记叙其制度说，“巡捕一项，乃由国家挑选，皆公正、廉能、强干之人充当。二十五年之后，至年逾六十五岁，查其本管地界相关无事，与以养赡，始准息肩。是以彼皆自爱，以望差满耳”。既有国家的高度重视，又有各种举措的全面配套，还有细密的实施规则，难怪巡捕制在作者眼中，显得如此完美无缺。无独有偶，有过出使欧美经历的黄遵宪，后来在湖南维新变法中推行最力的一项主张，就是设立由巡捕制转换而来的“保卫局”，可谓英雄所见略同吧。

（五）兵役制。此项制度，作者联系古今，认为古制已废，而今制远非昔日可比：

> 上古寓兵于农，其制久废。综观外洋，不但农可为兵，德、法诸国自总统世子，下及士农工商，无分贵贱，未冠者咸入学受业，岁及二十，悉令充兵。演习水陆各技，三年后出营，有事仍听调遣。每年分季操演二十八次，按册查点。除孤子及残疾外，无一人不充兵者。岁逾四旬，始免征调。

制度面前“无分贵贱”，这是一个很大的亮点。其思想光芒，在另外一些记述制度的文字中也灿然可见，如说：

> 西国向无买卖人口之例。虽极富贵，有仆无奴。自总统以至庶民，有妻无妾，无嫡庶之分。男女婚嫁，十五岁以内父母主之；年逾二十，男女同游，亲如密友，日久择其称意者，自相配偶，乃告父母。

又说：

> 官制尚简而无冗，法令从宽而无滥。势无分贵贱，刑无论贫富，有犯必惩，全无区别。至于情面关节，虽不敢信其必无，然未尝闻其显有所可恃者。

凤凌可能并不知道卢梭的“民约论”，也没有使用过“平等”这一类中国维新思想家谈论已多的词语，但他亲身见证了“平等”在欧洲的种种表现，着力加以介绍，与维新思想实无二致。

西方制度之所以优良，按照凤凌分析，也并非从来如此，而是不断“取新革故”的结果。他以英国为例评论道：

> 英国政治，虽有定章，然随时变通，而勿迂墨守。往往博采他邦，旁求异域，返观对照。凡有利己者，无不竭力仿行。即一切器物，因时制宜，取新革故。是以蒸蒸日上，为他国民所不敢觊觎。

那么，面对这些有着诸多优势的新制度，中国该如何应对呢？

凤凌非常谨慎，发表了两方面的想法。

一方面，像当时众多的“西学中源”论者一样，他也将中国古制说成是西制的源头：

> 各国制度新奇，实中国所流传散失也。即街道平坦，沟渠通利，人谓西人好洁，而不知王道荡平，十一月徒杠成，十二月舆梁成，何尝有异西国哉。至巡捕之设，中国亦有巡捕营；稽户口，则亦有乡、保、甲、看街等役。但西国丁口，皆有身票，英国虽无身税，而无一人不登官册者。

这段话虽言之凿凿，证据却并不可靠。即便《孟子·离娄下》中修“徒杠”“舆梁”二桥的设想、清代巡捕营的设置和历代对户口的稽查等与西制多少有所关联，也无法证明后者就是前者“流传散失”之物，更何况两者相比，差别实在太大。说到底，“散失”说是要避免从制度上学西方可能遇到的阻力，同时也安慰和保护华夏优越感失落后的脆弱心理。

另一方面，就是直面现实，从制度上进行“变通”：

> 法积久而日弊，不如稍微变通；政日弛而多难，尤必力加整顿。我国家忠厚开基，厚泽深仁，远迈千古，立法无不尽美尽善。无如时易势殊，今非昔比。

尽管变的幅度还很小，“稍微”而已，但变革势在必行，却已毫无疑问。

文化差异

在留心制度的同时，凤凌还敏锐注意到西方有许多与中国不同的文化现象，对其作了不少感受颇深的记录。

首先是宗教氛围的浓厚。其直接的观感，就是欧洲很多事情都与宗教有密切的关系。比如节日，西历二月二十六日有“茹素节”，“相传，昔耶稣于是夕同弟子十三人夜膳，翌日即被获，受刑死。凡遇此日，人皆食素，至复生之日，始复茹荤，故迄今西国尤以十三人同台饮宴为戒”，接着又有“俗称勒崩”的纪念日，“是夕为耶稣刑毙之期，俗称勒崩。居西国禁止宰杀，教门皆茹素。是可知西人之信耶稣，更甚于中国之信佛老”。又比如，西方人常去教堂听讲，其婚礼和葬礼也皆离不开教堂：

> （教堂）每礼拜日，马车络绎，女多男少，咸听讲经。有时支搭布帐，内铺红毡，乃为嫁娶。新人装服冠履，纯白无

杂色，与新郎偕进堂内，受教师训诫，同发誓愿，并领婚据。戚友咸临贺喜，无所馈送，亦不设筵。礼成，夫妇同乘一车，远游异方。归后，即与其父母分居。殡葬之礼，亦先后至教堂。……巴黎村巷，皆设教堂，虽贫家亦无不经教堂验视埋葬。

再比如，不少慈善活动都有教士参与：

法国教士与中国僧尼无异，皆衣黑色长服，胸前皆挂十字架。彼劝善，间亦足以济世者，如恤孤育婴各善举，及他国人流离本国者，助资送归，高出僧道上矣。

由此，作者得出一个总体的结论：

综览欧洲诸国，奉天主、耶稣、犹太等教不一，要皆一脉相传，同流合辙。是以国政风俗，罔弗大同小异。

以亲身见闻为基准，凤凌并没有觉得西方宗教有何不妥，反而看出它起了统一人们信仰，同化“国政风俗”，规范社会生活等多种重要作用，这无疑是一种非常务实和开明的文化态度。

其次是妇女的独立和对女性的尊重。在此方面，作者记叙了各式各样的事例。如妇女皆有自己的工作：

伦敦居民繁众，而男则无事耕稼，妇则不习女红。乡间之男女，均以工艺谋生……至茶社酒馆，以及各货店铺掌理，女居其半。盖西俗虽系夫妇，亦必各有养身之业。

女子从小就接受教育：

幼则读书习字，及笄，习演跳舞，抚琴歌唱，兼及格致算数之学，且有能通三四国语言者。贫家女子，幼亦读书，及长，入各厂作工，间过缝纫而已。

国家有专为妇女提供的工作岗位：

西国讲授诸技，各有学堂。学成，国家给予执照。如扶持病人者，谓之奴乌斯，皆妇女也。愿学者，先进医院，习技三年，方准出焉。富家染病，多延若辈服侍。

赛马还有妇女专场：

伦敦赛马会场，是日赛马特为妇女而设，所选之骑皆用牝马，每年一次。凡妇女欲往观者，莫不先期购票。男女有别，独赛马之一事然耳。

书中总结道：

或谓西俗文轻于武，女贵于男，此其显然者也。余尝默察其情，而知……妇女无所谓闺闱，但聪明有志者，皆得自主而有为。若仪节，则男后女先。初不外亲爱和顺之情，积久相沿，渐成风俗，孝悌贞节弗论也。

有了“自主而为”、“男后女先”，就不必再讲“孝悌贞节”，这很有点思想超前的味道。作者并未否定“孝悌贞节”，但显然已看出西俗比中俗有了很大变化和发展，对妇女也更为有益。他没有直接拿西方的“女贵于男”与中国的“男尊女卑”对比，大概是因为两者太过泾渭分明，担心把握不好褒贬的尺寸吧。

其三是“文轻于武”。书中将其归为另一大西俗，与“女贵于男”并列。作者解释说，此俗并非以“文”为轻，而是将“武”看得更重：

泰西各国非轻文重武，实由武亦可兼文。国人自幼先入学堂，但求文理通顺，即入武备学堂。法制人尽充兵三年，所学各技，经其国家考试，始能分职任官。若文员，为武员所役使，如行文写信之事。是以朝会燕享廷臣，武居其首，而文次之。至由兵而授官者，家虽清贫，官商争以女妻之。

又加以补充说："西人无不读书识字，惟国家不以文字取士耳。武先通文，无不笔墨精通。盖勇不在气力坚强刚劲，而在少壮体操。"对比清朝，科举主要以八股取士，失之"重武"，同时全国又文盲极多，也并不重文。作者特地点出的西俗，其针对性可谓非常鲜明。

上述之外，别有特色的文化现象还甚多。例如，鳏夫娶女仆，"按照册据所载，内有一事可谓闻所未闻。盖在伦敦鳏夫续娶，每百人中，有十二人娶其女仆者"；生育用男医，"西妇产育，多用男医待产，因其深明胎息，不致有伤元气，或遇逆行，无不速效"；报纸销路广，"外国新闻报馆，实一大生意。然非识字人多，报纸焉能广销？恒见茶园酒肆及乘车行客，无论男女贫富，每执报纸，以作消遣"；交谈的禁忌，"西人晤对，忌问年岁，妇人尤忌；且勿问其所生几子几女。倘偶问及，必为所笑，旁观者亦必掩口"，等等。

新鲜之物，纷至沓来。凤凌不仅自己大开眼界，通过其记叙传播，中国读者势必也会增长很多不一般的见识。

重民社会

在从"器物"层面不断深入到"制度"和"文化"层面的过程中，凤凌还一直思考着另一个更具根本性的问题，就是西方的国家与民众，究竟处于一种什么关系。

刚到欧洲不久，他就注意到西方国家的税收很重：“法都巴黎，税敛甚苛。凡城内居民丁口，皆有身税，否则逐出界外。如铺户、招牌、房产、车马、六畜，皆按年纳税，国家恒保护焉。”英国征税虽比俄、法稍宽，但“烟酒茶物以及玩好之物，税则加倍，关卡则稽查綦严，一无走漏”。照理讲，如此重税，必定使国与民关系非常紧张。然而奇怪的是，“政令虽苛，而民不怨”，不但不怨，反而“民心固结，无不以家为国，先公后私”。这种极为“反常”的现象，使见惯了官民对立的作者相当困惑，“初不知果操何术以臻此”。

通过潜心考察和思考，他终于有了自己的答案。书中这样写道：

> 余初涉外洋，默察西国政治，其赋重，其敛厚，而能使民乐从无违叛者，大率以民之财，利民之用，认真无弊而已。究其本源，只“足食、足兵、民信”六字。

这段话不长，却颇有见地。它表达了一个十分重要的观点，就是国家要想得到民众的拥护，一定要以民众为重，真正做到既取之于民，又用之于民，使民众吃得饱，有安全感，信任政府。若能如此，民众纵然税赋厚重，也会欣然相从。这种观念，正属于中国“古已有之”，而在清朝现实统治中却难觅踪迹的重民思想。

欧洲各国，何以使作者认定就是重民社会呢？这不是来自道听途说，而是源于其一系列亲身见闻的注重民生、为民造福的事例。这些事例，书中多以巴黎作为典型代表。在这座世界闻名的大都市中，有为民众优质生活提供强大保障的地下隧道：

> 闻巴黎城沟极长阔，通于海，内有小船，并有火车径行。幽暗旁有电灯、煤气灯，各项总机器管及自来水之铁梯。凡城内秽水，悉入此地道，流入于海。因是，路途干洁，无存积污秽水泥之处，故不闻腥臭之气。

有供市民休闲的国家公园：

> ……往游公家花园。因见街市凡有馀地，非植树即种草，草则浅翠成茵，入望匀齐，且有种成字形或作花果形。园中花类不一，人多莫辨，近而嗅之，无芬馥气。分设椅位，供人憩息。园乃国家所建，任人游玩。

有募集济孤资金的摇彩：

> 巴黎城内有济孤院。年终设立公会，会票十万张，每票价一方，集齐摇彩，以其半分作彩利，其半归济孤院，办理施济之用。实惠均沾，毫无中饱。不然虽有善士，不肯踊跃相助矣。

有便民使用的消防设施：

> 巴黎街市，闾巷迤逦，置有铁筒如柱。柱上有铁盘，上一小方亭，四面玻璃。倘某家不戒于火，即将亭面玻璃打碎，内有机器电线，直达水火公司，立备水龙机器、车辆，兵丁速至灌救。

有为民生利的利民局：

> 法国于一千八百九十四年，利民局收存民间节省积谷，共八百六十一兆方，存款者共四十八万馀户。局中将款转存生息，计年内各户利息共九十八兆方，已分别给领。查法国此项利民局，共五百四十四所，分局一千一百二十三所。

还有国家鼎力襄助的民俗节庆：

> 西历三月二十一日为洗衣公会，巴黎每年按期举行。会由该行会同国家办理，公举秀美男女二人作国君、君后，乘四马彩色花车，国家派马兵排队护送游街。后随各行彩车，如染房、靴店、帽店、银行、酒馆，各备新奇车式……每车后皆有马兵护送。游人皆买五色碎纸、五彩纸条，向彼抛掷。街市楼房，租赁一空。

在伦敦游历时，凤凌还记下了另外几项重民之举。一是想办法避免车声惊扰病人：

> 闲步街市，偶见一巷中甬道，平铺干草约厚半尺，长不及里。盖临街住户因有病人而设，以免车声辘辘，振耳惊心。西例如有病人恐惊，陈报捕房为之铺草，然所费不赀。倘无力者，声明捕房，当派巡捕立于门口，车行至此，不敢疾趋。

二是对民房安全的监理：

> 外国楼房，鲜有坍毁久不修理者，盖功令使然。如居家及铺户之房，皆有官税。如届三十年不自修理者，一经查出，勒令修筑。恐其坍而伤人，并及邻居。倘无力修筑者，无论官民，限日拍卖。

三是外宾访问及其接待费用皆公之于众：

> 当合肥相（李鸿章）之至，虽穷乡僻壤，无不知之。且于何时至何国并何日，皆书于报。相国行后，相国所备公馆，以及供应诸费，均登之报章，务使家喻户晓。盖以民财充公用，不得隐讳也。

以欧洲重民为镜鉴，作者对中国一些肤浅的“条陈时务者”提出了批评：

> 方今时事多艰，条陈时务者，不外开矿、造船、修路、

> 制器、练军诸大政，而不知讲官制、固民心为要务也。

并谆谆告诫国人：

> 方今海禁宏开，争尚西法。凡我华人，自强自奋，勿徒袭其外貌，务在识其大端，要在心存君国。凡一切苟且偷安、委靡、骄奢、迁就之习，力为挽回，富强其在是矣。

“讲官制、固民心”比洋务诸政更为重要，学西方要“识其大体”、“心存君国”并力除自身之弊，这就是凤凌欧洲之行所得出的最重要的结论。

这个结论置于当时洋务运动已败、维新变法方兴的历史时刻，算不上特别新颖和前卫。比起开设议院、使君民“权得其平”（郑观应《盛世危言·议院上》）的政治主张，“法者，天下之公器也；变者，天下之公理也。……大地既通，万国蒸蒸……变亦变，不变亦变”（梁启超《变法通议·论不变法之害》）的大声疾呼，“……今当以开创治天下，不当以守成治天下，当以列国并争治天下，不当以一统无为治天下。诚以积习既深，时势大异，非尽弃旧习，再立堂构，无以涤除旧弊，维新气象”（康有为《上清帝第四书》）的全新设想，凤凌的见解已显不出什么棱角。

不过，作为新一轮走向世界的使者，他一点也未落伍；其见识以大量欧洲国家的案例作为真凭实据，不仅显得尤为可信，而且对中国长远的变革来说，似更有难以替代的价值。

李鸿章与孙文

凤凌游历期间，欧洲一些重要时事，也会引起他的注意，顺便记录在案。其中，有两件事关系清朝大局，值得一提。

一件是李鸿章访问欧美。甲午战争之后，列强掀起了瓜分中国的狂潮。李鸿章的出访，在西方是为了攫取更多侵华权益，在清朝则做的还是“以夷制夷”的旧梦。对此次访问，书中选了16则日记，可谓相当关注。除了记叙各国盛情款待的一般情形外，凤凌还特别留意到这样几点。一是中俄密约的传闻：

> 西报恒论中国特派李相赴俄，贺加冕礼，乘此以与俄国商订秘约。

> 自中国特派傅相赴俄，他国每疑有密约。今洋员马格里情愿赴俄谒见中堂，其殆外部之所使欤？

二是英商更显殷勤：

> 西商之酬应，惟英人为善。迩因李相由法来英，各商家无不务筹款待之策。船厂则请看兵船下水，炮厂则请看演试新炮。虽素无交接之处，亦无不闻风附和者。

这两点都很有点意思，一言图谋签约，一言为了军火买卖，对俄人何以“款待华使，备极周致”，英人何以请吃酒席时非同寻常地大放烟火、亮出“恭祝福寿无疆”的“如斗大字”，作了一个明明白白的诠释。更有意思的是第三点，这是一则并不起眼的消息：

> 英公司轮船行至苏彝士河，递遭回禄（火灾）。幸距岸相近，驶行泊岸，因是客商无恙。是船载有李相木箱，内寿木一具。其箱已经保险，今遭火焚，该公司拟赔五百镑。

幸亏起火，令世人还知有“寿木”之事。李鸿章身为朝廷重臣，值甲午惨败之后，负力撑危局之责，除收受俄人贿赂之外，竟还有闲心置办棺材，不远万里，运回中国。清朝气数将近，此岂不是一个预兆？（当然，这也只是后人的感慨，与凤凌的记录并无多少直接的关系。）

另一件，就是清使馆诱捕孙文。作者对此事显然也颇感兴趣，从开始捕捉到最后释放，作了一个系列“报道”。10 月 11 日（九月初五日），被捕情形：

> 广东人孙文号逸仙，由美国潜至伦敦。日前赴使署访同乡，偶遇翻译邓廷铿，约翌午设餐相请。饭后，即托言登楼观望，因将孙禁锢，昼夜派人看守。孙自云陈姓载之，其号尚不讳言。且坦然入室，索纸笔作字于同党，令洋仆寄送，当赐英金十镑。仆知不妥，随呈马参赞。此即总署电饬各星使访拿之人，在外国作采办军火等事。西人因查无实据，以为公罪而保护之，不许中国递回治罪。

24 日（十八日），被迫释放：

> 孙文被囚一事，久未了结。因防不秘，消息外出。日报谓，该人意在香港起事，有首领资格者，共计十五人，孙在其内，同党四百馀人，拟先劫粤督。并云，该人生长香港，今既被囚，英宜保护。英外部谓，孙在中国使署内，例不应究其党。昼夜在使署前后侦探，有报馆访事人及某友，几酿事端。外人咸集使署，指名索人。至晚间，星使不得已而释

之。(按孙文获释应在23日)

25日(十九日),报揭"密谋":

获孙文一案,反为该人成名。当释放时,有其同党梅生等及报馆诸人,启门寻讨。翌晨,《时报》大发议论,并绘其像。谓当被囚时,有人告曰:此番获解回华,当枭首,或用鸩毒,或贯水银,装箱带回。但在他国之地,岂能行彼国之法?然此密谋,他人不知,何以别生枝节如是。

26日(二十日),洋仆来函:

派同武弁看守孙文之洋仆来函,自谓泄漏消息,往来通讯,皆伊所为,承认不讳。并云应获何罪,惟伊承当,勿累他人。今已得孙谢仪五百镑云。

11月6日(十月初二日),各报议论:

伦敦新闻报馆,大小百馀家。孙文一案,议论纷纭,并绘被获时揪扭之状。

1897年1月31日(十二月二十九日),"侦探"回顾:

前者孙文由美来英,杨子通星使在美国,使包探一路侦其消息。查各国包探,凡潜逃人犯本国不能擒获者,无论逃往何国,皆尾随之,以观其动作。

整个孙案期间,凤凌正在伦敦,又身为使署中人,其通过各种渠道所得到的见闻,自有不容忽略的史料价值。将其与孙文本人撰写的《伦敦被难记》及学界相关研究细加比照,很可能还会有新的发现。

换一个角度看,对于孙文这样一名"谋反""要犯",作者既未同情,但也并未痛骂。总的来说,抱持的是一种比较客观的态度。他平实地谈论西方有"公罪"一说,在他国不能任意行使本国之法，报刊舆论有逼人让步的力量等等，这对于还未走向世界的国人来说，倒又增添了一些新的见识。

上述两事，本无必然联系。但当它们毕竟同时出现，凤凌又将其写在一起的时候，似乎客观上就有了对比和象征的意义：一方是李鸿章貌似尊荣，实则不过重蹈倚重外国的老路，甲午战败已有前车之鉴；一方是孙文虽势力尚小，却正在显出得道多助的气象，一囚“成名”。这两者对于清朝来说，显然都不是什么好的消息，尽管最终结果的揭晓，还要等到15年之后。

凤凌游馀仪志□

光绪十九年（应为光绪二十年）二月二十八日　　上海启程

光绪十九年四月十三日　　行抵马赛

□ 据民国十八年铅印本整理

□ 杨向群校点

风凌游馀仪志目录

游欧摘要录叙

昔韩退之谓：记事者必提其要。斯言也，缀文之士，类饫闻之。顾往往不能尽如其言，何也？海通以来，使槎络绎，下逮寮佐，大抵有所撰述。道其所见所闻，归而饷遗于吾国人，此亦采风者之职所宜就也。郭侍郎、曾惠敏尚矣，若李氏凤苞、徐氏建寅、薛氏福成、马氏建忠，其为书皆精审，辞约而事核，考外事者多取资焉，此外则无闻矣。陈陈相因，琐碎繁芜，徒耗学者目力，而无裨于实用。书虽夥，读者心弗餍焉。

蒙古凤瑞臣观察，使才也。随轺聘问，任专且久。所至诸国，若英，若法，若义、比，其兵制之精、工商之盛，与夫民风国政、海陆形势、道里远近，一一皆身履其境，博览而周谘，固异夫以耳为目者之所为矣。近顷以所著《游欧摘要录》一书见示，挈持纲要，事繁言简，使读者未至其国，皆能得其国要领，可谓能详说反约，为吾国讲外交者所必读之书也。夫近人之书夥矣，不旋踵而澌然日即于亡者，非其书有幸不幸，亦视其书之内容为何如耳。今观察是书，既尽祛陈陈相因、琐碎繁芜之弊矣，固骎骎与李氏、徐氏、薛氏、马氏相颉颃，即置之郭侍郎、曾惠敏诸公间而亦无愧色，则是书必传于世无疑也。请以余言以为息壤。

光绪岁次甲辰，小春之月上浣，上海仲华甫周文治拜叙

游欧摘要录序

自海禁既开，使节往来，络绎于道。其政治、风俗、经营、创造，莫不于游历时参稽互证，以广见闻。第识量未充，纵博览周谘，获益卒鲜。即会心不远，而口能道、笔不能传，尤为征人憾事。有风瑞臣观察，以海军特达之才，膺襄赞使臣之命，随星使驰驱四国，足迹所至，罔不虚心考核，以备国家采择之助、振兴之资。今春以《游欧摘要录》一帙相示，并嘱校雠。读之觉欧西风土人情、军械器具，如在目前；其训练之善、制作之精，尤觉班班可考。盖蕴蓄既深，故触类旁通，抒写皆成经济，非徒作海外之游观也。虽然，观察在英、法、义、比六年，著有《四国游纪》及《新学三字解》等书，简要详明，沾溉后学，岂特是编助人闻见、开人智识已哉！

光绪甲辰九秋中浣，申江顾逵宾秋氏谨序

19,2,20

游馀仅志卷上

海军游历一差，自光绪十六年升任詹事府詹事志奏请，经总理各国事务衙门议覆，嗣后更换西洋出使大臣时，由海军衙门酌派章京二员随同前往，俾从游历而资考证等因。兹于十九年前任出使大臣薛已届三年差竣，向由总署先期具稿，奏请更换。奉旨：派侍郎衔候补四品京堂龚为出使英、法、义、比国大臣，钦此。旋由总署咨行海署，酌派章京二员随同出洋。于十一月初十日，由海署传知各该章京，在署考试。试以《中外交涉论》为题。试毕，奉总理海军事务大臣和硕庆亲王谕，派出刑部副郎彦恺与凌随同出洋，于十二月二十日奏派。奉旨：依议，钦此。当赴贤良寺禀见星使，订于明春二月杪在沪会齐。 海军衙门派员游历 试以《中外交涉》论为题

光绪十九年二月二十日　卯刻，束装起程。 应为光绪二十年

二十五日　寅正，自天津启碇。

二十八日　未刻，至上海。

法轮“奥克绥司”号

三月初九日　放洋之期。遥见法公司“奥克绥司”轮船，傍岸待泊。是船长一百二十五迈当（一迈当合中国营造尺三尺一寸），广十二迈当，载重三千五百六十二吨（每吨约合中国一千六百八十馀斤），马力二千四百匹（每匹马力重七十五启罗，一启罗合中国一斤八两），入水七迈当，每四刻钟时能行十四海里（每三海里合中国十里）。是船头等舱位（每屋设二榻）共八十一榻，二等舱位（每屋四榻）共五十八榻，三等舱位（每屋十馀榻）共三十一榻。

五点钟，船已离口，渐向巽方。船主回顾，遥指谓此即崇明县，此即马鞍诸岛，惟在隐约有无间耳。

船上华工皆粤人

船主堆邦、二副万爽的邦，皆由水手出身，渐擢是任，久历风涛，精于测量。是船水手四十二名，管炉火夫十二名，侍客船夫（法称喀松，英称噘特）十六名，华工二十一名（粤人），舱火夫五十名（俱阿拉伯黑人）。然船身已旧，尚非法公司之最巨者。

香港停泊

十一日　过厦门，迤左之台湾群岛，亦渺不复见矣。申初，抵香港，停泊。自昨午至此，计行三百三十二海里。

适有日本驻法公使陆军大尉依弟之季清、武员柴武郎会见星使。旋有周观察东生到船——因事羁身，不克同时出洋——并备大轿迎接星使登岸赴其宅第，夜即留寓。请随众至栈少憩，约同吴太守挹清、钱太守念劬肆市一游。

按：香港居粤省之东南，为全粤关键，距广州二百零

19,3,11

四里。山势巍峨，周围环抱，极巅高处距海面约一百五十馀丈。其绝顶制有汽车铁轨，直上直下。客舍厅堂，供人游息。曩时本一荒岛，穷民不过千馀家，政府以为荒凉冷寂，无关得失，遂割让英人。此道光二十二年事也。自英踞有此岛，开辟之，招徕之，竟成重镇。建有学堂、监狱、捕房、防兵衙署、博物植物园。督府、教堂，建于左右也。

登山铁轨直上直下

十三日　未初，鼓轮出港峡。展向西南，遥见孤州小屿，海中绵亘不绝。西北角澳门一埠，亦在掩映有无间。

十四日　午正，视牌计行三百十五海里，在赤道北十七度五十分，巴黎东一百零八度五十分。俯仰间涛痕叠翠，天蔚地蓝。左右小岛弯环，小舟随波逐流，倏隐倏见。盖已过琼州东界，入越南境矣。

十五日　晓，遥见一轮自东北而下，行驶甚速，黑烟冲空。而舟右山峰绵亘千里，盖即越南滨海五山之一，此名阴图西恩（阴图即印度，西恩即中国）。因此山介印度、中国间，故西人舆图以名。其地西北界西藏，东连中国海滨，南界麻六甲，西界孟加拉。山势皆自北向南，介在中国、印度之界。遥见群峰排列，一山独耸，白练如银。巅际灯楼耸立，光射波心，盖欲行船者不迷向往也。

阴图西恩

十六日　寅正，舟泊西贡河之口外散石格角（英称是地森占梅司）。是河为澜沧江。巳初放轮，遥见海湾山麓隐有炮台，为西贡第一重门户。轮舟盘旋缓行，至千集阿河，水面正狭，距两岸约五六里程，是处筑炮垒，乃西

抵西贡

贡第二重门户。再进，水面尤狭，堤岸亦低，间有草茅庐舍。午正视牌，计行二百七十九海里，未刻始抵西贡埠头。

停轮登岸，道路垣平，土色如赭。堤边民舍，多用竹竿支架浸入水中，屋顶铺蕉叶为瓦。沿途树木茂密，大竹高丈二三，艾树结实，芭蕉、槟榔，浓阴匝地。土人面枯而黑，唇红齿白。盖因喜食鲜槟榔，故唇如丹。地产树枝，色如东参；用以擦齿，故白如玉。男女蓄发，挽髻若道士然。女赤足，鼻穿金钉。华商铺户，皆张桃符。南有洋式楼房，乃法署官衙。法人租税太苛，薄待华人。粤闽流寓贸易者，仍不下万众云。

西贡风土

查西贡原属越南嘉定省新平府平隆县。自咸丰十年，法兵屡犯其境，民无安息，因割六省，而西贡与焉。法自一千八百五十九年据有此地，作为南圻六道之都会，大为开拓，广植树木，修筑街衢，设有制造各局、天文坛、船坞、炮台、教堂、水陆兵房、医院、牢监、学塾、书库、博植物院，官署则总督、提督、臬司各衙门。此外游玩所计有二，自来水管遍地皆通，地道阴沟周城皆备。本地设有官弁三十员，陆兵三千八百三十馀人。

法人大加开拓

十八日　午正视牌，计行三百二十八海里，在赤道北四度三十五分，巴黎东一百零三度六分。舟折偏西。西为暹逻湾，岛影连络，远树苍茫。左有一岛名般岛者，地极宽广，除澳大利亚巨岛外，此为地球各岛之冠。地属荷兰，设官征税；半为土番部落，矿产既多，水泽亦利。傍

19,3,18

晚舟行极稳。

按：新加坡为印度文，原译谓之狮子城；今称加坡者，乃洋文之并音耳，又称纽胡司忒雷。今华欧往来之总汇，山势嵯峨，冈峦丛叠。东北通中国海道，西北通马来隅一峡。峡宽而水极深，西船入华，每喜渡此。是岛原属柔佛，一千八百六十七年始归英廷管辖。城市云连，船艘 狮子城
并集。埠本海之涨滩结成，水湾中有荒山，上建广厦数层为官署，东有大教堂。此外如邮局、书院，各极轮奂。又有学堂十所，男女分教，别类分门。是处英设巡抚管辖，东北高阜筑有炮台一，名客恩宁；南有炮台二，分筑新旧两口之间。船进口，向无船钞，惟纳塔灯之费，每吨法银五十生丁。全岛居民（一千八百九十一年之数）共十八万四千五百五十四口，内华人约十二万二千馀。矿产白 全岛居民华人大半
锡、白铅。土产槟榔、苏木、胡椒等。近种加非，颇称获利。

二十日　舟向西北，如在烟雾中，盖界已近麻六甲（即马来隅）峡。午正视牌，计行二百五十海里，舟在赤道北三度二十一分，巴黎东九十七度五十七分。左右叠嶂层峦，空蒙莫辨。

按麻六甲之海峡长百海里，地形如舌，斗入大海，东临中国及暹罗海湾，西通孟加拉。全地北界德那司雷，南至罗马呢亚，地多山近水，瘴疠时行。产之芦（其胶可为药品，能清积泻秽，西名阿落爱）、檀香之属。鳄蛟猛 麻六甲海峡
兽，潜伏其间。宝石、钻石、金铁之藏，亦出其地。自一

千八百年南境民叛，不受暹国管辖。将地分三属：一自主，一暹属，一英属，皆有炮台、城垣。初为葡萄牙人占据，复为荷兰所夺，后为英人争取，仍还荷兰。此后英以苏门答腊岛滨海之地与荷人易换全境，始归于英。是城商务颇繁，但槟榔屿开埠以后，未免见侵中落耳。

二十四日　午正视牌，计行二百四十五海里，在赤道北五度三十八分，巴黎东八十度五十三分，距锡兰之克仑伯只二百五十八海里矣。锡兰原土番部落，号称狮子国，相传佛祖降生之地也。西历纪元前五百四十三年，佛祖圆寂后，有印度亲王名维柴者，率兵入境，并娶土酋女为后。由是开国成家，渐形繁衍。至一千五百年，为葡萄牙大将陆郎察所觅得。越十有一年，设埠于此。至千六百五十年间，土人叛逐葡人，为荷兰所据。厥后为英人乘荷败于法而掩袭之，收其埠属。旋在法国阿米盎地方，荷与英立约，遂以全地拱手让英。是岛周约六万四千见方法里，居民二百四十五万三百口（一千八百七十一年官册），土产稻米、加非、茶、酒、宝石、金银、煤、铅等物。征税入不抵出，英得是地未尝获利。然地居冲要，为印度全境所关，故筑台修路，虽费巨款不惜也。

佛祖降生之地

二十五日　舟仍向西，午正视牌，计行二百五十八海里，赤道北七度二十六分，巴黎东七十四度十四分。时抵克仑伯埠，为锡兰三埠之一。东埠名忒雷古马来，西南一埠曰茄尔，此为西埠。大船不能多容，我舟未便深入，泊于中泓，借以添煤运货。时土人携筐负袱纷登船面，诸货

锡兰三大埠

19,3,25

杂陈，有玳瑁器、伪宝石、桂枝、短杖、毯、桌等货，音语噪杂。随众驾舟登岸，游开来南大庙，购贝叶真经。所经肆市不甚繁华，民房湫隘。土人面发皆黑，束发无巾，身披红色绸布褊衫。可异者，幼童每见人舒掌相随，广求方便。旋至水族院，鱼数甚夥，有鱼身牛首者；有大鱼口含一物如枪槊，然槊生芒刺；又一鱼口甚巨，目生于口之旁。有名刹三处。

四月初十日　舟仍乾向。午正视牌，计行三百零七海里，在赤道北三十四度二十分，巴黎东二十一度三十六分。舟泊克来特岛，昔称雄海上，统于一王。嗣改民主，继为海盗薮，旋为罗马人攻剿。后时或恢复，兴废屡变。一千八百六十七年仍归土耳其。所辖地有三城，山势崇峻。出白石、花石，纹色新异。种黍稷棉花，虽属山地，亦为腴壤云。 克来特岛

十一日　舟仍乾向。午正视牌，计行三百十五海里，赤道北三十六度五十五分，巴黎东十五度五十九分。时已过希腊地界，在义大利之东南境外矣。希腊北与土尔其接壤，西北近义大利，中有海峡。子正，过义大利南界名来徐乌。我舟向北穿峡而渡，舟左右为昔昔尔岛之梅徐恩埠，属喀拉孛尔省。初为民主之国，后则兴废递变，屡易其主，兼被地震之灾。迨一千八百六十年，又遭奈泼尔王之乱，而梅徐恩炮台独负隅相抗，厥后力尽而降。今归义大利。航海至此，每有戒心。惟轮舟力猛，尚无足畏也。 梅徐恩埠（墨西拿）

十二日　清晨，舟出峡外，仍向乾方。午正视牌，计

行三百二十一海里，在赤道北三十九度四十二分，巴黎东十度三十六分。舟抵地中海，适及中枢地中海，法文曰“梅提耽尔拉楠”，盖谓其介在地中耳。西有一峡名徐孛拉尔带，东即苏彝士河。此处可谓三面环地，形如三角。海面水积得二百三十七万一千六百七十七法里。欧洲在北，亚洲居东。自西徂东，长三千七百五十法里，无正大潮，浪皆击岸而碎，水虽深而不冽，且无涨落之痕。惟海风无定，忽起忽息，舟行殊不易。惟大船径行平稳无虞耳。

舟抵地中海

十三日　黎明，过哥尔司、沙覃业两岛之间一峡，名扒呢番西乌者。峡正窄，相距十二法里，峡因城而得名。城在哥尔司岛之南，有湾可泊舟楫。水出珊瑚，岸筑炮台，为毕士国所建（今义大利）。一千八百九十五年为然恩所夺。嗣入归法，为六十二府，三府有县二，凡二百六十三府，隶于省。全岛幅员周七百五十法里，外附小岛正多。木土尚称良美，惟风势险恶，鼓荡处腥臭上升，现已设法使地之污秽沟池干涸，悉归地道。土产棉花、麻缕、烟茶、靛青，出鱼族珊瑚。居民二十六万馀口，俗尚慷慨好客，但不忘旧恶仇怨，累世相寻。法前王拿破仑第一即生于此岛也。

拿破仑诞生地

午正视牌，计行三百三十法里。舟近都隆界外，遥望远山，苍茫中隐有白带，如拖银练，盖枯石白沙相映也。

酉刻行抵马赛，入新澳泊焉。自午至此，计行九十海里。

19,4,13

查：马赛于西历纪元前为希腊之福扇人所据，旋并附近诸城，为地中海上生意繁盛之区。嗣因居民结好于罗马，后适与李居尔（古国名，在意大利省）客佛尔人启衅，乞援于罗马。罗马败敌，即据此而立为省，嗣改民主之国。迨一千四百七十一年，马赛全境同并于法。因此次内乱，生民涂炭。自法得阿尔及耳为属地，后又开苏彝士河以通东道，而马赛气象一新，至今为海滨极盛之埠。埠属蒲司多罗恩省，在巴黎东南，相距八百零二法里，以铁路计算，实有八百六十二法里，缘铁路有转折故耳。 马赛

十六日　黎明抵马宫城处。辰刻至巴黎里昂车站。

十七日　法人斯弓蓬克来署拜谒。是公通华语，闻当年曾充驻华参赞。谈及锡兰地面掘出石质古乐器一具，式如琴；琴上镌古字，类如工尺韵谱。乃西历纪元前古物也。 锡兰出土古乐器

二十一日　游巴黎城市。树木繁杂，多不识名。可辨者仅苦栗、椿、槐、松柏、橡树而已。至通衢幽巷之旁，靡不排种井井，一望云齐，兼有剪叶作方圆式。然树虽多，而无鸟宿虫蚀之患。闻每用药水治之，且各处皆有修理树木工人随时培植。盖西人以为树有生气，故有隙地无不种植。 巴黎树木排种井井

二十三日　李少伯来拜。少伯原中国四川人，候补守备，流寓法国已二十五年，通晓法文法语，现已削发易装，居法国以教读为生。

二十四日　法国金钱一元易银钱二十个（钱名佛

郎）。一银钱易十铜钱，一铜钱作十生丁至当五生丁止。佛郎重不过一钱，合中国银三钱，易换一钱。

二十七日　午后，赴城外拜斯弓蔭克。

巴黎古城

巴黎原无巩固金城，由城内观其旧基，若土坡高垒，城外则见城墙高约丈馀，砖石筑砌，曲而不直。门用铁栏，夜亦不闭。城如八卦，周约六十里，皆昔年旧制。自经德国挫败后，知城不足恃，故迄今亦未修筑。

二十九日　是夕，驻英参赞官洋员马格里清臣函禀星使，云日本在伦敦商船厂阿摹士庄泰门士制造兵船二艘，为中国海面所罕匹。闻已电告北洋。

稚男幼女不摘花草

三十日　同比部陈幼海、翻译官刘紫升往游公家花园。因见街市凡有馀地，非植树即种草，草则浅翠成茵，入望匀齐，且有种成字形或作花果形。园中花类不一，人多莫辨，近而嗅之，无芬馥气。分设椅位，供人憩息。园乃国家所建，任人游玩。所异者，稚男幼女，往来跳跃，无摘取一花一草者。

是夕，奥克绥司船主堆邦来云，此次放洋殊险，自出吴淞口外，觉船首已加重异常，讳而不言。今抵马赛验之，船底已夹一山石而行，缘于海中触山，因船力大，将山石夹带行数万里。现是船已入坞修理。

五月初一日　使署西近天主教堂，堂之门楼，顶悬响钟。每礼拜日，马车络绎，女多男少，咸听讲经。有时支搭布帐，内铺红毡，乃为嫁娶。新人装服冠履，纯白无杂

教堂婚礼

色，与新郎偕进堂内，受教师训诫，同发誓愿，并领婚

19,5,1

据。戚友咸临贺喜，无所馈送，亦不设筵。礼成，夫妇同乘一车，远游异方。归后，即与其父母分居。

殡葬之礼，亦先后至教堂。用双黑马车，载棺进堂，启棺盖，教师验视讽经。衣用纯黑，女面遮青纱，或在车前，或在车后及左右，以判长幼尊卑之序。巴黎村巷，皆设教堂，虽贫家亦无不经教堂验视埋葬。

初二日　星使往递国书于法宫。法派礼官至署，迎接以双马宫车二辆。偕往者参赞、译员、支应官等。先是星使谕令随员站班，法使乃入门，并不为礼，去时各员不愿伺候。

初三日　午后，同李明府学庵、翻译官刘世熙诸君往观博物院。院宏敞，楼三层，内陈各国古时器物，磁石、瓦罐、书画、衣冠，以及船样、石柩、木椁，悉难枚举。博物院

盖物无论完损，只以年代久远为贵。故凡一木半砖，皆置玻璃匣罩。惟多年人骨以药水制，或坐或立，皮肤焦黑，发齿虽存，殊不耐观。

初四日　使署东邻字塾一所，外有围墙，内植树木，风景颇雅。为幼女读书所，皆未及笄者。每散课时，在院游嬉跳跃。盖此为幼女学堂。年逾十五者，另有学塾肄业。

初五日　端阳令节，星使率众望阙叩头。晚设公宴，端阳公宴

并备中国肴馔。是夕驻英参赞马清臣函告星使云，俄国大臣复电称：所派兵船，实为保护商民，决不干预内政云。

初六日　是日星使呈递国书。礼毕，当即呈请先游法

国，并请委派舌人及知照外部各事宜。

散花节

初七日　为法国散花令节，因同琴堂诸公往游散花会场。凡富厚家皆乘双马车，车载鲜花，至场施散。场内分设加非茶摊，车道旁排列椅位，路中高搭铁架，各色鲜花攒集于上。马车驱驰不绝，咸以掷花为戏，男女嬉笑。花每因人而施，街市亦有执花相送者。

西方报纸评论日本

初八日　中日战事既成，各国时报咸谓日本人素为各国所轻，第三十年来仿效西法，改制易服，派人分驻各国学习制造工作，演练水陆战阵，并聘各国著名艺师、兵官来东训导，尽得西学奥妙。惟精其技即弃其师，得其新顿忘其旧。西人每谓其志之大，而恶其心贪意毒也。

水师博物院

初九日　往观水师博物院（各勒福尔）。院楼宏阔，内陈铁甲、钢甲、快船、炮船、鱼雷之属，各以木质造成小式，极为精细，并标记尺寸名目。至古时刀、矛、枪、剑，亦列其中。更上一层，则见磁石、瓦砾及古人尸骨、棺椁，越南之佛像，庙宇之钟磬。所谓水师博物院者，盖指船样名之。西国但造一船，预先制一小式，迨小式筹画已妥，大船即仿照而不能增减矣。

拿破仑墓

初十日　星使照会外部转咨海部，俾得游历咨照一切，并札派法文翻译官随同游历。游于街市，偶至拿破仑第一之墓。是处房如圆球，三座，中大而左右微小，金碧辉煌。入门深处正中有大圆石窟，石分五色，深约二丈。下置赤石一椁，其式长方，其石色莹如玉，质若玛瑙，下用黑石为座，即拿破仑第一之墓也。旁楼供耶稣像，钉十

19,5,10

字架上，周用黄色玻璃为窗，室内四壁悬挂各国旗帜，皆拿破仑第一生前战阵夺取之物。下即礼拜堂听经所，闻是处禁人游观。今得入门，并未相阻，意以我辈为异国外客故耳。

十一日　驻英参赞宋芸子、医官杨恭甫携眷来法，因房租太昂，呈请先赴伦敦，以便移居乡间。是夕起程。巴 房租昂贵
黎距伦敦只隔一海，先至北车栈，火车路约二百法里；至喀来海口乘船，计水程二十海里。抵英界杜甫尔海口，复易火车行十七法里至伦敦（钦司克罗司第惟多利亚）第二火车站。素闻二十里海程殊非易渡，缘海面狭窄，时遇风涛。若由布伦过福克司敦海峡，水面虽属平稳，然较此迟至四刻馀矣。

十二日　同联寺丞文泉雇乘马车，穿绕大树林，名巴特不楼。荫林树周约数十里，若排成深巷。车路四达，穿林匝绕约一点钟时，尚未及遍。

十三日　晚，庆参使约在戏园观剧。西国戏园都作圆式，四周有楼，园中皆用电灯，戏文曲折，然第见舞蹈而已。

十四日　法外部函请观赛马会场。是场纵横数十里，周围铁栏，路极广阔，东向有看台。每逢春秋两时开赛， 观赛马
各尽厥力，先至后至角胜负焉。

十六日　巴黎城内除各部署会堂外，设知府二、县二十一，各县皆分隶于府。凡大小政治统归各部署总理。至民间死生婚嫁等事，皆报县验明登簿。婚嫁死生则皆

给据。

十七日　本年法民已经及岁应充三年兵役者，计有十三万五千零三十二人，加以应充一年之兵十万九千六百十一人，及自投效之兵三万二千六百十四人，共二十七万七千三百五十四人〔应为：二十七万七千二百五十七人〕。

西方兵额逐年登报

德国生齿虽增，而每年收入营者仅二十六万二千人。查泰西各国兵额及兵船数目，逐年皆载官报，以夸富强。即某国新造一船，新出一炮，各国无不知之。盖非铺张扬厉，乃实事求是，出于不得不然之势。

十九日　晚，赴马戏园观剧。是园亦造作圆形，周围看台三层，戏台则在中央。以象、马、熊、虎、猪、犬作戏，皆驯顺灵敏，能击鼓撞钟，作拜跪、跳舞、饮酒状。旋见一白衣女跳舞，楼顶悬设五色电光，光射其衣，光彩夺目。

乡间会场

二十日　往游乡间会场。场之两旁货物毕集，分摊摆列。另有秋千场、演枪场、转马场，又有野兽场，狮、熊、虎、豹皆能跳舞。有一狮子毛色微黄，头大，鼻如犬，口眼不甚巨，耳与项下毛微长，类犬形，不似绘画石凿之像。

是晚接到海部照会，准游本国三海口，送来执照二纸。

总统遇刺

二十一日　法总统喀尔诺在立墉车站（亦大镇市）地方被义大利人所刺。闻前数年该总统已受刺，幸未致命。今至该地，人众车纷，遂被刺伤，凶犯立即擒获。

19,5,22

二十二日　龚星使原拟是日赴义大利呈递国书，因法总统被刺，是以改期，先赴法宫往吊。自该总统薨逝，国人咸泣泪感伤，各铺店所悬本国旗帜（红蓝白三色），掩而不舒，外罩黑纱，以为服制，如是者三十日。刺客客舍离妖，闻系均贫富会中之党，同党甚众，流散各国，现闻义大利国亦有查拿被获者。

二十三日　闻巴黎城沟极长阔，通于海，内有小船，并有火车径行。幽暗旁有电灯、煤气灯，各项总机器管及自来水之铁梯。凡城内秽水，悉入此地道，流入于海。因是，路途干洁，无存积污秽水泥之处，故不闻腥臭之气。

二十五日　议法院公举伯理玺天德以客西密尔巴呢彦为之，年四十八岁。 新总统年四十八岁

前总统之夫人携其子女出宫移居私第。因其故夫广于交游，积蓄无多；新总统家极富，厚给养费，而君夫人立辞不受，亦属贞廉可风。法王宫与富家房屋相等，惟门首有守兵执枪侍立耳。闻旧皇宫局势壮观，今皆分析开设店铺矣。

二十七日　故总统客尔诺殡葬于城内大教堂。法国凡有名位者咸葬此堂。是日观者几满，城市马车一空。

二十八日　法外部转咨兵部照会来署称，准游巴黎城外炮台一座。查法国炮台禁人窥伺，禁令綦严，并不准他国人游阅。惟中国交谊甚笃，尚可略观一二。 获准游观城外炮台

午后往游城外居特索蒙地方。居特意谓小山，索蒙即地名也，在巴黎城北数里。是处一山横亘，上立孤亭，山

石玲珑。山下一水围绕，树木周匝，水中泊有小船，亦一纳凉佳境。

法国最大军港都隆

六月初一日　具呈声明游历法国海口。查法国五大海口，都隆为第一。凡水师兵船及制造军械各厂、船坞、炮台，无不具备。当晚，法国海部在英伦敦耶罗（即亚鲁）鱼雷船厂定造铝质雷船一只，长十四迈当，可置快船之内，拟于西十月三十日交付孛尔斯特水师船总局。

有仆无奴有妻无妾

初二日　西国向无买卖人口之例。虽极富贵，有仆无奴。自总统以至庶民，有妻无妾，无嫡庶之分。男女婚嫁，十五岁以内父母主之；年逾二十，男女同游，亲如密友，日久择其称意者，自相配偶，乃告父母。

初三日　拿破仑第一之遗迹极多，最著者为德胜楼（华人每称为记功坊），在巴黎城内西街。坊高二十馀丈，周约二亩，式长而方，四门洞达，内镌西字记其生前战胜事迹。坊外有石柱环以铁练。

初四日　法都巴黎，税敛甚苛。凡城内居民丁口，皆有身税，否则逐出界外。如铺户、招牌、房产、车马、六畜，皆按年纳税，国家恒保护焉。

塞纳河畔观水法

初五日　往巴黎城西之三克楼观水法。是处临塞那江岸。水法，用巨石凿成如台式，下有巨水池，台有阶，上用石凿成各种野兽、鱼龟、人物等形，皆由口中喷水。上下参差，为各国水法之冠。每隔一礼拜放水一次，观者甚众。

初六日　闻比利时国制有新式快枪，重五斤十三两六钱，长三尺五寸八分，连枪刺计长四尺二寸七分。弹重二两六钱，用铅包皮以三质合成一管，连发五弹。枪管内螺纹四道，旁有弹匣，内容药弹。指动机簧，弹即发出，称利器焉。 19,6,6

初七日 法国制造愈奇。闻新造电气一船，能于水底行八点钟。船内置水雷、电炮，舱内只容四人。船面制有水镜，能于水中遥望，如遇敌船，对准发炮，可击破敌船之底，使之沉没。此船发炮后，即避于远处观望。今已试验矣。 潜水艇

初八日 法国教士与中国僧尼无异，皆衣黑色长服，胸前皆挂十字架。彼劝善，间亦足以济世者，如恤孤育婴各善举，及他国人流离本国者，助资送归，高出僧道上矣。

初十日 器贵快利，尤贵训练；使器利，而用不精，亦废物耳。近比利时新枪，马克辛快炮，各国皆有，然求制胜则在平日之训练。西国教演士卒，操不必清晨，练不必校场。每于窄路或半山，随处列阵，指挥布置，宛如临敌。其习以为常，自然临事不惧。昔普法之战，普枪逊于法之毛瑟，而法反败，是知利器不如人心之足恃也。 利器不如人心足恃

十一日 巴黎西海岸，地极幽净，每当盛夏，富贵家咸移居纳凉，至秋始返。

按：巴黎天气，夏日都服单、夹，无炎蒸之苦。而西人大率血燥，非冷水沐浴则身不适，即冬日洗面浴身亦用冷水，盖冷水有益耳。

十二日 西历七月十四日，为法国改立民主、公举总

法国国庆 统之令节。至期，官署、铺户皆升旗为贺。街市分设跳舞场，游人云集，鼓乐喧天。晚则施放烟火，灯烛如昼。现因时在客尔诺总统服制内，尚不热闹，惟烟火与跳舞场仍不禁止。

十三日　巴黎为法兰西之都城，四境不广，而独称雄。政令虽苛，而民不怨。至其兵额，长征调遣者，本年增至二十七万七千三百五十七名，此外兵数不下二百馀万。盖尽仿德国寓兵于农之制，兵数即民数也。周城要隘分筑炮台十有三座，海口有巡船往来，防卫甚严。

稽查订婚委员

十四日　法国有稽查订婚委员。凡文武官弁，及各制造官厂头目、注明官册之工匠，一体稽查。各员订婚之时，须呈实据，知其将娶之妻，所带嫁资，每年有若干存项利息。刻下，此例又推及制造军械厂中矣。

游蜡人馆

十五日　午后往游蜡人馆。楼房整洁，地铺花毡，罗列椅位。所制蜡人，或坐或立，或观书作字，男女童叟，喜怒哀乐，无不毕肖。旁一楼坐少女，微笑而目若含情。近审视之，忽作声狂笑，乃游女杂于蜡人中而故相戏耳。

十七日　比利时国特派之驻法公使逝世，闻在法已十四年。是夕殡殓回国，各使臣往吊并送花圈。

全民皆兵

十九日　上古寓兵于农，其制久废。综观外洋，不但农可为兵，德、法诸国自总统世子，下及士农工商，无分贵贱，未冠者咸入学受业，岁及二十，悉令充兵。演习水陆各技，三年后出营，有事仍听调遣。每年分季操演二十八次，按册查点。除孤子及残疾外，无一人不充兵者。岁

19,6,20

逾四旬，始免征调。

二十日　欧洲各国兵船，咸以行驶疾徐比较争胜。近闻开往中国海面，则有阿尔及耳，及英、法各快船，后先并驾。如某国船何时启行，何日至某埠，无不电寄通报，各相比较。 各国兵船比较争胜

二十三日　会同彦琴堂、吴挹清于晨七点钟起行，游历都隆。至立墉车站坐睡车，夜半忽闻人声沸腾，惊觉即起。管车人告以现至的中东站，铁轮发烧，恐生不测，遂令换车，复行。

二十四日　未刻，至都隆柯郎特吠尔客寓。少憩，吴守挹清即致函于水师提督维业，定期往谒。旋接回函，订于翌日十钟点前往。

二十五日　偕往维业府第，晤该督。据云，水师兵每于夏令开往地中海操演，今尚未归。商可先阅制造各厂。当派武弁卑里谷，复叩水师总办，以便再赴各厂。旋乘小轮舟驶至火器厂，厂前积旧式后膛炮数百尊，式短而粗。旁有新式各炮，膛中皆有螺纹，身长管细，能远至三十法里。局门左右仰竖铜炮二尊，各铸嘉隆年号，此皆攻取越南时所获也。 参观制造厂

二十六日　仍同卑里谷登舟至制造局对岸，观最巨之起重机器。见一圆式石台上建铁盘，盘上建铁房，房外双桅直峙，上系铁练，高十馀丈，可以转动。桅端夹有方筒一具，中孔含铁杆一，能随水力自为升降。时值新造客尔纳兵船，其旋台二座，运送到局，正用此机。因登桅巅， 起重机

观其旋力，阅一刻馀，已布置妥贴矣。

登铁甲快船，名复庞者，船首尾左右镇炮各一，皆在旋台内。台有护罩，旋转灵捷。中舱两厢摆列小炮、梅花炮及鱼雷、快枪，无不备焉。通船弁兵四百四十六人。惟船身已旧，不堪任战，为巡查海洋之用云。

参观造船厂

二十八日　由兵官拉徐耶尔覃带引，乘舟至船厂。观有船壳房五所，以备造船之用。其座内耸外低，低处临澳，阻以竖闸，是为安置船尾处。入后渐高，置船之中段，以及船头之处。两旁木架如梯，可升船壳。成后始彻竖闸，摘去四围钩搭之练，而船自然倒溜而入于水。

旋登鱼雷一艇，系一千八百八十七年下水。船面鱼雷六具，分三截，首截装棉花火药，尖有机簧，被触即爆；中截取空气之力；后截内藏机器，能自鼓荡，尾后有轮随之转动，用气力迫之始出，能及千百迈当之远。两翼分列快炮快枪，有兵弁合计共三十五人。

弹药库

二十九日　乘小舟至船澳之西，恰为居中扼要处。树林葱蔚，中见有石室二所，内藏火药、药弹，石室上覆以土泥，种青草，由外观之，不啻培塿。行经其下，实如峭壁天成。石室左右有炮十尊，远及八法里。炮门对向船澳，炮架置铁盘，形如半矩盘。上有铁轨，下有铁轮，可以移向炮位。复至澳南角，有石冈盘旋而上，炮垒有三，左右相连，皆设炮位，火药亦在石室内。台外石墙一道，如半规形，长十馀里。门外悬桥，下有旱濠，设炮三尊。又有石室地穴数里，是为兵房，东有大炮三尊，乃遏炮船

19,7,1

入口者。

七月初一日　拜谒陆军提督多禄，订期往观高岭炮台。先游水师医院，院在查尔治湾口山峰之上。入门碧树参天，绿荫匝地。楼分三层，有兵官养病所及兵丁养病所，床缛洁净无纤尘。房外有走廊，每晨医官率学生看视，配药扶持皆有教门善女伺候。山巅之际，乃葬埋之地，凡病故于院者，俱葬此。前有礼拜堂，后有大花园，中有水池、花卉、树木，任人往来，以备病者游息。又有洗衣房，皆善女操作。院由国家建造，常年经费在水师公项内支销。然入院治疗者，仍须贴费，于俸薪内扣留，为数甚微。此院背山面水，且得海气，洵养病之善地。 水师医院

初二日　往观高岭炮台。乘马车盘旋曲折而上，约行两点钟时，马疲不前，因步涉许久，始达山巅。上有石室数间，藏军火。瞭望台围有石墙，如天生峭壁。于内开深，筑成炮台，台上炮数尊，台名反隆。俯视深百丈，遥望仅如危巅。炮门向东北，尽防义大利者。西南亦有石冈，上建高垒，仅露其半，中有院落兵房数所，可容六百馀人，东有快炮六尊，西有冲天短炮二尊。此台之南另有炮垒一座，相离不远，在山之下坡，道路虽多弯环修筑，正为平坦。是地向来雨少晴多，自各山培植树木，时获甘霖云。 高岭炮台

初三日　午后，地中海合操各兵船已进船澳，遂乘小舟登钢甲船，复至船样院。院在制造局大门之旁，内有船样、炮样、炮架样、机器样、锅炉样，木质、铜质、钢质 船样院

者杂陈，示明来历。两旁长廊亦置船样。凡造一船，先制一样。今院内所陈者十缺八九，询其故，知有秘而未发院者。

初四日　登钢甲快船，由小兵官吗尔低呃指点一切。

初五日　为安息日，各厂停工，水师弁兵亦皆休息。因柬请陪游，各官在寓晚宴，共饮香槟酒，各诵祝词。提夫尔赵立颂曰："敬祝中国大皇帝万寿无疆，中国水师蒸蒸日上。诸君子差竣回华，更以所考各端，见诸实用。"凌等还祝词曰："愿法总统康强逢吉，水师月异日新，诸公前程远大。冀他时再会于玉帛往来之地，冠裳晋接之间。"席散，登楼坐谈，良久而别。

互致祝词

初六日　游拉扇恩商船厂。厂在海湾，亦一市镇，居民万三千馀。其间有锻铁、造船之厂。总办拉茄恩云："本厂与中国素有交谊，福建船政局曾在此购办船料一副，运往闽局。"先至巨厂一所，观切钢、钻孔、造钉、锯木各机器，类聚群分，条目秩然。楼上乃绘图之处。再进，系木作，专造船中装饰。下即发电运机之总房，其中泊有船壳五，乃法海部定制。

法国第一海市马赛

初七日　清晨自都隆起程，午刻至马赛，寓冉乃佛客店。出观马赛形势，其口向西停船之处，分新旧二澳。旧澳在南，东西阔而南北窄，为天然海湾，但只容小船。新者有四：曰若里爱特，曰拉柴来，曰阿郎克，曰捺西乌那尔，皆用人力开成。湾口外绕石堤，中有活桥，各要隘皆有炮台，颇极巩固。其在反禄湾角上建一垒，恰与新者长

19,7,8

堤南首遥遥相对，足为犄角之势。法恃此为第一海市，故防卫正严。

初八日　辰刻自马赛搭乘火车。是车中有饭厅，椅位精洁，各车厢可由走廊彼此相通，殊觉方便。若无此膳食之车，每早晚车站停十分钟以便用饭，逾时不候。是晚亥刻行抵巴黎。

初九日　法国每当秋时兵官会操，预为照会各国公使及武随员至教场阅试。今秋会操陆军，武弁计有万人，齐集教场。场有阅武楼，阔数十里。凡各国之武随员各衣本国军装。乘马演技，其施枪开炮，战阵攻取，俨若临敌，惟炮铳无药弹耳。 陆军会操

初十日　法都例，年八、九、十三个月，在记功坊西于向北开设会场。场如大罩棚，以玻璃为顶，楼房一层。凡用物、器物、货物分摊排列，中有作乐高台，下设座位，旁有加非馆。楼上书籍油画罗列周匝，皆多年古物。有一画价值千数百金钱。

十一日　法京有东方博院一所，院极宏整，楼三层。内陈亚洲器物，皆由越南夺取者也。又有古佛龛、佛像、钟鼓、铙罄、木鱼、石楺、木廓、磁器、书画，皆备中国室。中有圆明园玉印二方，此有关中国体面。而不知法国蜡人馆油画院中，所塑所绘，迄今尚有普法战迹，法兵伤亡情状，摹仿如真。盖其意在不忘仇雠，将图报复云。 博物院藏圆明园印

十二日　蔼棠庆参使来寓，论及中国禁止各省华人开设报馆，利又归外人。各报之人，倘皆倚洋人之势而开

之，不免托词于洋人，而毁诋相加耳。蔼棠然此云："不独自失其权，且失我华人之心。余拟将此事禀请星使具奏朝廷，不知星使肯听从否？"

十三日　巴黎信局迤逦分布，凡街市闾巷墙壁间置有邮信箱，有容信之孔。投信者在信面贴票，在本国境内每票十生丁，外国无论远近票价二十五生丁。如忘贴或逾分量，则归收信之人补付欠资。外有电报馆，德律风顷刻能传远地处。

巴黎邮电

十四日　法国军枪名勒格拉者，其式已旧。现改造之枪名勒培尔者，一管连发十弹，力可穿透八人，商厂概不得仿造，禁查甚严。闻有一兵私卖一枪于德人，未出境而即查拿，予以重罪。

十五日　泰西各国非轻文重武，实由武亦可兼文。国人自幼先入学堂，但求文理通顺，即入武备学堂。法制人尽充兵三年，所学各技，经其国家考试，始能分职任官。若文员，为武员所役使，如行文写信之事。是以朝会燕享廷臣，武居其首，而文次之。至由兵而授官者，家虽清贫，官商争以女妻之。

武居其首而文次之

十九日　西医不通六脉。然医《内经》云："人脑有病，谓之脑气筋。"《素问》篇载："上气不足，脑为之不满。"《奇病论》谓："髓者，以脑为主脉。"《要精征论》云："脑为精微之府。"显与西说符合。然脉学实非西人所长，若医外症，痈、疽、疮、漏等症，实属可恃。因见严贰尹项生大疽，西医疗治，数日即愈。惟觉目力无神，

西医不通六脉

19,7,20

时形炫耀，该医延治数日，虽见小愈，而目中之黑豆日渐缩小。询之该医，据云日久当即复旧。

二十日　法京有东方学堂一所，楼房宏阔，各分教所。凡亚洲诸国文字，分地设馆，各延其国之精通文理者教授生徒。 东方学堂

二十一日　法国于一千八百七十二年前，居民三千八百零六万馀，自经德国挫败而后，人民减至三千六百二十万之谱。近二十年来，休养生息，人丁倍增。即如中国使署之地，闻前数年间四望荒凉，不啻穷乡僻壤；迩年楼房鳞比，一望参差，皆由平地起建，竟成大市。是以人烟稠密，房价日增矣。 法国人口倍增

二十二日　法国仆役，显有区别。若男仆及车夫出门，皆服黑呢长服，而戴高帽，帽上带花。男女厨役则下系白裙，冠白帽，无半点油污。奶母则带圆式花帽，后坠飘带，身披花衣，一望可知。 仆役服装

二十六日　法国四轮车，或驾双马，或一马。车箱前一高座为车夫坐位，车两旁有门，以便上下。车夫执辔恒坐车上，虽问路及订车价，概不下车。公车之大，上下两层，能容四五十人。各按地界往来，沿途或上或下，各随其便。若英单马车者（名开铺），车夫之位在车箱后，有高座，执长辔，车顶中有方孔，以便与车夫问答。惟双马车则车夫在前箱，可容四人。如带跟役，与车夫并坐高位，其服色与车夫同。 各式马车

二十九日　鸦片烟膏，西国以充药品。购买者须有某

医之药方，或问明来历，医何病证，始能出售，亦不能多购。若华人购买，则不问何用，概皆付之。然其烟膏着火即焦，亦无烟味。西人有吸食者，亦必购诸华人。

军械制造日新月异

八月初一日　西国制造军械，翻新出奇，变而加厉，要以快便致远为利。然制器多出于一人命名，亦因之而异。自德之克虏伯后膛巨炮一出，各国皆用其式，变法仿造，旧式之炮，皆弃弗用。机器快炮，近今皆用马克辛所制之式，若霍司盖司及梅花式炮，亦既相形见绌。至于军枪，则一国有一国所秘制。如法之勒培尔，英之离司配得，商厂概不得仿造。如准商厂兼造，则国家当更有新出秘制之式。

西国肴馔

初三日　西国肴馔，以鸡、鸭、鸽、雀、鱼、虾为上品，牛羊是所恒用，猪肉荤油因其生疾不常食，做菜多用牛油牛奶。至各畜五脏，皆贫苦人所食。城内例不准宰杀，是以无腥膻之味，并无山珍海错充肴馔。每饭皆食面包、牛汤，蔬菜则有扁豆、牙豆等类，惟无黄豆、绿豆、芝麻等。烹调则无香油、高酱。鲜果尚全，葡萄尤美，西瓜实鲜矣。

新秋忆故乡

初四日　新秋风雨中，层楼寂坐。回忆故乡，桂树飘香，菊花绽蕊，把酒赋诗，兴高神逸。若外国景物，非不华美，率多修饰，而非天然。山多枯石，绝少岚光；水尽汪洋，都无秀气；花木奇艳，未闻馥郁。天气阴晴无定，不见蔚蓝，不禁感慨。彼乐此忘返者，奚取哉！

初七日　法国议院之掌院，位亚于总督。总督或有事

19,8,8

故，可以护理。易总统时，民推举之，即可登伯理玺天德之位。

公使交际实怀猜忌

初八日　欧亚诸邦派往公使互相驻扎，外观似极联络，而内实怀猜忌。往来交际之间，莫不侦探默察，一有所闻，驰报本国。盖泰西诸国犬牙相错，时存兼并之心，苟或不能专对，遇事颟顸，而欲求折冲于俎豆之间，能耶，否耶？

初十日　使署房屋地基不坚，平时重车经过，房内碗盏振动有声，倘遇大风，更属可畏。故星使因此往伦敦驻节。

铝质雷船快于同类

十二日　伦敦野罗船厂代法国造成二等鱼雷一船，已行驶于带米司江。此船以铝质造成，长六十尺，宽九尺三寸。于试验速率时，计得二十海里五百八十八，较英国现有之同等雷船实快三海里半。如此船式，法政府始自去岁采用。因其体极轻，故可装于大船之上，有事下海亦甚便易。若与铜较，计轻三分之二。以此全船连机器统秤之，只重九吨有半，比英国雷船计轻二吨。所配铝片比钢片厚百分之二十五，故其抵力无异于钢。查其性易有震动之声，板厚而震声稍减。船价较钢质增百分之三十三。据该厂云，快船若用此质，定得四十海里速率。

法国水师

十六日　法国水师计分三队，一为地中海及东方练船，二为地中海备船，三为芒舍海战船。头二队军械粮饷取资于都隆，第三队取资于孛雷司特及扇蒲尔。而各统以水师总兵一员。每队甲船三，探路快船三（又名捉鱼雷艇），鱼雷船三，地中海之练船亦三。至其备船及北海北各队中，另有二船，合计共六十三船。该船等闻警即能出海，其兵器军粮终年备足，不致临事仓皇。

造船皆以行速争胜

十七日　西国兵商各船，皆以行率之速争胜。如法新制一船驶行海面，必探英国最速之船在某埠何时起，则新船亦即驶行，以海程远近时候迟速计之。孰先孰后，比较可知。倘法船胜于英船，英必设法更造一船，以开其先。是以船日行而日速，器日变而日精，而终无止境也。

是日　同寅陈幼海销差回华，借送缅约于总署。

居民秘造海底雷船

二十八日　澳洲西特喃为英国属地，居民某秘造海底雷船一只，能探入水中，行驶之速如在水面。或平行，或直竖，以前进、后退、停留，均属称意。倘在水底历时深久，亦可支持。雷炮各器在船首尾。闻于冬间当报国家试行。

九月初四日　闻驻美翻译官苏销差回华，觅访洋弁二员偕往中国。该弁皆久历戎行，情甘投效。行至神户，被日人查拿，二弁由该本国保出，华员被执未放。事机不密，以致如此。使由美而德而法，搭公司船万不至此也。

牧师预言世界末日

初五日　闻德国柏林耶稣教会之牧师排克司丹，乃讲求三元之学者也，素称博学，众所钦佩。近著一书，足资谈论。谓渠推测一千九百零八年四月二十三日为世界末日，言之凿凿。据云，此后当一千八百九十七年见一大战，一千八百九十九年英雄复出，如拿破仑者，为希腊及西黎之王。一千九百零四年地必大震。一千八百九十三

19,9,5

年，当耶路撒冷之三月十二号即礼拜四下午三点钟，适为柏林午后一点三十三分，有十四万四千之不应死者上升天际云。

初七日　欧亚各国议院，议员皆月有津贴。法国月费七百五十万，内扣五十万为酒食茶水之费，不到者按日罚扣。各国津贴，多寡不等，惟西班牙、义大利火车票，议员概不收取。奥斯马加议员津贴与法相同，每月每人皆需二十五万。

大清公所

十八日　巴黎有大清公所，在大树林之旁。此所乃前二十年间因赛会而建。内有大亭一座，仿中国八方亭式，大厅等屋亦有廊檐。今已让于法。法人于亭中作乐，树林中罗列椅位，以便饮酒听乐，夏间尤称盛会。

议员请减总统之俸

二十三日　法国下议院绅有请减总统之俸六十万万作为四十万万之请，经核议经费之员驳斥。因在节略中引证他国王俸之数，惟英国后俸四十万九千五百九十二镑，外加裕后费，每岁十八万八千镑，通共五十九万七千五百九十二镑，即合法银十五兆万。查各国君主民主除俸外，皆有裕后费。惟有产业进项者，其俸略减。

是夕，同事之比部琴堂彦君，因丁外艰，辞差回华。今虽予以百日假期，余已知其不复来洋矣。彦君到洋数月，与凌只游都隆海口后，即有意请假，尝谓余曰："游历之差，如此苦累，殊难忍受，且与星使不甚和洽。今丁忧回旗，实偿所愿耳。"

行军器物以铝制造

二十六日　法国行军兵丁食器及背负皮袋（内容锅

碗等器），现拟以铝代铁铸造食器，且能每分减轻七百四十格拉姆（合中国十七两七钱二分）。如背负之袋，现拟采用者，计比旧袋减轻六百格拉姆（即十四两四钱）。又新制皮鞋，亦减轻五百格拉姆（合十二两）。总计所减轻之数，几近二启罗（合四十八两）。再加零件亦减，则每兵随带之物向重二十六启罗六百二十格拉姆者，今可减至二十四启罗。

俄王薨逝

十月初四日　俄罗斯王薨逝，各国驻法公使皆往巴黎城内礼拜堂，为之遥祭诵经。

中日失和

初九日　龚星使微服莅法署，盖因中日失和，电饬前往外国游说，为调停之计。翌晨，即有英国新报传至巴黎，虽欲讳言而不可得，疑参赞洋员马格里所播耳。

二十日　都隆水师兵官马尔的呢来署拜会。闻因其国家与马达客斯加失和起衅，该兵官撤回巴黎，俾听调遣。

二十三日　偕吴挹清往拜马尔的呢，见其并内眷，款待甚殷。伊父现为兵部武员，问中国兵法为将之道。凌幸记吴子所云“五慎”对之，曰：“为将之道，虽熟读兵书，尤在随机应变，好谋而成。若泥古不化，非也。”复问：何谓“五慎”？一曰理，理者治众如治寡；二曰备，备者出门如见敌；三曰果，果者临敌不贪生；四曰戒，戒者虽克如始战；五曰约，约者法令省而不烦。受命而不辞，敌破而后言返，故出师之日，有死之荣，无生之辱。伊深以为然。谓昔年法、德交兵，法虽糜烂殆尽，尚无一人退后，直至全军尽没而后已。又问：“中国有何兵书？”

中国兵法为将之道

19,10,29

遂以《孙子》、《吴子》、黄石公《素书》、太公兵韬及鬼谷子兵法对之。

法制严明

二十九日　外国居民，良莠不一。其所以鲜窃盗而寡词讼者，实缘法制之严，巡捕之善耳。如遗失财物于市，或遗失车上，拾者将物送至捕房，待人来取。倘逾限不来取，物归拾者领受。如隐匿不报，一经查出，罚款甚巨。灯火彻夜通明，巡捕分段稽察，立于街巷，无一时偷安。犯者无论何人，一体惩办。据理论断，更无袒护徇私之弊。

济孤院

十一月初三日　巴黎城内有济孤院。年终设立公会，会票十万张，每票价一方，集齐摇彩，以其半分作彩利，其半归济孤院，办理施济之用。实惠均沾，毫无中饱。不然虽有善士，不肯踊跃相助矣。

初八日　闻法国宝星部有定章，由上年十二月初一日起，凡得宝星者，均给俸银。据此即可知实授宝星之人数，由头等宝星而外，则有有俸功牌无俸功牌云。

铝质甲胄

十四日　西国于武备诸事，考求日深。法国兵部火器署中，有铝质护身甲胄，考验有年。今政府复请再行加功细试，必使马兵穿此铝甲能拒刀锋，不使稍有损伤。若枪弹力猛易于穿透者，如弹斜击，亦可从旁滑过，不致大伤。盖铝质尚轻，即使加厚，与现在通行之甲亦轻减矣。

十五日　星使批禀到署，令往游历勃来司特等处。当与参赞庆君相商，照会外部。惟时届西国年终，似难远游。因先照会兵部，先观巴黎炮台。

二十六日　冬至令节，代办庆参使率众在署恭设香案，望阙叩头。

二十九日　接到总督复函，请翌日往拜陆军提督，商定游历日期，自能派员照料。

三十日　往拜法提督，先谒督署文案总办都尔勃培司，请为咨照该处提督，即定于礼拜六日巳刻，即中十二月初三日，并告是日派员会同阅看，当在惟尔纳夫三查尔时炮台恭候。

观炮台

十二月初三日　辰刻，会同吴守挹清出东南角之茄尔门，午初至惟尔纳夫三查尔时炮台。在赛纳爱乌沃时省，亦镇市也。滨临赛纳江，居民三千馀户，如在高坡之上，树木丛密。炮台、兵房、火药、丸弹皆在地隐深处。阶级而下，一如城瓮。置台于中，台如磨盘，均用活机旋转自如。上架二炮，每各备弹七百枚。台上有罩，周植小树，罩如铁锅覆地，边有二孔，以便旋炮。查此台不啻暗藏，外观竟如树林荒冢，左右皆有巡捕稽查，以禁人窥探云。

西历元旦拜贺总统

初六日　西历正月初一日，各国驻法公使共三十馀人，咸往王宫名爱利赛拜贺总统。国无分大小，惟分头二等两班。以先至其国者居上，依次排列。殿亦长圆形，众使臣周围鹄立。恭候须臾，见二武员同出侍立，总统率大臣数员居中站立，对众鞠躬。教皇之使臣迎面而立，手捧颂词。宣读毕，总统还以颂词。向各使臣前握手，颂以吉语，仍立原处，鞠躬而返。

初七日　为西国贺年之时，相识之各武员，悉用信封

19,12,9

内盛名片，由信局寄送。回拜之礼，自应仿照办理。

初九日　法国因有事于马达客司加岛，谕饬迈沃尔商厂造平底炮船数艘。其船长七丈五法尺十五迈当，宽一丈五尺四寸（法五迈当半），装载军械后入水一尺九寸六分。全船平压水之力，计重五十一吨。船尾一轮，轮之外周对径九尺二寸六分八（法三迈当三十一生的）。当波平浪静时，可得速率二十六里又十分之四（即海里八里）。水锅在船头，机器在船后。此船系用五板配造，可以拆卸，而接笋坚结，不致渗漏。订于明春西三月在哈佛尔埠验收。 平底炮船

十一日　外国新年较平时冷落，各铺户闭门三日，街市游人亦鲜。过此，则凡事照常。

十五日　法总统函请各国使臣赴宫筵宴，到者三十馀国。殿设长桌，位计二百馀人。教皇之使者居首，英使次之。总统之夫人酬应英使之夫人，而教皇公使又周旋总统之夫人。馀皆分次列坐。是宴皆穿常服，中国使臣惟靴帽马褂而已。 法总统宴各国公使

十七日　法都最热，冬亦不寒。院中青草铺地，花木尚有生芽者。然貂皮、水獭、灰鼠、羊羔各色皮衣，不可不备。非第御寒，实壮观瞻。

十九日　星使偕参使至爱利赛宫呈递贺书。回署谈及新总统谦恭尽礼，贺书亦未宣读，命坐畅谈，交接颇为亲密。

二十日　新总统退位。盖因火车栈行当为国家保护， 总统退位

年满，利益应归国家。所立之合同因年限不合，车行人控告，首相致仕。总统乃首相之党，故同逊位，愿择贤者代理。

遭人控告首相致仕

二十一日　法总统卑利爱辞位，正值法政府职在公论。缘事本无关紧要，惟议院之见与大众相持。今即辞位，则无办事之权，以免各党之攻讦。或谓卑利爱之登位辞位，悉由家政。先是其母欲子为总统，以光门第，继则其妻爱夫情切，恐其夫及子女遭人暗害，反劝退位辞职。后总统面见其母，辞极感慨，盖既不欲令蒲若沃为相，相与共事，又不能罢黜院绅，则不如自退之为愈。其母既允，遂决意辞退。

福尔继任总统

二十三日　法国上下议院人员，在城外之浮候散依宫公举总统，奉现在海部尚书福尔为伯理玺天德。公举者共十一人，惟福尔公举者得三十人，为合例云。

20,1,1

游馀仪志卷下

光绪二十年正月初一日　元旦拜牌。星使病势渐愈，步履尚艰，特令参赞官恭代。客厅恭设香案，望阙叩头。洋员马格里行西礼，但跪一膝，而缓步退行，亦极恭敬。 应为光绪二十二年

初二日　英报载：台湾富商二品衔道员林维源，奉献倭国银钱五百万元，求为保护身家财产。经驻台总兵出示晓谕：以林维源为中国大员，受国厚恩，虽献款求护，其心恐不可测，应将该华员财产查抄等语。

初五日　西报恒论中国特派李相赴俄，贺加冕礼，乘此以与俄国商订秘约。 西报论李鸿章赴俄

初八日　英国政治，虽有定章，然随时变通，而勿迂墨守。往往博采他邦，旁求异域，返观对照。凡有利己者，无不竭力仿行。即一切器物，因时制宜，取新革故。 英国政治取新革故

是以蒸蒸日上，为他国民所不敢觊觎。

初十日　综观欧洲诸国，虽曰强大，而土地、人民不过中国什一之半，是以教化易行，人民易治。至其制器练兵，武健严酷，实出于不得已之势。

十二日　头批赔款五十万两，当由英、俄两国借办。现闻法国愿以轻利相假，而英每多龃龉，不肯减息。权利之迫人，可畏哉！

法愿借款英多龃龉

十七日　英国利在水师，而于陆路未尝疏防。查支伯劳顿炮台为地中海门户。台在山腰，錾成洞穴，内千馀炮。藏炮处由山后凿成石梯，通于山面，火药炮弹亦藏其中。山面则凿成炮门，遥对海面，为入英所必由之道。后山即西班牙界。此台推为天下第一，绝无仅有。英人恒谓此山石坚利异常，虽经巨弹，触石即回。此说似难确信。

十九日　西人所制蜡烛，中国恒谓之鱼油蜡，然实六畜杂油添以椰木之油熬成。其始炼用石灰去尽渣滓，继加硝属，迨冷则油如琉璃，以机器灌就。其造洋皂亦用是法，不过加以香料而已。

参观炮厂

二十一日　往游马克心罗登飞炮厂。是厂原二商归并一厂，即两商名也。炮分二项：罗登飞专造快炮，大炮口径不过六寸半，英兵船旋台左右护炮多用之。马克心专造枪式百子炮，纯用机器，多灵捷异常，每分钟时能发五百弹。弹穿以带，置于后膛。后有机器匣，一按机关，弹若骤雨。炮身外，套铜管二，中盛水以防身热而裂，且身细而轻。炮口仅若枪口，系用活架，一人之力，可以携负。

20,1,21

施炮时，将弹匣挂于炮架之旁，弹带作卷，头带穿于膛中，卷放于三角活架之上。用大指推按，一按一起，弹即脱手而出。按而不动，则声若连环，弹尽而止。凌连试二炮皆然，洵当行出色。有是项大号之炮，制式相同，一带不过二三十弹，且体重而笨。惟小式者捷，而尽一炮可抵百枪。故近今机器快炮，咸推马克心为最。 新式快炮

二十二日　星使病愈后，即率马格里赴外部商办划界事，当见侍郎巴得。渠所言侃侃，谓西江（在两广之间）既许通商，所有一带支河自应归并。如或准行，则野人山之地尚可少让。此皆沙侯所言。自当速电总署，以个月为限。查英人多方要挟者，盖因湄江误让法国，而英得以背约借口。又涣川公共大路，英欲立约，准其带兵经过，不许阻拦等语。此多出于马格里所言也。 龚使与沙侯谈划界

二十三日　英泰晤士报载：义大利属地之阿非利加界土人不服其化，该国声罪致讨，伤及义人四千馀人，所战皆北。今该国王特选良将尽发战舰，国王亲送主帅于海口。 非洲土人不服意化

二十四日　闻美与日欲开战，事缘日斯巴尼亚之属地界近美国。土人叛日，美欲发兵平乱而保护之。日以为本国自有权衡，美谓地近我邦，彼既不能受辖，任其扰乱，实与我国有碍。旋闻调处，而事遂寝。

二十五日　西人恒论前五百年之大英雄仅有三人而已。一为元太祖，元时海道未通，由陆道进兵，直抵俄罗斯及法，所向无敌，迄今俄人犹畏其威。一为华盛顿，即 西人眼中三英雄

美利坚开国主，为诸国所钦佩。一为法之拿破仑，有吞并各国之志，所战克捷。此三君者，西人每相提并论。然拿破仑不过中国一秦王、汉武耳。

月份原缺或二或三

初四日　伦敦商船厂名伊告司寺者，函请往游。是厂专造小式帆船、快船，船为殷富家游行水面之用。近得良法，汽机锅炉可用煤油代煤，则烟囱无烟，且马力与煤亦同。

英又秘制一种新炮

初六日　英盛称近有本国武员，自出心裁，秘制机器一炮。其灵捷及远，尤属神奇。一二年间，当即出世。此炮一出，而马克心炮当作废铁矣。查西国讲求制造，苟能出奇制胜，可致无穷之富贵，是以人人思奋，愈出愈奇。

英增加水师经费

初八日　闻英海部尚书宣示增拓海军情形。议准本年水师经费英金二十一兆一万三千镑，较去岁增至三兆十二万二千镑，曾经议院议准。

查英国除旧式兵船不计外，自光绪十五年起至本年止，新造之船已有一百零五艘，鱼雷船六十二艘。现欲添造钢甲五只，头等穹甲快船四只，一等三只，三等六只，鱼雷二十八艘，均限四年工竣。盖自中日战后，各国咸以为鉴，莫不添制兵船，广备器械。诸国日报恒论及之。

在英购买造钱机器

十七日　英国造钱机器厂在博明冈，厂名喜敦。现南洋大臣托上海瑞生洋行代办制银钱机器一副，价合英金八千五百镑。此机每日约造大小银元共十万个。又制铜钱机器一副，价合英金一万七千五百镑，每日能造铜钱十万个。

20,3,19

十九日　现闻英国制造各厂与上海各洋行订立合同，如中国制办兵船、枪炮，虽派员出洋采办，其价值概与该行所议相同。惟马克心一厂尚未入约耳。

仿行印花税

四月初一日　总署咨称：御史陈璧条奏，仿行外国印花税，请旨独断施行。现饬各国使臣，妥译西国印花章程，限三个月驰奏等因。查印花税一项，外国行之已久。凡官员升迁、调补、袭爵，医官、律师、教师，均纳印花税。房产地业、大小生意及一车一马，未有执凭，皆须黏贴印票。

新制鱼雷铁甲船

初四日　伦敦亚鲁鱼雷船厂，代俄国海部定制鱼雷铁甲一船，于是夕下水试行。查鱼雷船与甲船本不相兼，此为俄人新出之式。船身用薄甲护持，船之长宽与寻常雷船较巨十分之半。英海部已委员验视，使果异寻常，当依样置办云。

初五日　英国制造厂中拟议新法，欲将纸料造成炮身。西人有用纸料制成瓶、碗、杯、盏之类，其坚不亚铜、锡，且质极轻。惟用以为炮，恐有易裂之患，似未可信。

初九日　闻泰西各国官制简而受禄丰，办公皆实任。人员候补、候选，各有本任原官，如在任、候升之例。致仕逾岁之员，给食半俸，仍听自谋生计。马克心厂司事塞门，前在兵船三十馀年，官如千总，今充是厂总办，除食半俸外，国家每日尚给三先令云。

水师风雨表

十五日　伦敦阶乃森仪器店，为德商所设。该商执马克心总办勒威二函，为介绍订购水师风雨表件，送署观阅。是表利于行船，可借日月光以占风雨，行率疾徐，度数若干，视而知，兵船必需之物，即请面议合同购办。查西国海部委员游历，皆擅购办船械之权，故商家相率而来也。

英关税稽查甚严

二十五日　英国关税，稽察甚严。独各国使署人员，例应免税。前由沪托寄水烟五斤，竟被扣留，非由星使函知外部，转致税关，不能领取。然尤须问明何物，分量若干，或包或匣，签写字样，大费周折。若北京税关，但有货物签书洋字，或有洋人跟随，并不开箱查验，便即放行。倘照外国例，无论何国使署之物，概行扣留，必待总署信函述明来历，始准携取。此亦整顿税课之一道。

二十六日　闻俄皇加冕时，观光者不下几千万人，竟无容身之地。内有身弱力微者，拥挤至毙，有一千八百馀人之多，亦属骇闻。

妇女赛马

二十七日　伦敦赛马会场，是日赛马特为妇女而设，所选之骑皆用牝马，每年一次。凡妇女欲往观者，莫不先期购票。男女有别，独赛马之一事然耳。

二十九日　是为西历六月九号，伦敦牢中定死罪男女共四名，于是日行刑。英国律例，非有人命重案，概无死刑。闻男犯系砍伤人命，女犯乃谋害婴孩，皆于狱中行刑。

俄皇加冕照片

五月初四日　合肥相国由俄至德。随带游历官龚太史，观加冕礼成来英，带有俄皇照相。冠如僧，帽周嵌明珠宝石，身披黄袍，白色披肩，左手执金杵，右握地球。加冕时，与后并行，官民脱帽致贺，皇亦举冠还礼。登

20,5,4

坛，则教士讽经，皇跪而受冕。礼成后，各国公使依次进见，鞠躬握手逊谢。

初七日　闻日本在阿摹士庄船厂订造铁甲船大小十二只，所费颇巨。现今阿总办罗布尔已往日本商立合同。

十二日　外国金作赎刑之制，严于夏楚。若犯科条，例应监禁或罚作苦工，否则罚钱赎罪，是以无喧闹斗殴者。即蓄一犬，除纳税外（每年六先令），若一犬未带嘴圈，一经吠人，立即究办。例无贵贱，官民一体，犯无幸免。亦设立巡捕之力耳。

蓄犬纳税

十三日　英报载：中国亲王福晋薨逝。是夕，英君后请赴茶会，因有此耗而辞未赴。

十四日　钱法本流通于天下，讵有此用彼弃之理。外国用金、银、铜三项，而无二制。中国但能仿行，非第利国便民，且不别生枝节，使民惶惑。然创办之始，当先购英国喜敦厂之印票造钱机器。分类铸成后，颁发上谕，布告天下，自此出款，概用新钱。更于京师设立银行，再于各行省建设分行，皆由总行分拨。然后收买民间整碎金银，按其分量，易换票钱。然尤必严定章程，倘敢偷造伪票私钱，杀无赦。票纸仍由英国购办，则不言所利，得利自大矣。况各国通商，彼安得以中国极贱之银，以制彼钱，价增十倍哉！

建议设银行制钱票

十六日　自中国特派傅相赴俄，他国每疑有密约。今洋员马格里情愿赴俄谒见中堂，其殆外部之所使欤？

十七日　伦敦乡间印度会场中备有气球，登球者票价五先令。是夕，一球之绳断脱，球随风起，直上云霄，飘然而去，正不知落于何处？登球作乐者，恐受惊不小也。立岩墙下而谓知命，有是理哉！

我国加入邮政公会

十八日　西国邮政，定制不移。凡一切条规，即信票价目，各国皆同。若寄本国，每信重不过一钱，外国不得过五分。缘立有公会，无敢或违。首为瑞士国主。今我中国亦入公会，瑞政府已分告诸国，普行照会矣。

二十四日　教部总理教士官请赴茶会，计四日，是夕即第末次。教堂花园皆建于一千二百年前，楼房皆古式，园中古树参天，大可两围。教士官之夫人为女教士。查耶稣教士，例准娶妻，若天主教士，与僧无异。

二十九日　浙省董公子振麟，偕蒉翻译炳荣，自备资斧，由法来英，游历各国。其父为户部著名司员云。

六月初三日晚，同曾敬贻、王鹏九往观试船。英商阿林司自谓二十年来，格物穷理，创成电气海底雷船，拟设防海公司，预请各官商验看试行。先制小式在新交赤司云巴持演试。船长六尺，形若黑鱼，皆有玻璃圆窗。雷由双睛后尾而发电力迫之，能于水底驶行，且能周折宛转。今初试行，未尽合意。

日毁英船令我赔偿

初四日　高升一船被日轰毁，英政府勒令中国赔偿，实出情理之外。当此船浮海时，尚悬英旗，未下战书，遽被日先下手，以致伤兵毁船。今拟赔金四万六千一百六十英镑。星使饬马格里约请律师公断，竟难挽回。

初七日　伦敦达门士桥下筑有铁路一道，是路于江底开掘，缘梯而下，幽深寂暗。车以电力迫行，无庸水火蒸汽，而速率则又过之。车中分置电灯，极为华美。 20,6,7 泰晤士河海底铁道

十五日　再游水晶宫，为至精之玻璃宫也。是处为天下第一胜境，非一二日所能周历。见博物院中有中国器、衣帽靴鞋陈于壁笼，并有圣谕广训十六条，以朱漆牌十六面分书，置诸木架。宫中甬道拦以红绳，内陈各国车辆，式殊不一。 博物院陈列中国器物

十九日　伦敦全境马车为数甚众，查其册载有三百馀万云。

二十日　中国赔日本之款，多在伦敦交于使臣之手。其款并不拨解本国，即交英付还船炮之费，并添造船械。英人谓今日水师船舰除英法外，倭亦称极盛焉。

二十三日　李傅相节莅伦敦，星使率众至火车站迎候。英用双马官车四辆接待。因是日礼拜，并未派兵护送。届时观者充途，报馆人握笔以记，并绘画。报有云：傅相到英，国家已派炮兵护守，舍馆当不再受铳伤矣。 李鸿章抵伦敦

二十五日　西商之酬应，惟英人为善。迩因李相由法来英，各商家无不务筹款待之策。船厂则请看兵船下水，炮厂则请看演试新炮。虽素无交接之处，亦无不闻风附和者。 西商款待李相

二十六日　合肥相国呈递国书，并赴波斯茅胡海口观阅水师。

二十九日　英外部沙侯设茶会于伦敦花园，请相国、星使及参随诸员。一时官商妇女，各国公使，莫不争与傅 英外部设茶会

相语谈，且有命妇夫人行大礼者。礼似请安，鞠躬倒退。

七月初二日　伦敦汇丰银行因请相国，在水晶宫预定烟火，并备中国酒席。各使馆参随并至。正五点钟时，由公署起行，宫中甬道尽铺红毡，拦以红绳，以阻游人。饭厅列长桌八，分座二百馀人。按号入座，秩然有条。举杯各道颂词，欢声起舞。烟火与寻常迥异，遥置伏线通于楼上，请相国自按机器，而烟火场中忽现如斗大字，乃"恭祝福寿无疆"六字。闻系该行预恳龚明府仙舟所书耳。他国请看烟火，有书"大清一统"者。是夕游人，计二万五千馀人。

汇丰银行宴请李相

初五日　马克心罗登飞炮厂请傅相在安的福尔阅看演炮。校场支搭帐房，设长桌，备酒肴，计座客三百馀人。另盖小帐房一，内设公位。先演罗登飞弹，重七十五密里，快炮约二里许，每分钟发十六响。停放须臾，尚闻中靶声。继放马克心枪式炮，不及分时，已发五百弹。马克心亲自施力，复排四炮齐发，则弹如骤雨。时中堂乘小轿远视炮靶，靶用木牌排列，弹尽透穿。

李相阅看演炮

初六日　闻傅相前在德国递谢书时，德皇坐受不顾。次日相国辞行，德皇婉留并请看操，谓傅相曰："日昨相见乃行君臣礼，今则当论友谊。"即请中堂坐于楼上，后令宫女执伞于后，德皇亲自调遣发号施令云。

德皇请傅相看操

初七日　闻傅相在德会晤亲王毕司麦克毕，谓曰："余与君皆名闻天下，当法人轻视我邦，余练兵制器，卒为复仇。今中国此造一船，彼制一炮，只步后尘，终属

李相会晤毕司麦克（俾斯麦）

20,7,8

无济。”

初八日　闻俄人款待华使，备极周致。当傅相之至是邦也，特派乐军恭迓。舍馆为富商巴氏房屋，修饰一新，供给异常精致。出门弁兵遇之，无不举枪，国民无不脱帽，且有以盛盘相授，待以君父之礼者。至童孩擎盘献花，以鲜花铺地，皆非他国使臣所敢望者。其阅操也，俄皇在教场躬亲布置，维时炎日当空，操十五万人而息。

俄以盛礼接待傅相

十二日　西国亦有节烈之妇。伦敦火车站中，一人为车伤致死，其妻闻而趋至，以头触车而殉焉。

十七日　西国炸炮统名田鸡炮者，力大而猛。炮身粗短，陆军用以开山路，战船用以击船面。炮口微仰，弹则触物即炸，且弹出炮膛极高，落则触尖向下。当平地演放，弹尖入地，而尘沙飞起高数丈，宛如旋风，一望通红，地已陷为巨坑矣。

田鸡炮威力大

十八日　外国枪炮火器，人皆知其精利，而不知其工至拙，其价极贵。如英之马克心枪式小炮，每尊须用千八百金，十响军枪价值三镑，法国军枪亦须六十佛郎，皆合中国二十馀金。故物既珍贵，修饰尤极勤劳。每见兵房用铁架摆匀，不时擦洗，且用油汁涂抹枪管，恐生铁锈。初未有藏之库中而终年不顾者。

二十日　外国官制，如总督全省之大员，国人皆称副王。副王者，国君之次也。是以合肥相国之至于是邦也，咸以王礼待之，并以王称之。且知中国服御尚黄，物为预备，洵称应酬得体。

男女阅报以作消遣

二十三日　外国新闻报馆，实一大生意。然非识字人多，报纸焉能广销？恒见茶园酒肆及乘车行客，无论男女贫富，每执报纸，以作消遣。

当合肥相之至，虽穷乡僻壤，无不知之。且于何时至何国并何日，皆书于报。相国行后，相国所备公馆，以及供应诸费，均登之报章，务使家喻户晓。盖以民财充公用，不得隐讳也。

面包

二十五日　西人每食用面包作饭。查面包一项，以火烘透，外焦中软。在我华人，原不惯用。于行军之际，以充兵食，兼用牛肉汁膏冲以滚水，能增长筋力，较与埋锅造饭，不且便而多益乎！

二十七日　中国进口洋货增税一节，各国互相推诿，咸谓英国允从，本国自当从命。盖商务之盛，首推英国。现闻英人略有允意，是在马格里之能否效力耳。

禄分等级足资养赡

二十八日　尝晤及西人，论及西国官禄之重。彼谓禄分等级，足资养赡，毫无馀润。所办公务，皆分内应办之事。同属一官，更无肥瘠之分，亦无请托之例。至关税，随时增减，无所谓正额盈馀。此弊之所由鲜，国之所由富也。

李相赴美指被夹伤

八月初一日　英报谓李相至纽约，于登车之候，车门忽焉而闭，指被掩伤。

初四日　闻俄皇于加冕礼成后，不惮勤劳，励精求治，现已躬亲游历。闻先赴奥国，即往法国驻跸。俄法交谊甚笃，定当优礼相待也。

初九日　缅甸仰光一埠，华商贩鬻者颇盛。曾经星使

20,8,9

奏明添设领事，迄今置而弗顾，并不派员任事。新加坡自黄观察遵宪调往南洋，迭经派员暂护，亦不肯实授是缺。即此二端，可见星使之节省经费矣。

初十日　外国礼节，脱帽握手鞠躬而已，及见国君偶行大礼，不过鞠躬半跪，起而倒退。

十二日　西医用寒暑针含病人之口，片时取出，验寒热度数。若常人不过热度八十，热度愈多病热愈重，但至百零三度不可疗矣。华医诊视六脉，何妨兼用针视，互相参观，则病之寒热轻重可验。 体温表

十九日　伦敦格林呢趾田念特而船厂，代日本特造钢甲二船，每船马力一万四千吨，订于三年告成。其款半由官银行拨发。查西国各厂制造船械，于立定合同后，当付价一半，迨工成后，始行付清。

二十四日　驻英参赞官副郎曾敬贻请假回华，星使批准给假五个月。于是日携眷，由梯而白立海口乘商船启行。

二十五日　西人晤对，忌问年岁，妇人尤忌；且勿问其所生几子几女。倘偶问及，必为所笑，旁观者亦必掩口。 西人忌问年岁

二十七日　英公司轮船行至苏彝士河，递遭回禄。幸距岸相近，驶行泊岸，因是客商无恙。是船载有李相木箱，内寿木一具。其箱已经保险，今遭火焚，该公司拟赔五百镑。 李相寿木遭火灾

二十九日　土尔其国素奉回教，近因民叛，伤及天主教民。现闻英、法诸邦皆欲与土为难，责其不能力为保

护，以致伤戮教民云。

九月初一日　英国外科医院亦由国家所设，每月除星期（俗称礼拜）外，按日施医，求诊者往往见效。

伦敦万生院

初四日　伦敦万生院，大几百亩，内建畜兽房、栖禽所，以铁栏拦其空地，遍种花木。院中异兽奇禽，多所莫识。地窖中畜猩猩三，状若猴形，红肤黑毛，五官手足与人无异。

孙文被使署监禁

初五日　广东人孙文号逸仙，由美国潜至伦敦。日前赴使署访同乡，偶遇翻译邓廷铿，约翌午设餐相请。饭后，即托言登楼观望，因将孙禁锢，昼夜派人看守。孙自云陈姓载之，其号尚不讳言。且坦然入室，索纸笔作字于同党，令洋仆寄送，当赐英金十镑。仆知不妥，随呈马参赞。此即总署电饬各星使访拿之人，在外国作采办军火等事。西人因查无实据，以为公罪而保护之，不许中国递回治罪。

英贪求划地通商

初六日　星使久病，延未晤外部。闻前索野人山诸地并西江通商事，久未决，以致贪求无厌。今拟增广条约，野人山划以线度，自萨伯平起至孟连伦止。又约拟新疆一带及云南腾越、大理等处开拓地面，设埠通商，不定年限，不纳官税。又约拟由缅甸开造铁路，直达中国。

初七日　伦敦蜡人馆已捏成合肥相国之像，街市分布为招牌，任人观看。

俄皇礼遇空前

十二日　闻俄皇至巴黎，法款之逾分。所经之地，树木皆饰花彩，晚则然烛，地以木板覆其上，恐车声振耳，

20,9,12

他无论也。此举计费法金百万馀镑。是以英人阳誉而阴忌之，谓当日法王改民主，其待本国之君未尝如此，较之俄皇加冕，以及英君主正寿，当过十倍，为今昔所罕有云。

十四日　闻英国制有大力吸压一机，纯借电力。即有珍宝财物陈于桌案，施以是机之电力，盗窃以手移之，能使手沾于物，身不能动。盖是法由千斤一铎机推广而成。按千斤铎专治身体麻木，中国所恒见。 吸压机

十五日　西十月二十一日，是夕为英国水师大将奈尔森阵亡之期。曩昔英与法兰西、西班牙二国战于海滨，奈尔森登桅指挥，大破法、西诸船，受弹捐躯。立记功石坊，高百丈。每年是日，国人于坊之周围遍置鲜花，店铺悬旗张灯，以念其功。踊跃欢呼，观者如堵。 水师大将纳尔逊

十七日　比利时国海口埠岸，华人往来贸易有年，而中国多未闻者。以比国无商船赴华，所有货物尽搭法、德商船贩运，每年货值约得一百兆万之数。近因该国见华民既众，自荐比人为领事。闻今拟添派华人一员为副，并不受中国薪俸，亦权宜之计。

十八日　孙文被囚一事，久未了结。因防不秘，消息外出。日报谓，该人意在香港起事，有首领资格者，共计十五人，孙在其内，同党四百馀人，拟先劫粤督。并云，该人生长香港，今既被囚，英宜保护。英外部谓，孙在中国使署内，例不应究其党。昼夜在使署前后侦探，有报馆访事人及某友，几酿事端。外人咸集使署，指名索人。至晚间，星使不得已而释之。 孙文获释

英报登孙文画像

十九日　获孙文一案，反为该人成名。当释放时，有其同党梅生等及报馆诸人，启门寻讨。翌晨，《时报》大发议论，并绘其像。谓当被囚时，有人告曰：此番获解回华，当枭首，或用鸩毒，或贯水银，装箱带回。但在他国之地，岂能行彼国之法？然此密谋，他人不知，何以别生枝节如是。

孙文以五百镑谢看守

二十日　派同武弁看守孙文之洋仆来函，自谓泄漏消息，往来通讯，皆伊所为，承认不讳。并云应获何罪，惟伊承当，勿累他人。今已得孙谢仪五百镑云。

二十二日　英国教士庇耶申在华三十馀年，深通汉文，现已回英。论及孔孟之道，颇深钦慕。

二十三日　西国炸药，猛烈异常。只设有阴谋者，以炸药封于函中，但一拆封，而人立毙。故有权势者，莫不严防。现闻俄皇专制国法，尚不敢自拆函件，以防暗算云。

二十五日　瑞士，欧洲之小国也。虽硗瘠而山水秀丽，景物清幽，诸国咸称福地。今更发奋自雄，强邻企慕。已立公约，诸国概不得侵扰。现闻疆界要隘，均筑炮垒，所练陆军，无不精勇。商务则以钟表为大宗，欧美诸国表件，咸购于此，以其纯用机器制造，精而且廉。若英国所造，谓之红毛表，乃用人工造，或其次者，每件须价三十镑。故各国表店，多瑞人所设耳。

瑞士钟表

技艺练身公会

二十七日　伦敦设技艺练身公会，延教习授受。置有活动筋骨之机，坐于其上，以两手搬机柄，足蹈横梁摇曳

20,9,27

之，则身前后挪移，然非用腰股以及手足全力不能运动。观其操练各技，悉如八段景诸式。

二十九日　各国制度新奇，实中国所流传散失也。即街道平坦，沟渠通利，人谓西人好洁，而不知王道荡平，十一月徒杠成，十二月舆梁成，何尝有异西国哉。至巡捕之设，中国亦有巡捕营；稽户口，则亦有乡、保、甲、看街等役。但西国丁口，皆有身票，英国虽无身税，而无一人不登官册者。华人逃往他国，入其籍，虽明系华人，其身票可凭。西人恒询之华人，谓中国若干丁口，留意者但云四百馀兆。然四百兆之数，实由西人因地之势，约略言之耳。 西国丁口皆有身票

十月初二日　伦敦新闻报馆，大小百馀家。孙文一案，议论纷纭，并绘被获时揪扭之状。 英报议论孙文案

初四日　西国工艺，凡新创一器，不准他人仿造。英之刻印局，专刻钞股各票，以及印花人头信票，并兼刷印之事，其工精美。他国出新式花样，欲刊刻，非与重价不办。

今中国创办邮政，税务司赫君已来购一分矣。

初六日　犹太教亦回类也。人吝啬重利，锱铢必较，英人恒讥之。但知其为犹太教中人，即知其人之悭吝。

初九日　照相愈出愈奇，伦敦近设一馆，专照人之骸骨，面则形若枯髅，身手骨筋节节透露，筋肉毫无。龚明府仙洲久患腰骨痛，照影视之，脊骨一节中空，医云服药可以补实，然未卜其果能否？ X光拍照

西报谓土尔其人多欺诈寡信，但办私事言或可凭，事及于公，无不欺蒙粉饰。今俄、德、法拟欲立约瓜分

其地。

初十日　皇太后万寿圣节，王参使率众望阙叩头。

英最大的织布厂

十三日　英国织局计约百厂。其在继阶司得省一厂为最巨，厂极宏敞，内置织轧等机计七千馀座。现闻工匠二千馀人，专织白洋布，每年运贩中国销售。

印度

十五日　印度全境计一百五十万英方里，咸丰八年英人收入版图，设议院专部领之，并设总督理焉。近今三十馀年，国人皆知向化，且能精于制造，勤于训练，勇而有为。即西人专门各学，亦渐能领会。英人每论及此，云再数十年后，有大力者出，当驱英人出境，而成自主之国。

到比利时考察

十六日　巳刻，偕同吴挹清太守西游，由署起程往比利时、义大利二国，代送致谢国书于外部。奉龚星使谕，考查煤油渣之法，因就近先赴比国。由维多利亚火车站登车，至杜甫英海口。乘船过海，复乘火车，当晚五点钟至比京伯鲁赛尔客寓。

与总办谈商务

十七日　往谒比国外部，恭赍国书及文件，会晤总办及尚书发弗禄，并谈及商务。盖谓安发尔司海口商务日隆，华人往来甚夥，中国宜在此建茶丝之厂。出入口货，华、比各商觌面商办，可不假手英商，以保权利。游历一节，当咨行兵部后，订期前往。

比利时最大钢铁厂

二十二日　辰刻，仍同爱都戎前往利爱时省，游廓格立尔钢铁厂。为比国第一巨厂，制造全备，犹德之克虏伯、英之阿摹士庄也。

前五年间，张香帅曾派学生二十人来厂肄业，逾年学

20,10,22

成回华，演习锻炼钢铁。是厂包造兵商各船、轮车、铁路、炮身、炮座、枪炮筒弹及机器锅炉，一切钢料铁器，无不兼备。总办利格出示铁路全图，乃中国由镇江至江宁之路。谓张香帅前任南洋时，饬本厂人到省勘估，业派二人丈量，绘成全图，择日开工。嗣因调任，刘制军不肯接办，当即送回，徒劳无益。

二十三日　晨，往游本省官炮厂。厂不甚巨，而制造规模，迥非各商厂所及。开造有年，为前代荷兰人所建。故厂中新旧炮式，种类颇繁。又有试炮机器，凡各商厂造炮，皆来是厂试验，方保无虞。观新枪厂，枪发五响，极其灵捷。火门机器，分计五块，枪式类毛瑟，谓之比利时新枪。 游官炮厂

二十五日　比王太子阿拉伯函约会晤。太子和婉谦逊，谓："今地球诸国，竞尚富强。本国创建维新，诸友邦同心践约，不相侵扰。现虽相安已久，而于武备、制造、商务诸大政，不敢稍有懈弛。在我国无所贪求，倘彼借端寻衅，虽有约章，亦不足恃。惟日事励精求治，以期自保无虞耳。" 与比太子会见

二十七日　晨八点钟，往观古巴尔火药厂。厂在大树林中，周约百亩。内分设烧炭厂、磨炭厂，研硝轧磺，各有地位。火药块制成六角式，中有圆孔，色微紫，用潮湿药末放于铁模内，以机下压须臾，各块一律匀齐。 古巴尔火药厂

二十八日　卯初，由比京起行。辰正，游玻璃厂。此为比国驰名巨厂。泥沙石土，色料不一。磨房多间，轧机 玻璃厂

无数。炉房内镕料成汁，灌于轧床，以钢轴推之，厚薄自齐。复经火煨，候冷入磨光厂。以磨盘二重，下盘置玻璃，覆盘下置小圆盘，大盘转而小盘亦转，一如人手执柄擦抹。

十一月初三日　往谒义国海部总办巴佛里呢、尚书侯爵博森。尚书恭而有礼，谓："本国前派副将宽礼巴第游历贵国，业将敝国制造略为陈述，以求信大邦，颇蒙优待。今委公等来此，考求制造，益见邦交敦笃。惟煤油渣一法，乃宽礼巴第创制，现因公出，当即调回，委与同游。"

赴意考察

午后往德尔呢钢铁厂，厂与比之郭格里尔制造略同，亦造一切钢料铁件。所造钢板尤属坚硬，厚约半尺，弹透寸馀，周围无裂痕。经验之板，各标识记，以备考验。

观火山古迹

初四日　清晨，偕义副将宽礼巴第赴拿波利海口，先谒水师提督古尔西。是夕为本国佳节，例应安息，因往观火山古迹。是地原罗马古都，因地震山崩，满城埋没逾千年，后始开得人物、楼房，俨然尚在。第见残基废址，颓垣破壁，现皆添补整齐。挖出之完人，竟若灰石，发齿尚存。夜视火山，若红云突起，昼则恍如黑烟，凝而不动云。

蓬白里船厂

初五日　卯初，游蓬白里船厂，观其大略。旋至海口兵船坞。是口颇占形胜，可泊多船。现泊铁甲四只，船制与英法不相径庭。

午后备车往观阿摹士庄分厂，厂在沿海山巅。查是厂乃英人之业，实本国人经理一切，人工制造皆隶义籍。但

20,11,7

专造阿式钢炮，非若牛喀司阿摹士庄之制造全备也。

初七日　辰正，由罗马起行，前往里芜恩省。观乌郎度钢铁厂，厂造铜甲、钢铁轨、机轴等件。复至乌郎度船厂。此二厂皆乌郎度五弟兄之公业。厂造兵船、货船，机器、锅炉皆备。曾为北阿洲之摩洛哥定造炮船一只，炮位装饰已备，专候验收。嗣因法恐摩国得此快船，将不利于所属阿尔及耳之地，故霸阻不准提取。摩惮法威，迄今未敢擅动。现拟将此船出售云。乌郎度钢铁厂

下午往观水师学堂，规模宏整，教法严明。所有水师一切军需，无不全备。机器可分可合，洞见内窍。演炮竖桅，学生皆身亲操作，按期开船出海，以习风涛。学生计百二十名，有水师提督总办焉。水师学堂

初八日　黎明，前往班西亚海口，先游制造局。按此海口乃义国屯泊兵船处，形势最胜。制造各厂，无不宏大整齐，造船厂中，见船之夹墙中填以软木、絮绒，则弹不能穿入，且免火患。旋登铁甲二船，又观海底鱼雷一艇，尤为新奇。午后登鱼雷船，以验煤油渣行船之法。煤油渣，查即煤之底渣，并不参用他料，全赖锅炉之巧，以底成功。此法为宽副将创成云。游制造局

十一日　晨八点钟，往游昂萨度船厂，地分四厂，制造不一。所造两腰护甲穹面快船，卓尔不群。缘他国所制之快船，但于各船要害处有护甲，两翼独无。取其轻灵，以便探信，截夺商船，可与铁甲相辅而行。然遇战事，触弹即伤，非有铁甲，难济成功。昂萨度所造快船，可以权昂萨度船厂

作铁甲，亦可作侦探信息之用。

二十日　比利时国昔属荷兰，其先为法人占据。至今民多天主教，且通国语言文字仍如法人。号称君主，服制亦与法同。

以犬拉车

二十二日　比国人之蓄犬较养驴为有用。每见小车上载客物，以巨犬拽之。车稍大而装物多者，有二犬或三四犬牵拽。至驴马车下，亦带一犬齐行。诘其故，谓犬可以守护车中物，不致有失。

佳节夜饮

十二月初四日　是日乃西历正月初九，为法国佳节。驻英之武员佛拉维彦函请夜饮，同桌男女约十数人。菜只糕饼糖果，其一饼中包藏磁小人二，分饼而食，食出磁人者为君主，为君后。在座之妇女无不鼓掌欢乐，皆举酒相贺。王与后且可并肩亲腮，为王者仍须定期还席，赠后礼物。

初六日　义国之黎芜恩省工人善制花石，以五色碎石造成。玩式如花鸟、楼房、山林之属，抚摩极平，宛若画绘。又以马尾毛织布，亦有各色花纹叠皱，恍若江绸，火车褥垫多用之。

初七日　天主、耶稣，名虽异而实一，西洋诸国，无不尊奉。耶稣以前，尚奉诸神，如今罗马古城犹存遗像焉。

意国武官服饰

初十日　各国服制，大同小异，辨别甚微。惟义国武官，对襟胸前右旁缀有金银圆花，官至提督始用金色。水师兵官所佩之刀甚短，鞘饰金银。陆军皆用钢鞘，刀式甚长。此制各国皆然。

20,12,12

十二日　西国讲授诸技，各有学堂。学成，国家给予执照。如扶持病人者，谓之奴乌斯，皆妇女也。愿学者，先进医院，习技三年，方准出焉。富家染病，多延若辈服侍。 奴乌斯（护士）

十五日　美国天文台窥天远镜，镜口之广，为他国所无。伦敦格林呢趾天文台，玑衡仪器俱备，窥天远镜长而且大。

十七日　西国妇女，不以女红为事，服御尽由外购。幼则读书习字，及笄，习演跳舞，抚琴歌唱，兼及格致算数之学，且有能通三四国语言者。贫家女子，幼亦读书，及长，入各厂作工，间过缝纫而已。 西方妇女不惯女红

二十二日　西国军乐，顿挫抑扬，吻合步伍。临阵对敌，众兵咸歌忘身敢死之词，以壮心志。所异者，妻女居家弹唱，亦复如是。音调壮烈，初无悲惨离恨之情。 西国军乐

二十六日　伦敦马克心炮厂，自去岁及今，生意尤盛。近造机器小炮，不用水管，炮下制有风筒，火因风冷，热度自减。此炮共重六十磅，一人可负。今俄国定造此炮，大小计六十座。

二十九日　前者孙文由美来英，杨子通星使在美国，使包探一路侦其消息。查各国包探，凡潜逃人犯本国不能擒获者，无论逃往何国，皆尾随之，以观其动作。 包探尾随孙文

光绪二十一年正月初一日　使署门外悬挂大清国旗，客厅恭设香案，参使率众望阙叩头。是日，法报言荷兰去岁报销，亏短八万佛灵荷钱，皆由整顿武备之故。 以下文应置光绪二十二年前

俄新君整顿武备

初二日　俄国海军整顿兵舰，不遗馀力。闻有铁甲四艘新近落成，并密制巡缉洋面快船，较近今最快兵船尤为过之。盖因英国有新造快船名“墨厘飞升”者，俄亦仿之。其新君之整顿武备，概可想见。

法武员谈水师武备

初三日　法国武员弗禄尔云：“现今水师战舰，恒用铁甲巨船载巨炮，力虽猛而调转不灵。今拟请海部多造快船，但置快炮。彼巨炮虽猛，我船调转灵捷，足以进退夹攻。若巨舰，只可泊守海口海面，而非争衡利器也。”水师武备，海公深以为然。

初四日　英伦三岛，茶之销路最广。印度所产之茶，英人每乐用之。客岁所售之茶，印度共计一百四十一万七

华茶在英销路锐减

千五百担，中国茶一十九万五千担。上年印度有一百二十九万担，中国二十七万担，印度茶较华茶销路逾畅。近虽中东构兵，运转之货不无减色，而茶商尚属如故。然自印度所产日多，更兼新金山出产亦旺，窃恐不数年间，华茶不复行于西域矣。

初七日　法积久而日弊，不如稍微变通；政日弛而多难，尤必力加整顿。我国家忠厚开基，厚泽深仁，远迈千古，立法无不尽美尽善。无如时易势殊，今非昔比。余初涉外洋，默察西国政治，其赋重，其敛厚，而能使民乐从

以民之财利民之用

无违叛者，大率以民之财，利民之用，认真无弊而已。究其本源，只“足食、足兵、民信”六字。方今时事多艰，条陈时务者，不外开矿、造船、修路、制器、练军诸大政，而不知讲官制、固民心为要务也。若与西国竞言武

21,1,7

备，则船炮器械，不过步其后尘。务使一切军火，独得其奇，胜彼一着，乃可言战也。

初十日　偕同吴挹清，赴勃雷司特海口。戌刻，即乘火车起行。查：由巴黎至此海口，沿途火车虽分头、二、三等，而无睡车，亦无饭厅，且不时停车，是为慢车。

十一日　午后二点钟，抵勃雷司特，寓公的囊达尔客店。当即往拜水师府尹，订于翌日未刻游阅制局。　抵布雷司特

十二日　未刻，至制局，观铁厂大小机器。惟造炼一厂，纯用人工，缘人力锤凿，较为机器所造者精而且固。复至海面，登观铁甲船二艘。

十三日　制局总办备小轮舟至海口，观水师武备学堂。学堂系在海面船上，船中并无汽机锅炉，是以置定不移。诸生每日分课，或读兵书，或学测量，或演枪炮，或乘小筏游行海面，或升桅杆挂旗开炮。下结一绳网，恐诸生盘越桅梯，或有失足。旋至修理鱼雷总房观小鱼雷，船身长而狭，可载甲船之内，以便临时开放。　参观水师武备学堂

十四日　观水师兵房中大院落，四围尽楼房。每房设二十馀榻，榻用铁条钩搭，擎托木板，如木隔之，层层递加。时值剪裁水兵衣裤，分给女工，限日送交。衣用青呢、灰呢。

十五日　拜辞府尹。午后二点钟起程，观法国乡村。民舍皆用白石红砖垒砌。多平房，或二三层楼房。道路平坦，树木畅茂，鲜有稼穑，半以畜牧为业。　法国乡村

二十日　巴黎街市，闾巷迤逦，置有铁筒如柱。柱上

有铁盘，上一小方亭，四面玻璃。倘某家不戒于火，即将亭面玻璃打碎，内有机器电线，直达水火公司，立备水龙机器、车辆，兵丁速至灌救。

大观博物院

二十四日　往大观博物院。院本昔年皇宫，是以阔大，楼房亦极轩敞，装饰华丽。所陈古玩，不过磁器、书画、人骨、棺椁，各标签记。内有木牌一面，书大贤冉子之名，亦以为博物之考也。

茹素节

二月初二日　即西历二月二十六号，是日法称巴克（即节也），节名玛尔的戛拉，译谓茹素。相传，昔耶稣于是夕同弟子十三人夜膳，翌日即被获，受刑死。凡遇此日，人皆食素，至复生之日，始复茹荤，故迄今西国尤以十三人同台饮宴为戒。晚则戏园及跳舞场有鬼脸会，各戴假面，异相奇服，一任国人游嬉。

自来水

初七日　使署之西北有水城一座，周约里许，内有制水机器。盖水由海中吸取，汲引于此，用机器淘汰洁净。凡巴黎西北一隅，尽食其水。水由地道通于各处，取之无尽，洵良法也。

利民局

初十日　法国于一千八百九十四年，利民局收存民间节省积谷，共八百六十一兆方，存款者共四十八万馀户。局中将款转存生息，计年内各户利息共九十八兆方，已分别给领。查法国此项利民局，共五百四十四所，分局一千一百二十三所。

美铁路改电气机车

十二日　闻美国巴耳谛姆至奥孝地方之铁路，现已改用电车，每一点钟行六十启罗迈当。倘将来讲求尽善，更

21,2,25

可加增速率。

二十五日　西历三月二十一日为洗衣公会，巴黎每年按期举行。会由该行会同国家办理，公举秀美男女二人作国君、君后，乘四马彩色花车，国家派马兵排队护送游街。后随各行彩车，如染坊、靴店、帽店、银行、酒馆，各备新奇车式，有如船如亭者，有作人物鸟兽之形者。会中人服饰离奇，异貌怪服，每车后皆有马兵护送。游人皆买五色碎纸、五彩纸条，向彼抛掷。街市楼房，租赁一空。盖是会原以散花为戏，今以纸代耳。 洗衣公会

二十六日　法都巴黎传话之法，除得律风外，又有风电，尤为奇绝。周城分设电局，如欲寄递信件，先到本局购买信纸，缘纸封有一定尺寸，重轻亦必合宜，写妥送交该局，百八十里路程顷刻可到。法以铜管通于地道，而局内有制风机器，将信放于筒中，以风力逼之，信随风力，转瞬立至。每信到时，惟闻管中风声，即可探取分送。 风电送信

二十八日　卯初，偕同吴挹清，往西火车站附搭火车，赴扇蒲尔海口。沿途乡村，楼房鳞比，田中但种春麦，耕田皆用马力。 往塞夫勒

二十九日　未刻，观水师制造局，局极轩敞，胜于孛雷斯特局。四面雉堞环绕，外用砖，内皆土垒。储炮库内有新炮百馀尊，名客内快炮，即德之克虏伯属也。军械库中排列满架军枪，名勒培尔者，一发一弹。其手枪乃一千八百九十二年所制，一发则六响，皆用活机可拽，灵捷异常。复登瞭望楼，其巅际有小楼一，周嵌玻璃，海面一

望，全势均在。局之西岸横铁板一，厚五寸馀，上含炮弹二，穿入板中。云系前在基隆被我国大炮轰击，弹尚未炸，特存以备后人观览云。

被我炮击之铁板

三月初一日　午后，往观海口炮台。台临海面，炮向西北。台式如土城，四围用石堆砌，上培浮土，下有门，以便藏兵。台之四围又有墙，中有空隙，借以发炮。炮在台之两旁，土台上炮皆后膛，置于活架上。

海口炮台

初二日　往阅陆路炮台一座，台式如前。地势宽敞，内有石室，存积火药。药以方铁箱装盛，掷于水中，不能透水。堆积满室，井井有条。其箱内之药，用麻布包卷，药皆成片。

初五日　英国巡船多尔番旋在法境之西、来纳之东海滨一带游弋，为法兵所窘，当即退出。后二日又至。该船甫经抛锚，百姓望而生疑，向前抵御，且在岸上唱曰：倘不速归，立即开枪轰击。英人无可如何，急行退避。盖英船之赴马尔德岛勘地，实先照会该处提督，该民则不准兵船入境，几酿事端。有不待官兵而能御捍者，法岂独兵强，民亦强矣哉！

初九日　法人论天下金数之出，日形繁盛，自一千八百九十三年，天下之金所出总数，计重二十三万四启罗（每启罗中国十二两），约到法金八百另七兆方。即今而论，已可知每岁出金之数。其金极盛之处，胪陈如下：美国出金五万四千一百启罗；澳大利亚洲即新金山五万三千六百启罗；阿非利加洲四万四千另九十六启罗；俄国三万

各国黄金产量

21,3,9

七千三百二十五启罗；中国一万二千六百七十二启罗，合一万九千另十七斤；英法二国地土已老，藏金渐罄，计法得一百九十五启罗，英得六十四启罗；朝鲜八百八十四启罗；日本七百二十八启罗。

十四日　闻美国官刑，有用电气致死之法。用铜帽一顶，临刑时戴犯人之顶，帽中有孔隙，房外电箱机器一动，电气置入顶门而犯立毙，形若电击。 电刑

十五日　德国用萝卜制糖，而法属蔗糖大为减色，种蔗者莫不相顾太息。幸有格致教习名富伯者，得以蔗造纸，较常纸尤佳。凡除蔗汁做糖外，其渣滓可以制纸。每蔗滓百启罗制纸，得价可值二千一百方，法属种蔗者或不无小补云。 萝卜制糖 蔗渣造纸

十八日　是夕为耶稣刑毙之期，俗称勒崩。居西国禁止宰杀，教门皆茹素。是可知西人之信耶稣，更甚于中国之信佛老。

二十一日　闻巴黎各处兵房，夜间大为震惊。因各弁兵均在睡乡，忽有总督传到号令，于子初至教场伺候。计所调者，系巴黎第一、第二队带甲马兵；第二十七队带盔、二十八队带盔马兵；第四队马兵；第五队马兵；武备学堂骑马、炮队；第二十九队马兵及雷依都来尔萨笃陀之第四、第八十二、第一百十三、第一百三十一各队步兵。 总督调兵

此项兵丁，本当年准备，以俟抽调。粮食、马料，皆预备齐全；票据文凭，亦一一备妥。如各兵官居然领出从征津贴，然不过一纸空文而已；各队弁兵备齐应用各项， 军事演习

如照限赴车站登车启行。总督沙茜率营务总办在站监视，验看某队登车迅速，某队整齐，惟马队之马有小疵，尚未习惯登车，时若有倔强之势。各兵至派往之地，由本营将领查点据实申报。此役也，调齐各兵计历二日，捷快严肃，十分惬意。总督谕令休息四日，仍旧各回本营。

二十三日　民主之国如德、法、美者，虽谓尽人皆可充兵，亦未尝不精挑选。凡孤子或残废，有伤或多病，或身材矮小者，皆不入选。其充兵之人，各经医官验视，如有内症，亦不入选。其常调定额之兵，身材无不强健异常。若英、俄，则于众中选拔其身材雄伟而已。

爱狄生（爱迪生）

二十五日　闻美国有电学家爱狄生者，思得奇法制成一器。其器乃一小匣内置电机，藏于怀内，形若时表。匣面有指南针，可与他人同备此器者，互相问答。此即电与电合之理耳。

伦敦总册

四月初三日　英国伦敦一千八百九十四年总册，今已刊发，一切备载。今译录数端，俾知外国政事，一本大公，使民共喻焉。

自来水煤气管

伦敦街道汇总丈量，约计六千六百十二英里。下有阴沟，长四千八百三十里。重叠电线，长五万四千七百四十里。自来水管，长七千二百四十五里。煤气管，长五千一百五十二里。

消防设备

救火人役，计有五百八十五名。水龙站房五十八所，可以移动水龙之站六所。水龙船四只。彼此通接之电线长一百七十英里。报火电筒六筒。汽机水龙三十八副，船上

21,4,3

汽机水龙四副，用手抽提之水龙一百一十副。

巡捕万馀

巡捕一项，合大小品级而计之，共一万三千七百五十六人。其俸每年三十二万五千方。年纪大率以三十五岁有半为度，差使约当九年半，身材约高一法尺另七十九分。办理其事者，有总巡捕一员，岁俸五万二千五百方；协巡二员，每人岁俸三万二千方；熟习律例之参议官一员，岁俸二万五千方；总参赞官一员，岁俸一万七千方。巡道二员，研求状官一员，各团巡长二十四员，稽查分司六百三十七员，有品级之巡捕一千零六十七员，寻常巡捕一万一千一百五十一员。此有品级、无品级巡捕，无论其成婚与否，俱以兵部勒令在捕房歇宿。

信局

信局，伦敦全境得一千。

公车，一万零五百辆。是年搭客遗物二万五千件，内有钱袋一千九百个。车夫不敢隐匿，据实呈缴捕房，奖其廉洁费银六万方。

总医院，二十四所；专科医院，一百十所。

报馆

报馆，准其印售之报，计四百四十九种。至伦敦外省一千八十一种，惠尔司境二百另一种，苏格兰二百二十种，阿尔兰一百六十种，沿海小岛二十三种。

婚嫁，按照册据所载，内有一事可谓闻所未闻。盖在伦敦鳏夫续娶，每百人中，有十二人娶其女仆者。

初六日　星使偕参使赴法宫，呈递万寿致谢国书。

从巴黎到伦敦

五月初一日　午初，偕仆从巴黎起程前往英伦。午正，至迦腾诺尔北车站搭乘火车，至阿明车站停车五分，申末至法属之加利海口，登轮舟。时风平浪静，尚不颠簸。查此海境面狭水深，即无风浪激舟，而行亦鲜不摇荡者，故为难行海路，今幸如常。五点十分钟至英属之杜甫尔海口，舍舟登车，戌刻抵维多亚车站。英署诸公在站迎候，易马车偕往。

伦敦住房拥挤

初二日　伦敦使署在抛的兰不类司街，楼房五层，房屋破旧，装修亦不整洁。隔窗远眺，第见楼房间几无空隙。盖伦敦都城商民云集，约五百馀万。每楼一所，分租三四人家居住，非极富贵家，鲜有独居楼一所者。

往游炮厂

十五日　巳初，由使署起程往游乌里区官炮厂，厂之宏阔，为英厂第一。所制军械，有后膛大炮、快响炮、钢丝炮。惟新式摇柄后膛机，只须用力一拨机柄，而后膛门即启，无须左右旋转，启闭便捷，概不准商厂仿造。

试炮场

十六日　复游炮厂，观试炮场。场甚阔，炮搁系用铁房一栋，计分四间。厂无窗门，内培浮沙。放炮处乃平坡微起，左边为放炸弹之处，用巨铁方板钉造圈罩，如车篷式。计罩四层，以防炸毁伤人。旁堆药弹，皆空而无药者，试炮时始装药弹内。先试中号后膛炮一，弹筒与弹相连，药在筒内，入膛则筒之边仅馀膛口一二分，是以弹发而药筒仍在。闭炮门后，则有细绳拽之，而炮即攻出，弹落于铁房沙土中，惟相距约里馀。但药向不装足，其声若巨雷在耳。后三试小快炮，式同一律，惟灵捷过之。

三先店

二十二日　午后同张荫棠往大街三先店。店号三先者，凡所陈各货，概以三先令为定价。街有巡捕中立，以

21,5,22

手指挥，前后无敢强进者，故无拥挤难行之弊。巡捕一项，乃由国家挑选，皆公正、廉能、强干之人充当。二十五年之后，至年逾六十五岁，查其本管地界相安无事，与以养赡，始准息肩。是以彼皆自爱，以望差满耳。

二十四日　西妇产育，多用男医待产，因其深明胎息，不致有伤元气，或遇逆行，无不速效。且医官皆经其国考验，给凭始能行医。接生仍用女仆，倘婴死腹内，或产后亡者，皆报验之，并有该医详具病原为凭。 西妇产育多用男医

二十六日　伦敦居民繁众，而男则无事耕稼，妇则不习女红。乡间之男女，均以工艺谋生。园种菜类，兼有种麦者。至茶社酒馆，以及各货店铺掌理，女居其半。盖西俗虽系夫妇，亦必各有养身之业。 夫妇各有养身之业

二十七日　戌刻，英前相侯爵沙司布尔函请茶会于外部，星使偕马、宋二参使及凌届时同往。茶会之举，原无意味，西国每以此为典礼。今即所见者，略述梗概。

入门寻见主人，握手为礼，后则或立或坐，或遇相识者晤谈，各随其便。男女丛杂，男皆官服，胸前带宝星；女则露胸赤臂，下裳拖地，项挂明珠，头插钻石。有顶上带冠者，如僧之五佛冠式，上嵌宝石，有爵之命妇乃如此。咸听音乐为快。层楼更上，乃饭厅也。设有长桌，可容至数十人。上陈酒肴果点，任人择取。食后一任去留，无相送者。 茶会习俗

二十八日　伦敦昔有城垣，自火炮大兴，将城拆去，于各要隘增筑炮台。至于街道之阔，足容五六车并驱，两

伦敦不及巴黎洁净

旁有石路便人往来。伦敦人众车繁，其洁净尚逊巴黎耳。

临街铺草免惊病人

闰五月初三日　闲步街市，偶见一巷中甬道，平铺干草约厚半尺，长不及里。盖临街住户因有病人而设，以免车声辘辘，振耳惊心。西例如有病人恐惊，陈报捕房为之铺草，然所费不赀。倘无力者，声明捕房，当派巡捕立于门口，车行至此，无敢疾趋。

初四日　伦敦房屋街道，随时修理，亦无泥堆坑厕，故街道一律整洁。城内禁止宰杀牛羊，故无臭秽腥膻之气。西人之爱洁，习俗使然。

英有公保两党

初六日　英有公、保二党之分。保党者政事多循旧章，于其国家多有裨益；公党者即民党，事多改弦更张，以期有益民间。两党相持，不得偏重，事必酌中。

十五日　西国制造之盛，非必皆官厂所出。如造一炮，官厂之炮不及商厂，则必购于商厂。但用自造之机簧，概不得仿造商厂之式，以夺权利。若官厂自出新奇利器，禁止极严，商厂更无从仿制。制造兵船亦然。倘商民自出新奇制造，必预报国家验试，给与凭证，利则专归一人，无他厂能夺其利。

英国第一商厂

十八日　亥刻，由署起程往游阿摹士庄船炮厂。是厂专造兵船巨炮，为英国第一商厂，与德之克虏伯厂无分彼此。厂在牛客色地方，总办阿摹士庄开创是厂，现因年老，委罗布尔为总办。

往谒总办罗布尔

十九日　晨至牛客色客寓，午后往谒总办罗布尔。厂门西向，东北临河。一厂之中，计分厂七十馀所。房高数丈，结构相连，约占地十馀里，有炼钢、铸炮、造弹、制配、磨光各厂。虽属一器，各有专厂。其炮皆后膛新式，启闭炮门尤甚灵捷。铸钢厂内所镕之料，系在平地用海沙土筑成小模如沟槽，钢镕灌之，冷即成条。铁桥厂中置有活桥，长数十丈，宽四五丈，可以并合。弹厂内有钢一块，其孔均已穿透，乃试炮之板也。

二十日　复游是厂。时有义大利水师兵官四员游厂，因与偕游。观炼钢厂，火炉数座，内镕之钢启门注视，见红水涌如波浪。复进炮厂，观试放六寸口径之快炮。先用木塞堵于炮口，复由后膛置空药筒，再将小药弹安置药筒之中，始闭炮门。用手拽机连发数炮，微有青烟，不闻声响。试毕，有五六人用力将塞攻出，见木塞上钉数弹，奚止入木十分。 与意水兵偕游

二十五日　游达木苏船厂，厂在葛赖碍班。先观机器各厂，计分数所，率皆兵船应用之件。复观船坞，坞中现造英国水师定制兵船二艘，又西班牙定造大小兵船七只。是厂专造钢甲兵船，因地势宏阔，同时能建造二十艘。至船中机器物料，皆有预先做成者，是以船能速成，定限无误云。 游达木苏船厂

二十六日　巳刻，由葛拉司沟客店起行，前往利兹镇。晚四点钟至客寓，当即拜谒格林乌巴特里机器厂主。是厂专造锅炉、枪炮、弹筒各项制造之机器，为英国著名商厂。厂中大小机模种类极繁，有造锅炉机模，有造炮身、弹筒之机模。系在平地用沙泥制成模式，先以木质机 机模铸造厂

式，以沙填之，照木式而成土模，镕钢水灌之。造成之机分置满室，有轧油机、磨面机、造烛机。中有小式机器一具，上有鬃刷，云系本国人定造，此机作刷鞋之用。此厂欲造何机，但随人意。

造枪弹铜帽各小件多用女工

六月初一日　由伯明翰起程，至钦司罗登造弹筒厂，总办裴力司相与同游。是厂专造大小炮弹、药筒及枪弹铜帽等项。其造枪弹铜帽小式各件，多用女工。弹筒用黄铜冷抽之法，纯系整质。先以铜制圆饼，置抽机下以力压之，形如杯式，易机抽之，渐长渐薄，合式而止。

午后三点钟至慨那克造弹火药厂，总办车伯伦陪游各处。此厂亦造枪炮弹筒及铜帽等件，与他厂无分轩轾，惟装药处皆妇女操作。入门必换套鞋，以防皮底践药。至烘火药计分二十馀种，其无烟火药更无烟气，无药味，亦无渣滓。故炮膛弹筒经发弹后，绝无灰烬云。

无挨门乞钱者

初八日　英吉利为殷富之国，居民甚密，而贫苦者亦不乏人，然无挨门乞钱者。街市恒见贫妇穷儿，手执一物，或条带，或鲜花，或洋火，与一钱还给一物。并有贫人手挽琴车，置于巷中，弹琴歌曲以乞钱，多系义大利人。

十三日　英国征税，较俄、法稍宽。俄、法皆有身科，竟有贫民因身税而被阻出境者，英则无之。惟烟酒茶物以及玩好之物，税则加倍，关卡则稽查綦严，一无走漏。

英国民团谓之义兵

十五日　午后，会同曾敬贻赴伦敦城外义兵公所，往拜总办，遂定于十八日赴厂阅操。英国一乡一镇，各有民团，谓之义兵。其器械军装，均由国家备办，此外如火食

21,6,15

杂项，乃由各义兵分认，不啻自备资斧。所学各艺，与官兵无异。因义兵可拔兵官，故商民咸乐从事。管带教习等员，亦由公举，国家选派，各有执照，非精娴武事者不克任此。

十八日　午前，仍同曾敬贻先赴义兵公所，阅看兵官演枪打靶，并观军装库内所储号衣及行军食具等件。旋同总办至练军厂，兵已齐集，皆红裤黑帽，执枪而立。统带乘马执鞭，口传号令，众兵列阵，不一其式。至其步伐之整齐，装饰之鲜明，人材之雄伟，号令之严明，实不可及。惟枪不装弹，伪作施放之式。复观演练行军，伪作受伤之状，用软皮榻二人擎抬，一人作扶持状，情景宛然。演毕，作军乐，众军排队游街市一周，至公所卸装而散。

义兵演习情景宛然

二十日　英国“巴山”一船，当中日开仗时，被我巡兵查出船中载有军火，将船扣留，久未放行。今英令我国赔偿使费，并被风浪致船受伤之赀。按公法内载，凡两国交兵，他船如载军火，例应扣留责罚。今英人狡猾，反令赔价。因当时巡获，不将船带往海口及领事府报请验明，至迟之又久，始行释放。故拟罚五千镑，兹以四千镑了结。是应罚人者，反为人罚矣。

应罚人者反为人罚

二十五日　英国兵船商船，其充当水手者，于成童时来船学习至三年或六年，准其考二副，由二副升大副。考试之法，有试以机器损伤、船锚练断，如何补救、驾驶测量等法。

八月初三日　接到外部照会准英兵部咨称：照准中国海部人员游历兵房、海口二处，并给执照，定期往游。兵房在俄尔德韶恩特。海口为波斯茅胡，又名波司门。是处为英兵总汇之地，历年已久，规模綦严，地势宏阔。其统帅为英后之四太子。其制造局、船澳、水师炮厂、水师学堂及海中炮台，为他国所罕觏。因订于初六日由署起程往观。

英兵总汇之地

初六日　巳刻，前往俄尔德韶恩特兵房，晚八点钟至客寓。函致总戎副帅，订于翌日会晤，因先往拜统帅英四太子。

初七日　晨九点钟谒见总戎，当即订于十点钟看步队演操。届时，众军齐集，排队前进。迤逦至一高坡，前敌之兵皆登上坡，后军按营不动。坡之对面，又有土山，设敌兵彼此施枪开炮，或跪放，或伏于地伪作开放之式，皆听一人口号。统带、队长各官，皆乘马佩剑，负千里远镜，兵皆系药袋、水壶，背负食具皮袋，步伍整齐，号令严肃。

步兵演操

阅毕，订于三点钟往阅马队兵。沿途楼房鳞比，如长巷然，皆兵房也。时见数十人或学步伐，或演军枪，或舞剑，或跳跃。旋至马兵房，楼房二层，上层住兵，下层畜马。每房养马十四匹，以铁栏截隔。马尽纯黑，壮大高伟。又有病马房，以养病马，草料极精。此营共有马四百匹，计共为四营。

马队演习

初八日　卯刻，往阅马队一营，兵衣青呢褐裤，黄边黑色呢帽，偏带于顶之右。马尽乌黑，鞍辔齐整。兵执长矛，矛首系红绸长旗，共立高坡，停骖候令。统带传令后，皆由高坡驰下，排成队伍，计分四营，每排十八，什

21,8,8

长与兵齐趋，领队在前。遥见众骑齐驱，刀矛闪耀。或十人十骑，排列并驰；或一人一骑，鱼贯而入。成排若一字，如墙之立，作战胜进攻之状，齐集于统带前，举矛致敬，统带以手加额为礼。步伍整齐，无前后参差之势，且能辨乐声为疾徐。

午后观气球厂，球下一筐，可容三人。查此厂专制气球，以备行军之用。气以钢铁锻炼，故力猛而且充实，较空气之力加倍焉。

初九日　晨，阅马步各队合操。马兵队在前，短枪连发五响，兵衣红呢短褐。步队随后。有开路马队一军，均用皮套系于马之左右，后随铁器车四辆，上载开挖道路器具，以及火药等物。又炮车四辆，电线车六辆，装备电箱桌线瓷瓶等物。各车皆有随护马兵，车皆双马。一辆可分两辆，以便路狭易行。演毕，排队齐行至一石桥。开路军先起验看，迨统带至，云欲断此桥，须用二十磅重火药，而桥即断，桥断后支搭铁桥。午后，阅看步军演技。举凡攀高、登梯、跃城、传递军器、舞刀、击剑、挥拳、攀扛各艺，罔不娴熟。

马步合操

十二日　登小火轮至一小岛，观水师武备学堂。此岛并非天成，乃英人以石块填筑。地极平坦，周约数十里，为水师演武场。临岸一带，高屋相连，长约里许，为习炮之所。见数人一簇，或演启闭炮门，或习装弹，皆有教习口授。有演习机器炮一所，内马克新炮平排六门，并有梅花式等炮。其宽阔处，见数人习军枪、手枪，或舞刀剑，

水师武备学堂

或拽炮车弹箱车，进退动止，一律匀齐。中有试炮场，以铁架高悬，系以铁练，置炮于钩链上。炮靶用土培成，矮屋内堆浮沙，前有白布，四角绳系为靶，盖演放快炮之地也。此外更有试巨炮之场，及弁兵住房、绘图房、讲习测量等处。

四千陆军操演

十四日　辰正，陆军提督约往教场看操。此操计调陆军四千名，分为二队，军装红黑可辨。有四轮双马炮车，每四车一排，共四排。以十兵前十兵后为一排。带队官乘马在前，乐军居中，奏乐开路，铁器车随后。红黑二军，轮次步伍，分而后合。每队中有花旗，旗仅高出头上，每至统带官前，各员皆脱帽致敬。盖旗为君主命纛，见纛如见君主焉。

海中炮台

午后，乘小轮船观海中炮台。台在海中，用石填筑，高出水面。台用铁盘置石基上，盘上有铁圆罩，周围计四十九孔，即为炮眼。内藏大小快炮五十馀尊，每炮旁皆有炮兵居守。此海口计有同式之台三座，台下铁梯极窄，且直而不滑。

危房不修限期拍卖

十九日　外国楼房，鲜有坍毁久不修理者，盖功令使然。如居家及铺户之房，皆有官税。如届三十年不自修理者，一经查出，勒令修筑。恐其坍而伤人，并及邻屋。倘无力修筑者，无论官民，限日拍卖。

二十一日　泰西各国，君有君禄，后有后俸。禄外进款，均归国家公用。若置产业，则君民一体。使馆迤南大街一带铺房，皆英大太子私业，盖禄重而内用亦俭。至于

21,8,25

开铺设店，上下同然，无官民争利之禁。

二十五日　近年英国兵制，日见更章。凡充兵之人，必先验其身材，以符定制。限一年操练，筋骸必有赳赳武夫之状，始为合式。充兵七年后，升什长，有功则递升；若无功过，迨二十一年后按部归班，准升一级。职至外委，准其归家，给予半俸，遇事仍听调遣。 英国兵制

二十八日　前游兵房，偶与兵官略谈兵法，实与古法符合。如言诱敌埋伏、奇兵制胜等是也。

西人善用诱敌，每出一队，虚张声势，如千军万马之来。辨之不真，必将施枪开炮，每使敌军虚费军火。一旦乘其不备，出其奇兵从旁突入。观练操，或伏于地，或蹲而忽立，皆为良法。西人陈战，必择地掘坑以伏兵，彼军枪炮并施，远击安能命中？迨至料敌可进，我兵仅露半身，弹发而身复隐。探敌务得实情，厚贿以招奸细。舍此二端，料西国亦无能为矣。 西方兵法

九月二十三日　西历十一月九号，伦敦更换府尹。每任一年卸事，由议院公举一人接任。然必品行端正，身家殷实。任此缺者，须赔数万英金，为英人极荣耀之官，总理伦敦大小商务。当上任时，君主执授印钥。其出宫乘六马官车，乐军引导，马步各军摆队向前，又有炮车、炮兵队护送。船车则水手相随，水会公车亦从。驰往所经之路，各铺店皆悬旗结彩，晚则张灯。铺户楼房，租赁一空，观者塞途。沿途有巡捕弹压綦严，无敢喧哗拥挤者。 伦敦市长每年一任

十月初五日　西国钱制甚善，虽有银行、钱号，而银

钞、钱票皆由国家制造。钱制一定，而号无关闭之患，银无成色折扣之亏。

马戏园

二十九日　法国马戏园，有艺人能使猪作戏。或跳舞，或旋转。又以小猪穿衣帽，作怀抱婴儿状；复作啼哭声，与以乳则啼立止。因思西人每以犬巡山，冬天或有迷途者，犬能引路；有冻饿待毙者，犬身负以酒饼，可以取食。故谓之救命犬云。

西方关税稽查甚严

十一月初一日　外国关税，稽查维严。凡行客于车站下车，所携衣箱皮包，皆经税局查验，一无偷漏。所设税局，为行人所必经，非贴验票，不得入关，故无一人幸免。倘有烟、酒、茶叶，一经查出，例应系狱一月，折罚英金七镑。私货入官，归局拍卖。

初四日　西国大小店铺，无论购买何物，皆有送货人运送，即零星物亦然。是以国人鲜有携筐提物者。

初六日　西国炮台军火，皆藏于地窖石室中。即火药库房，亦择高埠处作地窖，筑石室。工程虽巨，实鲜失事之虞，且火药不受潮湿。

六粤人被骗来英

十四日　粤省有六人被骗来英。闻数人中有二人，法人（疑系英人）误作缅人送往归国，一人留作茶店生意，其馀有入栖流所，有送巡捕房者。闻之令人感叹。窃愿政府妥定章程，如有流落他国者，令使臣给予船票，饬令回国，其费作正开销。不但有济吾民，而亦不失国体焉。

二十一日　英与南阿非利加土人开战。英恃有利枪快炮，阿人奋不顾身，虽多受枪伤，而仍勇往直前，卒胜英

21,11,24

人。是以利器不如人心之足恃耳。

二十四日　伦敦肆市间，亦有菜摊及卖花摊，其价较廉于店铺，然皆贫人所买。若稍有身价自重者，未有在摊买取一物，因其不能运送，而须亲自提携也。 伦敦肆市菜摊花摊

十二月初六日　华商玉姓任姓二人，因折本回华。是商所贩北京平金绣花各式窗帘、围屏、床围、桌面等物，厥价甚昂，然线用伪金，工作不精，西人咸不乐用。所喜者，惟精细之绣货耳。

初七日　闻法军营有教犬传信一法，曾在杜里士向处试验。法将各信函应交何处向犬指点，犬衔函于口，来往营盘及外汛之地，虽相距甚远，而往返迅速，且能按号递交无误。可知从古黄耳传书，未足奇也。然此战犬不独寄信，且能递送枪子。盖两军交兵，赍带过重，则运掉不灵。每犬一次可负实子二百五十枚，空子三百五十枚。 犬能传信并递枪弹

初十日　人恒言西人以信为主，不尽然也。大凡在本国法律严甚，大小无欺。如鱼肉等类或有臭败，或分量不敷，或用私造秤斗，一被查出，立予惩处。至与他国交涉事件，谲诈多端，用意既微，使人易于忽略。若夫用兵，诈伪尤甚。 西人诚信内外有别

十三日　英、法诸国坟墓，另有公地挨次营葬，并无一棺独占半亩者。所埋之人，法以十年为期，届期挖出藏于骨洞，逾年沉于海中。英以五年为期，届期亦复如是。盖以人死亦为物，不得以朽骨占侵有用之地。近闻风化渐移，亦有不忍之心，稍加变通矣。

十四日　法国炮台兵船，经海兵二部议准，尽换新炮。邻邦闻风，皆思改换，而德、意尤争先开办，故炮厂之生意日盛。

英设水师讲武公会

二十五日　接到英大将军公爵堪波里赤函称：现已设立水师讲武公会，堪充会首。函内有入会凭单，并条规一册。是会为讨论武备各门之学而设，在会皆本国水陆大员，及他国随使武员。

文轻于武女贵于男

综览欧洲诸国，奉天主、耶稣、犹太等教不一，要皆一脉相传，同流合辙。是以国政风俗，罔弗大同小异。或谓西俗文轻于武，女贵于男，此其显然者也。余尝默察其情，而知西人无不读书识字，惟国家不以文字取士耳。武先通文，无不笔墨精通。盖勇不在气力坚强刚劲，而在少壮体操。妇女无所谓闺阃，但聪明有志者，皆得自主而有为。若仪节，则男后女先。初不外亲爱和顺之情，积久相沿，渐成风俗，孝悌贞节弗论也。官制尚简而无冗，法令从宽而无滥。势无分贵贱，刑无论贫富，有犯必惩，全无区别。至于情面关节，虽不敢信其必无，然未尝闻其显有所可恃者。制造各擅厥长，弁兵各精其技。俸禄丰而兵食足，是以涓滴归公，贪婪默化也。

官简无冗法宽无滥

然国之小大不同，势力显判。四国之中，英实盛焉。以彼水陆两军，人材雄伟，衣甲鲜明。凡战舰兵船，一切军需火器，绝胜他邦。炮台工程，准人游阅者，以我所见者多，尚不免惊叹，在彼不过择其寻常一二，以酬外客之观瞻。其藏伏机密之要，当别有在。此显见数端，有志富

21,12,25

强者，尚可力为勉致。独民心固结，无不以家为国，先公后私，初不知果操何术以臻此。

争尚西法 务识大端

方今海禁宏开，争尚西法。凡我华人，自强自奋，勿徒袭其外貌，务在识其大端，要在心存君国。凡一切苟且偷安、委靡、骄奢、迁就之习，力为挽回，富强其在是矣。余游四国，但就见闻所及，纂述成册，以塞数载游历之责，即以补口说所不及云尔。

跋

清光绪十九年，先君经海军衙门奏派出洋游历，随龚仰蘧星使赴英、法、义、比四国。出则博考详究，归即手自写录，成《四国游纪》、《游馀仅志》等书。凡军事、制造、政治、风俗莫不具载。读者每谓足与曾惠敏公、郭筠仙侍郎、薛叔耘大理所为游记，后先媲美，而翔实之处且或过之云云。彼曾、薛、郭诸公居使臣地位，参随众盛，考查记录，多僚属分任。先君则一一躬自为之，其繁难劳苦，盖尤有不可同日语者。是书原名《游馀仅志》，先君归国赴鄂，道经沪上，以稿托友印刷数百部，友竟以己意改名《游欧摘要》。先君以书已印成，无法改正，乃手写“游馀仅志”四字，笺粘书面，遍赠知交，然心终未惬也。二十馀年来，旧交多无音讯，此书是否犹有存者，亦不可知。兹就家藏原稿，重行付印。其原序二篇，标题则仍其旧。俾与《四国游纪》同广流传，庶几先君涉历风涛、苦心孤诣之作，不致因年代久远，湮没无存焉。夫泰西各国兵事制造，日新月异，政治风俗，亦时时改进。数十年前之考查纪录，虽今日不免视同陈迹，然在当日游历归来，所贡献于国家，介绍于社会者，其裨益又岂小哉！先君二次海外之游，熙曾随侍，时年尚稚。今虽稍自树立，文章行谊，不能得先君万一，每深忧悚。世之君子，读先君之著，嘉先君之志，而督责熙俾克绍厥绪，斯则厚幸也夫！

中华民国十八年九月既望，男彬熙谨跋

凤凌游馀仅志

人名索引

七画

七画

凤凌游馀仅志

译名简释

三画

马尔德岛

Malta I. 马耳他岛

马达客斯加

Madagascar,马达加斯加

四画

开来

Kotte,科特

支伯劳顿

Gibraltar,直布罗陀

日斯巴尼亚

Spain,西班牙

牛客色、牛喀司

New Castle,纽卡斯尔

巴耳谛姆

Baltimore,巴尔的摩

五画

布伦

Boulogne - Sur - Mer, 滨海布洛涅

扒呢番西鸟

Bonifacio

北阿洲

即北阿非利加,北非洲

生的

Centime，生丁

立墉

Lyon，里昂

奴乌斯

Nurse，护士

加利海口

Calais，加来

六画

芒舍

Manche，芒什省

西特喃

Stanley，斯坦利

达门士

Thames，泰晤士

迈当

Metre，米

毕士国

Pisa，比萨

毕司麦克

俾斯麦

安发尔司

Anvers，盎凡尔，今安特卫普

阴图西恩

Indo-China，印度支那

七画

克仑伯

Colombo，科伦坡

克来特

Crete I. 克里特岛

杜甫尔

Dover，多佛

杜里士

St. Denis，圣但尼

李居尔

Liguria，利古里亚

孛雷司特

Brest，布雷斯特

来纳海

Ligurian Sea，利古里亚海

来徐乌

Reggio，雷焦

忒雷古马来

Trincomalee，亭可马里

里芜恩省

Livorno，今莱戈恩（Leghorn）

利爱时省

Liege，列日

伯理玺天德

President，总统

伯鲁塞尔

Bruxelles，布鲁塞尔

佛灵

Florin，福禄林

沙覃业

Sardegna，撒丁岛

启罗

Kilogram，公斤

启罗迈当

Kilometre，公里

阿尔兰

Ireland，爱尔兰

阿米盎

Amiens，亚眠

八 画

昔昔尔岛

Sicilia I. 西西里岛

茄尔

Galle，加勒

奈波尔

Napoli，那波利，今那不勒斯

罗马呢亚

指马来半岛南端之 Cape Rumenie

波司门、波斯茅胡

Porthmouth，朴次茅斯

九 画

带米司江

Thames R. 泰晤士河

勃雷司特

Brest，布雷斯特

哈佛尔

Le Hevre，勒阿弗尔

俄尔德韶恩特

Aldershot，奥尔德肖特

十画

班西亚

Padna，旧译巴士亚，今作 Padova，译帕多瓦

都隆

Toulon，土伦

格林呢趾

Greenneich，格林威治

格拉姆

Gram，克

哥尔司

Corse I. 科西嘉岛

徐孛拉尔带

Gibraltar，直布罗陀

般岛

Borneo，婆罗州

爱利赛宫

Elysee Palace，爱丽舍宫

扇蒲尔

Sevres，塞夫勒

继阶司得省

Lancashire，兰开夏

十一画

梅徐恩

Messina，墨西拿

梅提耽尔拉楠

Mediterranean Sea，地中海

梯而白立

Tilbury，蒂尔伯里

得律风

Telephone，电话

麻六甲

Malacca，马六甲

密里

Milligram，毫克

十二画

博明冈

Birmingham，伯明翰

散石格角

Cap-St.-Tacques，圣雅克角

葛拉司沟、葛赖碍班

Glasgone，格拉斯哥

惠尔司

Wales，威尔斯

喀来、加利

Calais，加来

喀拉孛尔省

Calabria，卡拉布里亚区

奥斯马加

奥匈帝国

然恩

Genoa，热亚那

十三画

蒲司多罗恩省

Bouches-du-Rhǒne，罗讷河口省

新金山

指澳大利亚

塞那江

Seine R. 塞纳河

福克司敦

Folkestone，福克斯通

福扇人

Fosna Culture,福斯纳文化

十五画

黎芜恩省

Leghorn,莱戈恩

走向世界丛书一百种

初编三十五种以＊标出

谢清高 **海录**
＊ 容　闳 **西学东渐记**
＊ 林　鍼 **西海纪游草**
＊ 罗　森 **日本日记**
＊ 斌　椿 **乘槎笔记**
＊ 张德彝 **航海述奇**
＊ 王　韬 **漫游随录**
＊ 志　刚 **初使泰西记**
＊ 张德彝 **再述奇**（欧美环游记）
＊ 张德彝 **三述奇**（随使法国记）
王　芝 **海客日谈**
＊ 祁兆熙 **游美洲日记**
＊ 李　圭 **环游地球新录**
＊ 郭嵩焘 **伦敦与巴黎日记**
＊ 张德彝 **四述奇**（随使英俄记）
＊ 黎庶昌 **西洋杂志**
＊ 刘锡鸿 **英轺私记**
李凤苞 **使德日记**
钱德培 **欧游随笔**
＊ 何如璋 **使东述略及杂咏**
＊ 张斯桂 **使东诗录**
黄遵宪 **日本国志**
＊ 黄遵宪 **日本杂事诗**〔广注〕
陈兰彬 **使美纪略**
＊ 曾纪泽 **出使英法俄国日记**
＊ 王　韬 **扶桑游记**
＊ 徐建寅 **欧游杂录**
谭乾初 **古巴杂记**
王之春 **谈瀛录**
＊ 李筱圃 **日本纪游**
池仲佑 **西行日记**
蔡　钧 **出洋琐记**
袁祖志 **瀛海采问纪实**
张祖翼 **伦敦竹枝词**
王以宣 **法京纪事诗**
潘飞声 **西海纪行卷**
潘飞声 **柏林竹枝词**
潘飞声 **天外归槎录**
张荫桓 **三洲日记**
邹代钧 **西征纪程**
王咏霓 **道西斋日记**
张元济 **环游谈荟**
余思诒 **楼船日记**
缪祐孙 **俄游汇编**
张德彝 **五述奇**
＊ 傅云龙 **游历日本图经馀记**
傅云龙 **游历美加等国图经馀记**
洪　勋 **游历闻见录**
崔国因 **出使美日秘国日记**
＊ 薛福成 **出使英法义比四国日记**
＊ 薛福成 **出使日记续刻**
陈道华 **日京竹枝词**

严　修 **东游日记**

姚鹏图 **扶桑百八吟**

凤　凌 **游馀仅志**

* 黄庆澄 **东游日记**

吴宗濂 **随轺笔记**

宋育仁 **泰西各国采风记**

王之春 **使俄草**

伍廷芳 **美国视察记**

* 蔡尔康等 **李鸿章历聘欧美记**

张德彝 **六述奇**

刘学询 **考察商务日记**

黄　璟 **考察农务日记**

罗振玉 **扶桑两月记**

罗振玉 **扶桑再游记**

丁鸿臣 **东瀛阅操日记**

沈翊清 **东游日记**

* 梁启超 **新大陆游记**

张德彝 **八述奇**

载　振 **英轺日记**

吴汝纶 **东游丛录**

双　寿 **东瀛小识**

缪荃孙 **日游汇编**

周学熙 **东游日记**

* 单士厘 **癸卯旅行记**

凌文渊 **籥盦东游日记**

张　謇 **癸卯东游日记**

蒋　煦 **西游日记**

王景禧 **日游笔记**

陈　琪 **环游日记**

* 康有为 **意大利游记**

康有为 **德意志等国游记**

康有为 **英国游记**

* 康有为 **法兰西游记**

韩国钧 **实业界之九十日**

李濬之 **东隅琐记**

盛宣怀 **愚斋东游日记**

* 戴鸿慈 **出使九国日记**

金　鼎 **随同考察政治笔记**

* 载　泽 **考察政治日记**

程　淯 **丙午日本游记**

康有为 **西班牙等国游记**

杨泰阶 **东游日记**

文　恺 **东游日记**

左湘钟 **东游日记**

吕珮芬 **东瀛参观学校记**

* 林汝耀 **苏格兰游学指南**

* 单士厘 **归潜记**

金绍城 **十八国游记**

附 艾儒略 **职方外纪**

附 南怀仁 **坤舆图说**

附 丁韪良 **西学考略**

附 艾约瑟 **西学启蒙**

图书在版编目(CIP)数据

游馀仅志/(清)凤凌著.—长沙:岳麓书社,2016.8
(走向世界丛书/钟叔河主编)
ISBN 978-7-5538-0528-3

Ⅰ.①游... Ⅱ.①凤... Ⅲ.①日记—作品集—中国—清后期
Ⅳ.①I265.2

中国版本图书馆 CIP 数据核字(2016)第 010861 号

YOUYU JINZHI

游馀仅志

作　　者:凤　凌
校 点 者:杨向群
责任编辑:杨云辉
责任校对:舒　舍
封面设计:吴颖辉　贺红梅

岳麓书社出版发行
地址:湖南省长沙市爱民路 47 号
直销电话:0731—88804152　88885616
邮编:410006
岳麓书社网址:www.yueluhistory.com

2016 年 8 月第 1 版第 1 次印刷
开本:890×1240　1/32
印张:5
字数:111 千字
印数:1—3 000
ISBN 978-7-5538-0528-3
定价:28.00 元

承印:长沙超峰印刷有限公司

如有印装质量问题,请与本社印务部联系
电话:0731—88884129